로크미디어가
유혹하는
재미있는 세상

싱크

싱크 11

2016년 3월 3일 초판 1쇄 인쇄
2016년 3월 8일 초판 1쇄 발행

지은이 현민
발행인 이종주

기획 팀 이기헌 송윤성
책임 편집 이세종

발행처 (주)로크미디어
출판등록 2003년 3월 24일
주소 서울시 용산구 원효로97길 46 5층
Tel (02)3273-5135 Fax (02)3273-5134
홈페이지 rokmedia.com E-mail rokmedia@empas.com

값 8,000원

ISBN 979-11-5960-772-1 (11권)
ISBN 979-11-255-8684-5 04810 (세트)

싱크

11

† 현민 게임 판타지 장편소설 †

ROK
MEDIA
로크미디어

CONTENTS

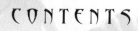

난 귀족이에요

마차에서 내린 바젠 후작은 시청을 향해 빠르게 걸었다. 시장의 참모 중 하나가 입구 앞에 서 있다가 바젠 후작을 보고 다가왔다.

"왜 갑자기 회의가 소집된 거냐?"

"그게, 이방인이 퀘스트를 신청했는데 보상으로 내건 물품이 세상에 딱 한 자루밖에 없는 명검이라서요."

"뭐?"

"더 중요한 건, 신청자가 노바디입니다."

"노바디? 망량 봉쇄 구역을 차지한 그 이방인?"

"그렇습니다."

"어떤 검이냐?"

"명검 퀘르입니다."

"……퀘르? 그건 세븐 길드의 마스터가 지니고 있던 검이 아니냐?"

바젠 후작은 젊은 이방인 아레스가 그 검으로 보여 준 위용을 잊을 수 없었다. 사람의 힘이 아니었다. 명검 퀘르를 소유한다면 능히 군대와도 대적할 수 있을 것이다.

후작은 퀘르의 단점, 즉 제한된 사용 시간에 대해서는 전혀 몰랐다.

"시장님은 왜 갑자기 노바디가 그 귀중한 검을 내걸고 퀘스트를 신청했는지, 그 정확한 이유를 알고 싶어 하십니다."

"뮤카멘은?"

"한 시간 전에 도착하셨습니다."

"음……."

바젠 후작은 화를 내려다 참았다.

전령이 몇 번이나 저택으로 왔었다. 문제는 후작 본인이 저택에 있지 않았고, 측근에게도 아무런 말도 남기지 않은 채 사라졌다는 점이다. 그 때문에 뮤카멘 백작보다 늦게 이 사태를 알게 된 것이다.

'그래도 완전히 늦진 않았어. 뮤카멘 백작은 시장이 원하는 대답을 절대 할 수 없으니까.'

바젠 후작은 성큼성큼 걸어 '장미 회의실'에 도착했다. 벽과 바닥에 깐 붉은 대리석의 문양이 장미를 닮았다고 해서

붙여진 이름이었다.

커다란 원탁에 앉아 있는 사람들. 시장 아브롬만 안절부절못하고 서성거리고 있었다.

누구도 결론을 내리지 못한 채 회의 시간만 길어지고 있었다.

"오, 왔군요."

아브롬이 바젠 후작을 향해 다가왔다.

"심려가 많으십니다."

"소식은 들었소?"

"여기 도착해서야 겨우 알게 되었습니다."

"후작은 어떻게 생각하시오? 노바디가 왜 명검 퀘르로 쓸데없는 짓을 하는 것 같소? 룩소르 사냥터를 뒤져 봐야 나올 건 없지 않소?"

"저보다는 뮤카멘 백작이 사태를 정확하게 볼 가능성이 높습니다. 대대로 용갑뿐 아니라 다양한 무기를 제작해 왔기 때문에, 명검 퀘르의 가치가 어느 정도인지 여기 있는 누구보다 분명히 평가할 수 있을 테니까요."

그 말에 시장은 눈살을 찌푸렸다.

"뮤카멘 백작은 걱정할 필요가 없다고 하는군요. 이유는…… 노바디 옆에 붙어 있는 딸이 걱정할 필요가 없다고 했기 때문이라는군요."

비아냥거림이 듬뿍 담긴 말투였다.

뮤카멘 백작은 입술을 꼭 깨물었지만, 입을 열지는 않았다. 억울한 면도 있지만 시장의 말이 완전히 틀렸다고 볼 수도 없었다. 게다가 갑자기 머리가 깨질 듯 아팠기 때문에 고통을 참는 데 집중해야 했다.

바젠 후작은 회의가 어떻게 진행됐는지 금세 눈치챘다.

시장은 봉쇄 구역을 넘어 조금씩 확장되는 죽음의 기운에 큰 두려움을 느끼고 있었다. 엘루마가 머지않아 죽음의 도시가 될지도 모른다는 게 그의 망상이었다.

그런 상황에서 노바디가 명검 퀘르로 퀘스트를 신청했고, 그로 인해 무수한 이방인들이 이곳 엘루마로 몰려들 테니……염려하지 않아도 된다는 뮤카멘 백작의 이야기가 귀에 들어올 리가 없다.

'시장은 공포를 원하고 있으니까, 그에 걸맞은 이야기를 들려줘야겠지.'

"시장님, 따로 말씀드리고 싶습니다."

바젠 후작이 목소리를 깔았다.

시장은 즉시 사람들을 내보냈다. 뮤카멘 백작이 한마디 하려다 고개를 흔들며 마지막으로 나갔다.

장미 회의실에는 이제 시장과 후작, 둘만 남았다.

"말씀해 보시오."

"만약을 대비하셔야 합니다."

"만약이라면……?"

벌써 떨리기 시작한 목소리.

시장은 굉장히 교활한 인물이지만 어떤 부분은 터무니없이 약했다. 망량에 대해서는 병적으로 두려워했다.

"노바디는 망량을 수족처럼 부릴 줄 아는 이방인입니다. 추측에 불과하지만, 현재까지의 상황을 검토하면 그 결론에 이를 수밖에 없습니다. 게다가 명검 퀘르를 내걸면 수천수만에 이르는 이방인이 이곳으로 몰려올 겁니다. 노바디가 그들을 군대로 조직한다면…… 엘루마의 앞날은…… 바람 앞의 등불이나 다름없을 겁니다. 거기에 노바디는 왕세자 저하와 관련이 있으니, 시장님께는 매우 불리해질 가능성이 높습니다."

"여, 역시 후, 후작은 현실을 제대로 볼 줄 아는군요."

시장은 덥석 후작의 손을 잡았다. 이 무서운 이야기야말로 시장이 마음에 품고 있던, 이미 정해 놓은 대답이었던 것이다.

"시장님!"

바젠 후작이 흔들리는 눈으로 시장을 응시했다.

"말씀하시오."

"제……가 목숨을 다해 이 도시를 지키겠습니다. 그러니 시장님은 잠시 몸을 피하셔야 합니다."

"후작!"

시장은 입을 벌리며 놀라는 척했지만, 그 조그만 눈에서는 희열이 반짝거렸다.

바젠 후작은 시장이 한시라도 빨리 엘루마를 떠나고 싶어 했음을, 이곳에서 열린 회의에서 누구도 그런 말을 하지 않아서 실망했음을 알아차렸다.

아브롬은 매우 똑똑한 인물이었다.

아버지의 후광으로 엘루마 시장 자리에 올랐지만 이후의 행보는 눈부실 정도로 탁월했다. 마탑과 무문, 용병과 상단 등을 기기묘묘한 방식으로 충돌시켜 힘을 약화시켰고, 그 과정에서 부당한 이익을 능숙하게 챙겼다.

도시는 눈에 띄게 안정되었다. 누구도 나서서 자기가 최고라고 주장하지 않았던 것이다. 아브롬은 자기가 지닌 권위를 이용할 줄 알았다.

그러나 아브롬에겐 치명적인 약점이 있었다. 그는 육체적으로 약했다. 그를 진심으로 신뢰하여 따르는 수하도 거의 없었다. 자기 자신의 힘이 아니라 타인의 힘으로 권력의 자리에 앉았기 때문에 병적인 의심에 시달렸다.

그 성향이 오늘 제대로 터진 것이다.

'난 도화선에 불만 붙이는 거야. 이 겁쟁이는 스스로 터져 버릴 테니까.'

바젠 후작은 도피가 아니라 작전상 후퇴라는 점을 강조했다. 역사적으로 유명한 군주 혹은 지휘관의 예를 들자 시장은 무척이나 만족스러워했다. 시장은 겁이 나서 달아나고 싶으면서도 정당한 이유를 얻고 싶었던 것이다.

시장이 원하는 대답이 나오자 회의는 끝났다.

바젠 후작도 원하는 것을 얻었다.

시장 대리.

후작은 아브롬이 황금 마차에 올라타 저택으로 향하는 모습을 지켜보면서 속으로 생각했다.

'하늘은 이런 식으로 나를 돕는구나. 노바디 덕에 천재일우의 기회가 생겼군. 음, 이번 기회를 놓치면 바젠 가문은 영영 그늘에서 살아갈 수밖에 없겠지.'

바젠 후작은 시청 안으로 들어갔다.

목적지는 시장실이었다.

쉰일곱 명의 하인들은 밤새 금괴, 보석 상자, 미술품, 값비싼 검, 방패 등을 옮기고 있었다.

쨍그랑.

반지 하나가 대리석 계단에 떨어졌다가 아래로 구르며 청량한 소리를 냈다.

"조심해!"

집사가 소리쳤다.

무거운 짐을 들고 저택 뒤뜰로 내려가던 하인들이 일제히 멈췄다. 집사가 눈을 부라리자 하인들은 묵묵히 상자를 옮기기 시작했다.

마차는 짐으로 가득 찰 때마다 저택을 출발하여 도시 밖으로 벗어났다. 밤이면 굳게 닫히는 성문도 그 마차가 다가오면 활짝 열렸다.

소문은 금세 도시 전역으로 퍼져 나갔다. 시장이 엘루마를 버리고 달아났다는 이야기에 많은 사람들이 흔들렸고, 눈치 빠른 상인들은 은밀히 재산을 빼돌리기 시작했다. 그러나 대부분의 시민들은 그저 불안해할 뿐이었다.

날이 밝을 무렵, 시장은 그동안 은닉한 재산을 지닌 채 엘루마를 벗어나는 데 성공했다.

페플에 접속한 노바디는 메시지를 받았다. 시청에서 온 것이었다.

퀘스트 승인 보류

귀하께서 요청한 퀘스트는 서류 미비로 인해 잠정적으로 보류합니다. 결과는 차후에 통보하겠습니다.

노바디는 당황했다. 하루라도 빨리 퀘스트가 시작되어야

하는데 승인 보류라니!

당장 시청으로 달려가서 이유를 물었다.

"승인이 보류됐다니요? 왜요?"

되묻는 담당자.

노바디가 캐물었지만 담당자는 정확한 승인 보류 이유도 알지 못했다. 심지어 '서류 미비'라는 이유가 무엇을 의미하는지 담당자는 전혀 모르고 있었다.

접속을 끝내고 커넥터 밖으로 나온 김현은 컴퓨터 앞에 앉아 비슷한 경우를 찾기 시작했다.

퀘스트의 승인이 거절되는 케이스는 상당히 많았다. 다른 게이머에게 피해를 주는 퀘스트거나 도시의 법률에 위배되는 내용이라면 퀘스트를 신청해도 소용이 없다.

그에 비해 승인 보류는 매우 특이했다. 승인 보류의 이유가 '서류 미비'인 경우는 단 한 건도 없었다.

모니터를 노려보던 김현은 슬슬 화가 났다.

시간이 흐르자 김현은 분을 참지 못하고 씩씩거리는 자기 자신에게 더 화가 나기 시작했다.

"흥분을 가라앉히자. 그래야 제대로 생각할 수 있어."

베란다로 나갔다. 여전히 싱싱한 상추가 눈에 들어왔다. 김현은 그 앞에 쭈그려 앉아 상추를 쓰다듬었다.

"어?"

손에 닿은 상추가 쭈그러들었고, 곧 시들어 버렸다.

깜짝 놀란 김현은 뒤로 물러났다.

손바닥을 살피는 김현.

그 순간, 화는 깡그리 사라졌다. 분노라는 감정이 손바닥을 통해 전해져 상추를 흐늘거리게 만든 것이다.

침을 꿀꺽 삼킨 후, 기뻤던 순간을 떠올렸다. 용기를 내어 처음으로 페플에 접속한 순간이 기억났다. 바보처럼 라마간의 골목을 돌아다니다가 대장간에 이르렀고, 거기서 겔란드를 만났었다.

절로 미소가 머금어진다.

천천히 다가가 축 처진 상추 잎을 어루만졌다. 녹색의 빛깔이 잠깐 돌아왔지만 잎사귀 서너 개는 회복이 어려웠다. 김현은 가망 없는 잎을 떼어 냈다.

그 죽은 상추를 버리는 대신, 인벤토리를 열어 거기에 넣어 두었다. 평정을 잃으면 어떤 일이 벌어지는지 절대 잊지 않기 위해서였다.

김현은 방으로 들어갔다.

"이유가 뭘까요?"

조심스럽게 묻는 노바디.

"음."

콜마는 턱을 쓰다듬었다.

노바디는 창가로 다가가서 밖을 내다보았다. 마레는 여전히 커지고 있었다. 저 죽음의 바다는 목책이 세워지는 족족 먹어 치우는 중이었다.

콜마가 다가왔다.

"시장 아브롬이 오늘 새벽 도시를 떠났습니다."

"떠나다니요?"

"사람들 말로는 수십 대의 마차가 재산과 보물을 가득 싣고 성문 밖으로 달렸답니다. 물론 마차에 든 보물들은 모두 아브롬의 것이고요. 제 생각엔 마스터 때문인 것 같습니다."

"저 때문이라구요?"

노바디는 처음엔 농담이라고 생각했다. 그러나 곧 콜마의 진지한 태도를 알아차렸다.

"시장의 입장에서 도저히 막을 수 없는 저 흑해를 생각해 보십시오. 그리고 시장의 입장에서 그 퀘스트의 의미를 상상해 보십시오. 그러면 답이 나올 겁니다."

그렇게 설명을 맺은 콜마는 복도로 나갔다.

혼자 남은 노바디는 섭섭한 눈빛으로 쾅 닫힌 문을 노려보았다. 친절하고 착한 육사형이 그립다. 얼마 전까지만 해도 콜마는 저렇지 않았는데.

'말이 책사지, 학교 선생님보다 더 엄격해.'

창틀에 걸터앉아 허공에 다리를 흔들며 이런저런 생각을

했지만, 시장이 도시를 떠나 버린 이유를 알아낼 수는 없었다. 한숨만 흘러나왔다.

승인이 떨어지지 않으면 퀘스트 등록은 불가능하다. 그러면 룩소르 사냥터 어딘가에 있을 타크란을 잡을 수 없고, 타크란이 잡아간 여자들도 구해 낼 수 없으며, 천야장 퍼브의 핏줄인 예살란도 데려올 수 없다.

콜마가 돌아왔다. 양손 가득 두툼한 종이 뭉치를 가지고.

콜마는 탁자 위에 편지, 보고서 따위를 내려놓았다.

"제가 그동안 모아 놓은 자료입니다. 모두 아브롬과 관련이 있으니 도움이 될 겁니다, 마스터."

그렇게 말한 콜마는 다시 가 버렸다. 노바디가 뭐라고 물어볼 틈도 주지 않았다.

고개를 흔든 노바디는 눈에 띄는 편지 한 통을 들어 올렸다.

　콜마 님께

　제너는 콜마 님 덕분에 잘 지내고 있습니다. 콜마 님이 주신 약을 달여서 먹었더니, 이젠 날이 쌀쌀해져도 기침 한번 하지 않네요. 정말 감사드려요. 콜마 님을 만나지 못했다면 제너는 작년 겨울을 넘기지 못했을 거예요.

　시장님은 요즘 악몽에 시달리고 있어요. 가끔은 잠드는 걸 무서워하시는 것 같아요. 아무리 졸려도 빛의 마법진으로 방을 밝힐 뿐 아니라, 항상 근처에 비서관과 경호원을 대기시켜 놓는 걸 보면 무언가를 두려워하는 게 분명해요.

요리사 렌토랍 씨에게 들은 건데, 시장님이 식사를 하다가 잠시 깜박 졸았대요. 그러다가 소스라치게 놀라며 '다가오지 마, 이 저주받은 바다야!'라고 고함을 질렀대요. 아마도 망량 봉쇄 구역 때문인 것 같아요.

또 다른 일이 생기면 편지 보낼게요.

항상 신경 써 주셔서 감사드려요.

그 편지는 시장의 저택에서 일하는 하녀가 보낸 것이었다.

노바디는 그 교활한 시장이 밤잠을 설친다는 사실에 깜짝 놀랐다. 바늘로 찔러도 피 한 방울 나오지 않을 것처럼 보였는데. 겉모습과 마음은 다른 모양이었다.

다른 서류는 시장의 일정표였다.

시장으로서 각계각층의 사람들을 만나야 하는데, 최근 들어 취소된 일정이 꽤 많았다. 콜마는 그 부분에 밑줄을 치고 자신의 의견을 적어 놓았다.

취소한 일정은 모두 마레에서 가까운 곳!

노바디는 깜짝 놀랐다.

악몽은 시작에 불과했다. 망량이 뿜어낸 흑해는 시장의 업무에도 영향을 미치고 있었다.

시장이 은밀히 튼튼한 마차를 사들이고 있다는 사실도 거기 자료에 나와 있었다.

"……시장은 마레를 두려워하고 있었어."

직접 만났던 시장이 보여 준 능숙하면서도 자신만만한 태도에서는 전혀 알아낼 수 없는 면이었다.

노바디는 좀 더 많은 자료를, 좀 더 빨리 읽고 싶었다. 그러면 시장을 좀 더 깊이 이해할 수 있을 테고, 왜 도시를 떠났는지 확실히 알 수 있을 것이다.

"아! 이런 멍청이!"

노바디는 자신의 머리를 한 대 때렸다. 그런 다음, 분신을 만들어 냈다.

분신 넷을 포함한 다섯 명의 노바디가 탁자에 둘러서서 콜마가 건넨 자료를 읽기 시작했다.

하나가 편지를 맡으면 다른 사람은 시청 공식 문서를 파고들었고, 또 다른 노바디는 숫자로 가득한 재정 보고서를 힘겹게 더듬거리며 읽었다. 아브롬이 엘루마 시장으로 오기 전의 기록을 훑는 노바디도 있었다.

"좀 더 늘릴까."

노바디는 분신 넷을 더 만들었다.

아홉 명의 노바디는 한 시간도 못 되어 그 자료를 다 읽었다.

싱크

물론 전부 이해한 것은 아니었다. 그럼에도 시장의 공포가 손으로 만질 수 있을 만큼 생생하게 느껴졌다.

아브롬은 수도 마르세르에서 죽음의 마탑 칼리고크 소속 마법사에게 호되게 당한 적이 있었다. 불과 열세 살의 소년은 생명력이 빨려 죽을 뻔했다가 구사일생으로 목숨을 건졌다. 그 경험은…… 평생의 트라우마가 되기에 충분했다.

"왜 엘루마로 왔는지 알 것 같아. 여긴 빛의 도시니까. 그 어떤 곳보다 죽음의 마법사가 활보하기 어려운 곳이니까."

직접 본 시장에게 이런 과거, 비밀이 있을 줄은 상상도 못했다.

노바디는 그 순간 귀중한 지혜를 깨달았다. 머리로는 알고 있지만, 이렇게 몸으로 느껴진 건 처음이었다.

겉모습으로 사람을 판단하지 마라!

콜마의 세 번째 가르침이리라.

아직 한 가지 의문은 풀리지 않았다.

망량으로 인해 봉쇄 구역이 생겨났지만 시장 아브롬은 언제든 도망칠 준비를 했을 뿐 실제로 달아나진 않았다. 왜 하필 지금일까?

퀘스트!

분명히 명검 퀘르를 보상으로 내건 퀘스트와 관련이 있을 것이다.

"아!"

노바디는 뒤로 물러섰다.

그 이유를 깨달았다!

분신을 없애는 노바디.

복도로 나가자 콜마가 벽에 등을 기댄 채 서 있었다. 노바디의 표정을 본 콜마의 입가에 미소가 걸렸다.

"알아내셨군요, 마스터."

"시장이 겁에 질려 달아났으니, 퀘스트 승인 보류 결정은 시장 권한을 대리하는 바젠 후작의 뜻이군요."

"맞습니다."

"바젠 후작은 무엇을 원할까요?"

"마스터는 알고 계십니다."

"이 도시겠죠."

"역시, 정확합니다."

"승인 보류를 했다는 건, 제게 원하는 게 따로 있다는 뜻이겠죠?"

"대단하십니다, 마스터."

"그게 무엇인지는 모르겠습니다."

"하하, 그건 책사인 제 몫입니다. 마스터께서 다 아신다면 제가 여기 있을 필요가 없지요. 필시, 후작은 시장 대리에 만족하지 않을 겁니다. '대리'를 빼고 싶겠지요. 아마 그 일에 마스터의 도움을 필요로 할 겁니다. 그와 동시에 마스터를 진흙탕에 빠뜨릴 겁니다."

"진흙탕이라구요?"

"사람들은 공통의 적이 있으면 단결하니까요. 후작은 마스터를 공공의 적으로 만들 겁니다. 저라면 그렇게 할 테니까요."

"망량이군요."

노바디는 즉시 답을 알아냈다.

"맞습니다. 현재로서는 두 가지 방법이 있습니다. 망량과의 관계를 당장 끊는 겁니다. 그렇게 할 경우, 빈민굴에서 벗어나 이곳으로 옮겨 온 사람들이 다시 쫓겨날 겁니다. 물론 천야장의 분노로 마레는 더 커지겠지만, 도시를 집어삼킬 수는 없습니다."

"다른 방법은요?"

"후작의 함정에 빠지는 겁니다. 그 함정에서 허우적거리며 살길을 찾아내는 겁니다."

"후자로 하죠."

"결정이 빠르십니다."

"선택의 여지가 없으니까요."

"맞는 말씀입니다."

콜마는 자기가 책사의 그릇이며 노바디가 군주의 그릇임을 이 순간 다시 한 번 확신했다.

결정권이 자기에게 있다면 두 가지 선택을 면밀하게 분석하여 어느 쪽이 더 유리한지 알아내느라 적어도 사흘, 어쩌면 열흘 가까이 시간을 끌지도 모른다. 그러다가 적기를 놓칠지도 모른다.

그러나 노바디는 듣자마자 결정을 내렸다. 노바디의 판단 기준은 명확했던 것이다.

책사가 모든 경우를 고려할 수 있는 사람이라면, 군주는 내면에 명백한 기준을 가진 사람이다.

스노빈이 다가왔다.

"시청에서 사람이 왔습니다, 마스터."

"알았어."

노바디는 한숨을 내쉬며 건물 입구로 내려갔다.

혼자 걸어가는 노바디를 본 스노빈이 콜마에게 물었다.

"오늘은 따라가지 않습니까?"

"그럴 가치가 없는 일이라서요."

콜마는 빙긋 웃었다.

체리는 아이들이 부러웠다.

제대로 먹지 못해서 앙상한 팔다리가 눈에 띄는 아이들이지만 망량이 다가와도 전혀 떨지 않았고, 오히려 검은 바다 마레로 장난치듯 드나들었다. 죽음의 기운은 물처럼 아이들을 띄울 뿐 체내의 생명력은 건드리지도 않았다.

다가오는 흐릿한 형체.

몸을 움찔거린 체리는 본능적으로 물러섰지만, 종령이 훨씬 빨랐다. 망량 중에서도 짓궂기로 유명한 종령 하나가 체리 옆으로 날아온 것이다.

빛바랜 붉은 치마를 입은 소녀 같은 망량.

"오, 오지 마."

차가운 바늘 수백 개가 피부를 찌르는 것만 같다. 심장이 오그라드는 기분.

"언니, 괜찮아요."

옆에 베키가 서 있었다.

"나, 난…… 아악!"

종령은 코앞에 둥실 떠 있었다.

눈을 감으며 주저앉는 순간, 체리는 바마퉁과 함께 던전으로 내려가 몬스터와 싸울 때가 그리웠다. 왜 고집을 부려 노바디 옆에 있겠다고 했을까?

베키가 앞으로 나서며 손을 내밀었다.

"아그넨, 멈춰."

몸을 흔들었지만 종령은 곧 뒤로 물러섰다.

아이들이 몰려와 노래를 불러 댔다.

"체리 누나는 바보래요. 체리 누나는 겁쟁이래요. 체리 누나는 못난이래요."

고개를 들 수 없는 체리.

"너희, 저리 가!"

베키가 소리쳤다.

"베키도 바보래요. 베키도 겁쟁이래요. 베키도 못⋯⋯."

아이들은 산적처럼 생긴 화령이 마레를 뚫고 나오자 깜짝
놀라 흩어졌다. 쫓아간 화령은 소매나 옷자락 끝에 불을 붙
여 아이들을 놀라게 한 후, 베키 옆으로 돌아왔다.

그 광경을 본 체리는 입을 쩍 벌렸다.

"어, 어떻게 한 거니?"

"루시는 나랑 친해요."

"루시?"

체리는 '루시'라는 이름을 듣자 화염이 좀 더 커진 화령을
볼 수 있었다.

'이 아이는 망량에다 자기 맘대로 이름을 붙인 거야.'

상상도 못 한 일이었다.

어릴 때 혼자 지하실에 내려간 적이 있었다. 둘째 오빠 프
롱리크의 심부름이었다. 그 축축하고 어두컴컴한 지하실에
서 체리는 망량을 보았다. 몸이 얼어붙었다. 그리고 정신을
잃었다. 깨어난 건 사흘 후였다.

시중을 드는 역할을 잠시 포기한 이유는 그 기억 때문이
었다.

마스터가 왜 하필 망량 봉쇄 구역으로 들어갔는지 수도 없
이 생각했다. 물론 겉으로 드러낼 수는 없었다. 나약함을 표

현하느니, 혀를 깨물고 죽는 게 낫다.

그래도 용기를 내어 이렇게 따라왔지만 망량은…… 보기만 해도 몸에서 힘이 빠져나가고, 정신이 아득해진다.

'이대로는 안 돼!'

체리는 베키를 간절한 눈빛으로 바라보았다.

"나, 나도 루시와 친해질 수 있을까?"

"루시도 언니와 친해지고 싶대요."

"……정말?"

"언니는 특별하대요."

"특별해? 내가?"

"어, 오빠가 나와요."

베키는 건물 입구로 달렸다.

그때, 노바디가 걸어 나와 베키의 머리를 어루만졌다. 그리고 화령과도 몇 마디 주고받았다.

체리는 그 옆으로 가고 싶었지만 발이 떨어지지 않았다. 화령 때문이었다. 마음 같아서는 봉쇄 구역을 벗어나 다시는 오지 않고 싶었다.

노바디가 베키와 함께 다가왔다.

"망량을 무서워한다면서?"

"……조금요."

"책사도 망량이 다가오면 움찔움찔 몸을 떨어. 체질적으로 예민한 사람도 있는 것 같아."

"아, 네."

그 말이 큰 위로가 되었다. 콜마가 자신과 비슷한 반응을 보인다는 게 얼마나 다행인가.

"베키에게 잘 배워. 베키는 망량과 아주 친하니까."

"어디 가세요?"

"시청."

"그러면 저도 같이……."

"여기 있어. 혼자 갔다 올게."

그렇게 말한 노바디는 마레로 쑥 들어갔다. 검은 바다는 터널처럼 길을 열어 주었다.

노바디의 뒷모습을 바라보던 체리는 힘을 내어 망량과 친해져야겠다고 생각하며 돌아섰다.

눈앞에 와 있는 화령의 퀭한 눈구멍이 보였다.

"아악!"

주저앉는 체리.

베키는 한숨을 쉬며 고개를 흔들었다.

빙그레 웃고 있는 바젠 후작의 얼굴을 주먹으로 날려 버리고 싶은 마음을 노바디는 겨우 참았다.

"무슨 일로 오셨는지요?"

시장의 집무실에 앉아 있던 후작은 몸을 일으키며 능글맞게 물었다.

"퀘스트 때문에 왔습니다."

노바디는 감정을 드러내지 않기 위해, 인벤토리에 넣어 둔 죽은 상추를 떠올렸다.

"이쪽으로 앉으시죠. 아, 혹시 승인 보류 때문인가요?"

"맞습니다."

앉으면서 대답한 노바디.

"그 건은 대단히 죄송하게 생각합니다만, 전문가 몇 명이 이의를 제기해서 저로서는 어쩔 수가 없습니다."

바젠 후작은 자신만만했다.

"그렇게나 번거롭다면, 아예 퀘스트 신청을 취소하겠습니다."

"뭐라고요?"

후작은 자기 귀를 의심했다.

그 귀한 검을 보상으로 내걸 정도면 무슨 일이 있어도 해야 할 일일 텐데, 이제 와서 취소하겠다?

머리가 빠르게 회전한 후작의 얼굴이 어두워졌다.

명검 퀘르를 내건 노바디의 퀘스트가 취소된다면 그 소식을 아브롬도 듣게 될 것이다. 그러면 예정보다 훨씬 빨리 엘루마로 돌아올지도 모른다.

'그러면 모처럼 차지한 시장 대리 자리도 사라지겠지.'

후작은 이방인을 바라보았다.

여유롭게 앉아 있는 노바디.

'보통 녀석은 아니야. 손쉽게 조종할 수 있으면 좋으련만. 그게 아니라도 뭐, 다룰 방법은 있지.'

마음을 고쳐먹은 바젠 후작은 노바디를 응시하며 천천히 입을 열었다.

"마레의 확장을 멈추게 해 주신다면 그 지역을 노바디 님의 자치령으로 인정해 드리겠습니다. 그리고 엘루마 북동쪽 레기루트 산맥의 탐쿰 은광도 얹어 드리겠습니다. 물론 1억 골드 상당의 금괴와 각종 보물도 함께요."

바젠 후작은 느긋하게 젊은 이방인을 살폈다. 놀란 표정은 찾을 수 없었다.

'의외야. 이 정도면 입을 쩍 벌리고 침을 질질 흘릴 줄 알았더니. 역시 무시 못 할 인물이었어.'

"아직 만족하실 수는 없겠지요. 1억 골드는 일종의 계약금이라고 보시면 됩니다. 저는 분기별로 1억 골드씩 노바디 님께 지급할 생각입니다. 따라서 1년에 4억 골드가 되는 거지요. 어떻습니까?"

역시 변함없는 얼굴.

바젠 후작은 짜증이 났다. 이 탐욕스러운 이방인은 대체 뭘 원할까? 이 정도 제안은 세븐 길드를 이끄는 아레스라고 해도 깜짝 놀랐을 텐데.

싱크

노바디가 천천히 입을 열었다.

"제가 원하는 건, 퀘스트 승인입니다만."

"하하, 당연히 승인해 드려야지요. 문제는 퀘스트 소식을 듣고 몰려올 이방인들입니다. 노바디 님도 알고 있겠지만, 명검 퀘르에 이끌려 달려올 이방인의 수는 어마어마할 겁니다. 엘루마로서는 매우 부담스러운 퀘스트가 아닐 수 없습니다."

"그 제안을 받아들인다면 퀘스트가 승인되는 겁니까?"

"그렇습니다."

"뭐, 그렇게 말씀하시니 도리가 없네요. 받아들이겠습니다. 하지만 마레의 확장을 멈추는 데는 시간이 필요합니다."

"그럴 거라고 생각했습니다."

바젠 후작은 미리 준비한 계약서를 꺼내어 앞으로 내밀었다.

노바디는 사인을 했다.

활짝 웃는 바젠 후작.

'이제 넌 내 거야. 지금은 네놈이 주도권을 쥐었다고 생각하겠지만……'

"아, 한 가지 부탁드릴 일이 있습니다."

"말씀하세요."

"노바디 님을 신뢰하지만, 시청은 보다 확실한 근거를 원해서요. 그 퀘스트의 과정을 지켜볼 사람을 파견했으면 합니다만."

"얼마든지요."

"시원시원하시군요. 역시 청춘은 아름답습니다."

껄껄 웃으며 바젠 후작이 손짓하자, 문이 열리고 한 사람이 천천히 걸어왔다.

"안녕하세요, 노바디 님. 전 카린입니다. 후작님의 요청으로 이 순간부터 퀘스트를 심사할 계획입니다."

녹색이 감도는 비단 드레스를 입었지만, 활동에 전혀 문제 없어 보이는 여자였다. 인상적인 부분은 선녀의 날개처럼 등 뒤로 넘실거리는 푸른빛 형겊이었다.

"실은 제 딸입니다."

"아, 그렇군요."

노바디는 카린을 힐끔 쳐다봤을 뿐이었다. 조금의 관심도 보여 주지 않았다.

메시지 창이 떠올랐다.

퀘스트 NPC
카린 델 바젠이 한시적 퀘스트 NPC로 등록됩니다. 퀘스트 창을 통하여 NPC의 상태를 확인할 수 있습니다.

후작은 딸을 향해 살짝 고개를 끄덕였다.

카린은 먼저 복도로 나간 노바디의 뒤를 따랐다. 아버지의 뜻은 이미 잘 알고 있었다.

"노바디 님은 뭘 좋아하세요?"

"혹시 황게찜 드셔 보셨어요? 이방인은 거의 들어 보지도 못했을 거예요."

"베룬다크 가 보셨어요? 눈이 휘둥그레지는 고급 상점인데, 엘루마에선 최고랍니다. 물론 수도 마르세르에는 그보다 좋은 곳도 있지만요. 이 바람날개는 베룬다크에서 구한 건데, 숨겨진 비밀을 풀면 전설의 도시인 천도로 올라갈 수 있대요."

카린은 할 말이 많은, 언제든 말을 쏟아 낼 수 있는 여자였다. 바젠 후작의 딸이기 때문에 함부로 대할 수는 없어서 대충 대답을 했지만, 이 젊은 여자는 조금도 지치지 않았다. 내버려 두면 귀에서 진물이 흐를지도 모른다.

멈춰 선 노바디가 카린을 보며 물었다.

"체력 어때요?"

"체력요? 물론 좋죠. 어릴 때부터 춤으로 몸을 단련했으니까요."

"아, 다행입니다."

피식 웃은 노바디는 카린의 손목을 잡고 현섬을 펼쳤다.

달리는 마차에서 사라진 두 사람은 목책 공사가 진행 중인 곳에 나타났다. 하얗게 질린 카린은 땅바닥에 구토를 하다가

정신을 잃고 자기가 뱉은 토사물에 처박혔다.

"이런."

아주 조금, 미안했다.

노바디는 잠시 카린을 내려다보았다. 버리고 갈까도 생각했지만 바젠 후작이 앙심을 품는다면 퀘스트 승인이 또 보류될지도 모른다.

고민 끝에 더러운 얼굴을 탐스러운 금발로 붕대처럼 감은 후, 두 팔로 안고 봉쇄 구역 너머로 들어섰다. 인부들은 그 모습을 바라보다가 다시 작업에 몰두했다.

"그건 뭐야?"

건물 앞에 서 있던 스노빈이 다가왔다.

"선물."

노바디는 기절한 카린을 스노빈에게 던졌다.

의외로 무거워 카린을 받았다가 주저앉은 스노빈은 악취에 고개를 획 돌렸다.

"……여자잖아."

"체리는?"

"지하실."

"지하실에는 왜?"

"베키와 함께 내려가던데."

"음, 그래? 아무튼 이 여자 좀 부탁해."

노바디는 현섬을 펼쳐 사라졌다. 카린이 깨어나기 전에 콜마와 의논하기 위해서였다.

콜마는 갑자기 나타난 노바디를 보고 가슴에 손을 올렸다. 아직 저 신비한 공간 이동술에 적응할 수 없었다.

"빨리 갔다 오셨습니다, 마스터."

"바젠 후작은 엘루마를 꿀꺽 삼키고 싶은 모양이에요."

노바디는 계약서를 콜마에게 건넸다.

콜마는 기묘한 표정을 지었다. 기쁘면서도 어딘지 모르게 못마땅한 얼굴이었다.

"자치령에 은광이라…… 마스터 말씀이 옳습니다. 수고하셨습니다."

"책사."

힘이 깃든 노바디의 목소리를 듣는 순간, 가슴이 쿵쿵 뛰었다. 콜마는 자신도 모르게 주먹을 쥐었다.

"네, 마스터."

"아무래도 바젠 후작에게 끌려가고 싶지는 않습니다. 책사께서 수고 좀 해 주셔야겠습니다."

"말씀하십시오."

"엘루마를 벗어나 수도로 가고 있을 시장 아브롬을 만나 주세요."

"……만난 다음에는요?"

"마음을 돌려서 엘루마로 데려오세요."

콜마는 할 말을 잃었다.

그런 방향은 생각해 본 적이 없었다. 처음으로 노바디의 생각을 가늠하기 어려웠다.

왜 도망친 겁쟁이가 시장을 찾아오려는 걸까? 아브롬을 데려오면 섬바디 길드의 성장 기회가 사라질지도 모르는데.

더 큰 문제는, 죽음의 마법에 공포를 느끼는 아브롬을 어떻게 데려오느냐 바로 그 점이었다. 그 방법에 대해 물어보려는데 노바디가 선수를 쳤다.

"책사라면 할 수 있을 거라고 믿어 의심치 않아요."

"……마스터."

"서둘러 떠나세요. 그리고 겔란드 장로와 함께 가세요."

고개를 숙인 후 복도로 나간 콜마는 나직이 중얼거렸다.

"내가 너무 잘 가르쳤는지도 모르겠구나. 어쩌면 이번에는 오히려 내 능력을 시험하는지도 모르겠어."

지금 이 시간에 겔란드가 어디 있을지 생각해 낸 콜마는 마스터의 명령을 수행하기 위해 필요한 것들을 고민하며 걷기 시작했다.

뮤카멘 백작은 지난 한 달 동안 제작된 무구의 수와 그 가격이 적힌 장부를 훑고 있었다.

찌푸려진 눈살.

용갑의 종류와 개수가 흐릿해진 탓이다. 나이 때문인지 요즘 들어 시야가 뿌옇다.

백작은 팔을 뻗는 동시에 상체를 뒤로 젖혔다.

'안경을 맞춰야 하나…….'

장부를 직접 검토하는 일은 꽤 오랫동안 직접 하지 않았다. 언제부터인가 딸 체리가 도맡아 처리했던 것이다.

체리가 가문을 나간 이후 잠시 프롱리크에게 맡겼지만, 예상을 뛰어넘기는커녕 기대에 못 미쳐 어마어마한 손해를 입고 말았다. 그 재앙 이후, 백작은 장부를 꼼꼼히 확인해 왔다.

복도를 달려오는 요란한 발소리가 들렸다.

백작은 한숨을 내쉬었다. 저 우악스럽고 시끄러운 소리는 둘째 프롱리크 짓이었다. 숱하게 지적을 해도 고쳐지지 않는 버릇이었다. 프롱리크는 귀족 특유의 우아함보다 저잣거리의 거친 행동에 익숙했다.

쾅.

노크도 없이 열린 문.

프롱리크는 아버지를 확인한 후에야 숨을 헐떡거렸다.

"아, 아버지, 큰일 났습니다."

"오늘은 또 뭐냐?"

백작은 장부를 덮었다.

"쿠리단이 사람을 죽였습니다."

"……!"

이번엔 백작도 깜짝 놀랐다.

"결투 끝에 롱티메 소공작을 죽였답니다."

"……롱티메?"

백작의 입에서 신음이 새어 나왔다.

"언젠가 이런 날이 올 줄 알았어요. 쿠리단은 여자를 너무 좋아하니까요. 이번에도 소공작의 여자를 건드렸다가 결투를 한 모양입니다."

프롱리크는 형에게 벌어진 일을 즐겁게 재잘거렸다.

그 순간, 백작은 앞을 볼 수 없었다. 회색의 안개가 짙게 깔린 것 같았다. 어릴 때부터 신동으로 알려진 형에게 열등감을 가진 프롱리크의 기뻐하는 목소리는 들렸지만, 그 표정은 도저히 보이지 않았다.

쿵쿵 뛰는 심장.

백작은 마음을 가라앉혔다. 현기증은 곧 사라질 것이다.

한참 떠들던 프롱리크가 이상한 낌새를 느꼈다.

"아버지?"

"지금은 어디 있다더냐?"

"가족만 데리고 빠져나와 여기 엘루마로 오는 중이랍니다."

"넌 믿을 만한 놈들을 이끌고 쿠리단을 마중 가거라."

"제가요?"

"그럼 내게 누가 있느냐?"

"……아버지의 뜻이니, 뭐, 어쩔 수 없죠. 그럼, 갑니다."

프롱리크는 복도로 나갔다.

쿵, 문 닫히는 소리가 들릴 때까지도 시력은 회복되지 않았다.

백작은 손을 뻗어 고풍스러운 테이블 위를 더듬었다. 두툼한 장부 너머에 조그만 종이 있었다. 종을 흔들자 청명한 소리가 퍼져 나갔다.

"부르셨습니까, 가주님."

집사장이 다가왔다.

"포칠란을 불러 주게나. 은밀하게."

"알겠습니다."

집사장은 가주가 왜 주치의를 부르는지 그 이유를 묻는 대신, 발소리 하나 내지 않고 서재를 떠났다. 프롱리크보다 백배나 세련된 행동이었다.

"음."

주름진 이마에 크고 동그란 안경이 인상적인 주치의 포칠란의 목소리는 무거웠다.

"아저씨, 사실대로 말씀해 주십시오."

시력은 돌아왔다. 그럼에도 백작은 죽음이 가까이 다가와 있음을 직감했다. 어쩌면 아버지의 죽음을 곁에서 지켜본 포칠란보다 자신이 먼저 죽을지도 모른다.

"길면 2년, 짧으면 1년일세. 전대 가주와 같은 병이라네."

"알겠습니다."

"도움이 될 만한 약을 구해 주지."

포칠란은 힘없이 몸을 일으켰다. 방법만 있다면 어떻게든 해 보겠지만, 이 병은 마법으로도 고칠 수가 없다.

"아저씨가 저라면 누구에게 가문을 맡길 건가요?"

"난 가주가 아닐세."

포칠란이 웃는다.

백작도 따라서 웃었다. 저 미소는 언제 봐도 마음이 푸근해진다.

"죽어 가는 사람 소원 좀 들어주세요."

"내가 가주라면, 체리언 그 아이에게 가문을 맡기겠네."

"……."

백작은 아무 말도 못 했다. 체리는 여자다. 그 때문에 가문의 계승자로는 고려조차 하지 않았다. 다만, 여자가 아니었으면 얼마나 좋을까 생각만 했을 뿐이다.

"세상이 바뀌고 있지 않은가."

그렇게 말한 포칠란은 침실을 빠져나갔다. 집사장은 주치의를 따라 나갔다.

혼자 남은 백작은 포칠란이 무엇을 말하는지 천천히 깨달았다. 이방인의 출현으로 세상은 어마어마한 속도로 달라지고 있다. 그러니 전통적으로는, 상식적으로는 불가능한 일이 충분히 가능해진다.

침실 밖으로 나간 백작.

"가주님?"

집사장이 깜짝 놀라며 다가왔다.

"갈 곳이 있네."

"……준비하겠습니다."

백작의 눈빛을 본 집사장이 고개를 숙였다.

딸은 돈 몇 푼에 팔렸다.

아버지가 개자식이라면 마음껏 미워할 텐데.

넷이나 되는 동생들을 위해 스스로 그 끔찍한 길을 택한 딸은 가난한 아버지를 탓하지도 않았다. 그저 포악한 상인의 소유가 되어 하루하루 고통을 참으며 살아갈 뿐이었다. 그러다가 스무 살이 되기 전, 삶은 끝나 버렸다.

체리는 입술을 깨문 채 울고 있었다. 뺨을 흘러내린 눈물은 턱에 맺혔다가 뚝뚝 지하실 바닥으로 떨어졌다.

베키 덕분에 망량의 과거를 알게 되었다. 베키 덕분에 망량이 무시무시한 존재가 아님을 깨닫게 되었다.

체리는 처음으로 망량을 정면으로 쳐다봤다.

"이름이 뭐예요?"

아무것도 들리지 않았다.

"트니아래요. 제가 물어봤을 땐 알려 주지 않았는데. 언니는 대단해요."

베키였다.

"트니아, 미안해요. 정말 미안해요. 난 몰랐어요. 정말 몰랐어요."

체리는 눈앞의 망량을 피해 달아났다는 사실 자체가 미안했다.

―나도 미안해요.

트니아의 목소리가 머릿속을 울렸다.

깜짝 놀란 체리.

트니아는 손을 뻗었다.

체리도 손을 앞으로 내밀었다.

그 손이 만난 순간 체리는 얼음을 손으로 쥔 듯한 느낌을 받았지만, 놓고 싶은 마음은 조금도 없었다. 차가운 기운이 체리의 몸으로 흘러들었다. 반대로 체리의 몸에 깃든 따스한 생명력은 트니아의 몸으로 빠져나갔다.

"언니, 얼굴이 하얘요."

베키가 말했다.

체리는 이러다가 죽는다는 사실을 알지만 그 손을 놓을 수 없었다. 자신의 몸에서 빠져나간 기운 덕분에 트니아가 생전의 모습을 서서히 되찾고 있었던 것이다.

체리는 트니아의 진짜 얼굴을 보고 싶었다.

'내가 죽는다고 해도, 지금의 난 되살아날 수 있으니까.'

퀘스트가 발표되었다. 엘루마 곳곳에 퀘스트 내용이 담긴 벽보가 나붙었다.

이미 시청에서 새어 나간 소식만으로도 소문이 들끓고 있었지만 공식 발표로 어마어마한 사람들이 관심을 가졌다. 특히 이방인들은 명검 퀘르가 보상이라는 사실에 깜짝 놀라 사실인지 다시 확인할 정도였다.

엘루마에서 활동하는 길드들은 일제히 참가를 선언했다. 이름만 대면 알 만한 고렙 유저들도 마찬가지였다. 그들은 퀘스트가 공식적으로 시작되는 순간을 손꼽아 기다리고 있었다.

아레스는 벽보 앞에 서 있었다. 수십 명이 벽보를 손가락질하며 저마다 떠들어 댔다.

"퀘르가 그렇게 귀한 검이야?"

"건물 열 채는 사고도 남을걸."

"열 채가 무슨 말이야? 백 채도 살 수 있을 거야."

"대체 어떤 이방인이 그렇게나 귀중한 검을 내건 거야?"

"난 노바디라는 이방인보다 명검 퀘르를 잃어버린 이방인이 더 궁금해. 대체 어떤 놈일까? 얼마나 멍청하기에 저렇게나 귀한 보물을 잃어버렸을까? 혹시 노바디에게 빼앗긴 거 아닐까?"

"아, 그럴지도 모르겠다. 노바디는 하이엘프 셀레스카르의 제자잖아."

"나 누군지 알아. 세븐 길드의 마스터 아레스라는 여자야. 그 여자가 퀘르의 주인이었어."

아레스는 더 이상 거기 서 있을 수 없었다. 분노를 터트렸다간 여기 있는 사람들 모두를 죽이고 말 것이다. 세븐 길드가 공식적으로 퇴출된 상황에서 저 멍청이들을 학살하면 귀찮은 놈들에게 쫓길 터였다.

그동안 노바디가 경매에 올릴지도 몰라서 아이템 경매장을 기웃거렸다. 그런데 이런 식으로 뒤통수를 칠 줄이야.

대체 노바디는 왜 룩소르 사냥터 돌파 퀘스트에 명검 퀘르를 내걸었을까?

아무리 생각해도 그 답을 알 수가 없었다.

검은 바다로 둘러싸인 봉쇄 구역 깊숙한 곳의 공터에서, 노바디는 다 잊고 수련에 매진했다.

일단 네 명의 분신을 만들었다.

다섯 명의 노바디는 천부선공의 제1문 축현으로 대자연의 기를 몸 내부로 받아들인 후, 수라부월공과 천무삼권으로 땀을 뺐다. 망량들은 노바디의 주먹에서 흘러나오는 기를 따라 이리저리 헤엄치며 돌아다녔다.

다음은 목검을 꺼내어 광현칠검보의 정이생음을 펼쳤다. 사방으로 내뿜은 기를 목검에 담는 규검 방식의 초식이 바로 정이생음이었다. 정이생음은 펼치는 속도가 느리지만, 그 위력은 압도적이었다.

정이생음의 기가 목검을 통해 폭발하는 순간, 망량들은 돌덩이가 떨어진 연못 속 물고기들처럼 사방으로 흩어졌다.

마지막은 천부선공의 제2문 쌍각과 제3문 파위였다. 파위는 아직 미완성이었다. 어떻게 해야 완성할 수 있는지조차 모르는 상태였다.

시선이 느껴졌다.

고개를 돌리자, 천야장이 노바디를 지켜보고 있었다.

"과연 자네는 셀레스카르의 제자였어. 그 친구는 잘 지내고 있나?"

"사부님을 아십니까?"

노바디는 분신을 없앴다.

"알다마다. 함께 싸우기도 했으니, 전우라고 말할 수도 있지."

"아!"

노바디는 셀레스카르가 두 차례의 몬스터대전에 참가했다는 사실을 알고 있었지만, 그래도 놀랄 수밖에 없었다.

"그 친구는 내게 경고를 했었지, 아무나 믿지 말라고. 난 버럭 화를 냈었네. 오히려 이간질한다고 비난을 퍼부어 셀레스카르를 난처하게 만들었다네. 결국 셀레스카르의 말이 옳았어. 난 배신을 당했으니까."

노바디는 아무 말도 하지 않았다. 그저 생전의 결정을 후회하는 천야장을 물끄러미 바라볼 뿐이었다.

'나도 어떤 결정을 내린 후에 뼈저리게 후회할 날이 올까?'

"아무도 믿지 말게, 자네 자신 외에는. 그래야 누구에게도 배신당하지 않을 거야."

몸을 돌린 천야장은 뒷짐을 진 채 검은 바다 너머로 사라졌다.

'배신'이라는 쓰라린 단어가 노바디의 가슴속에서 크게 울렸다. 또 다른 단어가 꼬리를 물고 떠올랐다.

아버지.

눈물이 핑 돌았다. 그냥.

노바디는 서둘러 그 위험한 감정을 추슬렀다. 머릿속 어딘가에 파묻힌 기억이 생각날까 두려웠다. 무엇인지 모르지만 한번 열리면 거기서 끔찍한 것들이 튀어나올 것만 같았다.

그때, 반투명 창이 떴다.

노바디는 전령을 만나 보기로 마음먹었다.

읽은 메시지를 삭제하는데 실수로 저장 버튼을 누른 그는 메시지 관리 창을 열었다.

"이게 뭐야?"

길드 마스터의 메일박스에 읽지 않은 메시지가 무려 1,315통이나 와 있었다.

그중 하나를 읽었다.

섬바디 길드에 꼭 가입하고 싶습니다.

메시지 아래에는 종족, 레벨, 직업, 특수 스킬과 보유한 아이템 등이 자세히 나와 있었다.

"레벨이 200 중반이나 되는 사람이 왜 우리 길드에 오려는 거지?"

고개를 갸웃거린 노바디는 또 다른 메시지를 열었다.

섬바디 길드를 최강의 길드로 키우는 데 힘을 보태고 싶어서 메시지를 보냅니다.

"우와, 레벨이 343이잖아."

노바디는 깜짝 놀랐다.

대부분은 100대 초중반의 '저렙' 유저들이지만, 중렙에서 고렙으로 올라가는 게이머들도 꽤 많았다.

노바디는 그들이 왜 섬바디 길드에 들어오려는지 이해할 수 없었다. 무엇보다 얼굴도 모르는 사람을 길드의 일원으로 받아들일 마음은 없다.

"삭제."

천 통이 넘는 메시지 전체를 없앴다. 속이 후련했다.

처음 길드를 만들었을 때, 메시지 받는 조건을 설정해 두었다. 그 때문에 길드 마스터에게 보내지는 메시지는 따로 뜨지 않는다. 섬바디 길드 멤버거나 노바디가 소속된 길드, 혹은 시청 같은 중요 기관에서 보내는 메시지만 나타나도록 조건을 걸어 둔 것이다.

노바디가 다가가자 마레는 살아 있는 생물처럼 꿈틀거리며 터널을 만들었다. 그 검은 물 너머로 망량들은 자유롭게 헤엄치고 있었다.

가까이 지나갈 때마다 기억 한 토막이 흘러들었다. 얼마 남지 않은 빛나는 기억들이었다. 때로는 슬퍼서 가슴이 아픈 기억도 있었다.

'이 사람들에 비하면 난 고생한 것도 아니야. 난 그저 방에 처박혀 있었을 뿐이니까. 저 망량들은…… 그렇게 고통을 겪

어야 할 이유가 없어.'

노바디가 만들어 낸 분신은 훌쩍 도약하여 마레로 뛰어들었다.

과자 부스러기를 보고 몰려든 연못 속 잉어들처럼 다가오는 망량들. 몸이 무겁고 힘이 빠졌지만 노바디는 개의치 않았다.

비틀거리며 터널을 빠져나와 철책에 이른 노바디는 낯익은 사람을 발견했다.

"오랜만이야."

유설아가 손을 흔들었다.

"스로칸의 연궁대주, 맞지?"

전사가 되기 위해 찾아간 투굴에서 시험이 치러졌다. 유설아는 두 번째 시험관이었고, 게이머였다.

"이거 영광이야. 섬바디 길드의 마스터가 날 기억해 주다니 말이야."

"당신이 전령이야?"

"보통은 NPC가 하는데, 내가 자청했어."

"왜?"

"당신을 만나고 싶었으니까. 길드 가입 신청서를 보냈는데 답이 없더라고."

"신청서가 워낙 많아서. 그리고 게이머는 받지 않아."

노바디는 읽지도 않고 삭제했다는 말은 할 수 없었다.

"……."

유설아는 순간 귀를 의심했다.

"게이머를 받아들이기로 결정한다면, 당신에게 먼저 연락할게."

"마, 말도 안 돼. 게이머를 받지 않는다니? 그게 무슨 말이야? 설마 NPC만 길드 멤버로 받아들인다는 뜻이야?"

"지금은."

재미를 위해 페플에 접속하는 게이머는 신뢰할 수 없다. 사정이 생기면 언제든지 그만둘 것이다.

"……넌 미쳤어."

"용건은?"

그 말에 유설아는 정신을 차렸다. 이곳에 온 목적을 겨우 기억해 낸 것이다.

"이거야."

동그랗고 새까만 돌멩이를 내민 유설아.

노바디가 그 돌멩이를 받자, 메시지 창이 열렸다.

스킬 만들기
축하합니다!
당신은 전사로서 충분한 수련을 쌓았습니다. 이제 승급을 위해 전사 스킬을 직접 만들 차례입니다. 알려지지 않은 스킬을 만든다면 병사, 검투사, 헌터, 용병, 무인, 자객 등으로의 전직 퀘스트를 받을 수 있습니다. 그리고 전사 길드에 등록된 스킬로 인해 금전적 이익을 얻을 수도 있습니다.

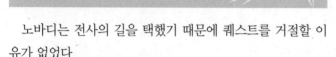

노바디는 전사의 길을 택했기 때문에 퀘스트를 거절할 이유가 없었다.

"그런 방식은 위험해."

유설아였다.

"어떤 방식?"

"NPC만으로 길드를 운영하는 것. 다른 길드들이 공격할 테니까. 버틸 수 없을걸."

"그럴까?"

노바디는 그 점을 미처 몰랐기 때문에 지적해 준 유설아가 고마웠다.

NPC를 중시할수록 게이머, 즉 이방인들로 조직된 길드의 미움을 살 것이다. 공공의 적이 될지도 모른다.

"현실적으로도 불가능해. NPC는 다루기 어려워. 원하는 게 워낙 많으니까."

게이머는 노예 같은, 수동적이고 묵묵히 명령을 수행하는 NPC를 원한다. 그러나 페플에서 NPC는 성장할수록 '성격'이 강해진다. 그리고 특정한 NPC는 진짜 사람과 다를 바가 없을 정도로 성향이 뚜렷해서, 웬만해서는 이방인과 함께 다니지 않으려 한다.

"쉬운 길이 옳은 길일까?"

노바디가 말했다.

"……."

뒤통수를 한 방 맞은 듯한 유설아.

"아무튼 조언 고마워. 나중에 기회가 되면 꼭 연락할게."

노바디는 철책 안으로 들어섰다.

마레의 터널을 걸어가는데 갑자기 옆에 체리가 나타났다.
곧 그 이유를 깨달은 노바디의 눈이 휘둥그레졌다.

"누가 공격한 거야?"

"아니에요."

눈이 촉촉한 체리.

"그럼 왜 죽었어?"

"……."

눈물을 흘린 체리는 노바디의 품으로 뛰어들었다.

엉겁결에 체리를 안은 노바디.

아치형의 마레 벽으로 망량들이 몰려와 그 광경을 지켜보
았다.

"괜찮아?"

"트니아가 너무 불쌍해요."

"트니아?"

노바디는 모여든 망량들의 수다 덕분에 트니아가 망량의
생전 이름이라는 사실을 알 수 있었다. 곧 무슨 일이 벌어졌

는지도 눈치챘다.

체리를 꽉 안아 주는 노바디.

"가만히 있어."

노바디는 체리를 데리고 건물 옥상으로 이동했다.

탁 트인 옥상의 공기는 시원했다. 난간으로 걸어간 노바디
는 주위를 내려다보았다.

체리는 천천히 평정을 되찾았다. 목숨을 잃은 대가로 트니
아의 아름다운 얼굴을 볼 수 있었다. 그 장면을 도저히 잊을
수 없었다.

"내게 책임이 있어요."

체리가 말했다.

말없이 체리를 바라보는 노바디.

"난 귀족이에요. 뮤카멘 백작가의 일원이니까요. 트니아가
그 끔찍한 삶을 살아갈 때도 뮤카멘 백작가는 존재했어요.
하지만 아무것도 하지 않았어요. 도와주지도 않았고, 도울
생각조차 하지 않았어요. 전 그때 태어나지도 않았지만……
그래도 책임을 피할 수는 없어요."

체리를 향한 노바디의 시선이 한결 부드럽게 변했다.

"그래서?"

"여기 있는 망량들, 할 수만 있다면 그 억울한 사정을 들
어 주고 싶어요. 그들이 편히 쉴 수 있도록 도와주고 싶어요.
그리고 두 번 다시 그런 비극이 일어나지 않도록…… 뮤카멘

백작가를…… 이 도시를 바꾸고 싶어요."

체리는 자기가 무엇을 원하는지 아직 몰랐다. 도시를 바꿀 만한 위치에 대해서도 구체적인 생각을 하지 않은 것이다.

노바디는 달랐다.

'콜마를 보내서까지 시장 아브롬을 데려오는 이유는 바젠 후작이 제멋대로 날뛰지 못하도록 만들기 위해서야. 아브롬 을 시장 자리에 계속 둘 생각은 조금도 없어. 가는 길이 험하 겠지만, 이제야 시장 자리에 앉을 사람을 찾은 것 같아.'

콜마 덕분에 사고의 경계가 확장된 노바디는 어떻게 해야 체리를 시장으로 만들 수 있을지 머릿속으로 생각했다.

구체적인 방법은 아예 떠오르지도 않았다. 그래도 한 가지 는 확실했다.

'체리보다 더 적격인 사람이 나타나기 전까지는, 난 이 여 자를 시장으로 만들고 말 거야.'

단단한 결심!

그때, 저 아래에서 앙칼진 목소리가 들렸다.

"노바디 님! 대체 어디 있어요?"

카린이었다.

그 음성을 알아차린 체리가 노바디를 쳐다봤다. 노바디가 짧게 설명하자, 체리는 웃음을 터뜨렸다.

"체리, 너지? 어디 있어? 노바디 님과 같이 있는 거야? 대 답 좀 해!"

처절한 목소리.

노바디와 체리는 난간에 등을 기댄 채 입을 가리며 웃고
있었다.

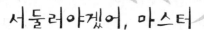

서둘러야겠어, 마스터

윙윙 소리를 내며 돌아가던 분석 기계가 멈췄다. 결과를 본 안진후는 뺨을 부풀리며 숨을 내쉬었다.

"역시."

녹색 회복약의 성분, 여기 현실에서는 존재하지 않는다. 운석에 실려 지구 표면으로 추락하는 외계의 물질과 흡사하지만, 한 가지 지점은 달랐다.

페플에서 이곳으로 온 물질은 일정 시간 동안 그 기능을 유지한다. 녹색 유리병에 든 회복약은 하루, 즉 스물네 시간가량 그 효과가 지속되었다.

안진후는 산세베리아 잎으로 정교하게 시간을 쟀다.

대략 스물네 시간까지는 잘라 낸 산세베리아의 잎 절단면에 회복약을 바르고 원래 있던 곳에 붙이면 마치 처음부터 자르지 않은 것처럼 회복되었다. 그러나 하루를 넘기면 회복약은 그저 정체불명의 액체로 변해 버렸다.

거기에도 예외는 있다.

신기하게도 김현이 근처에 있으면 회복약은 변질되지 않는다. 가까이 있을수록 회복약의 보관 기간은 길어진다. 이 부분을 제대로 확인하기 위해 안진후는 하루에 한두 번은 직접 김현을 찾아갔다.

마음 같아서는 김현을 꽁꽁 묶어 놓고 그 비밀을 밝혀내고 싶지만, 그럴 수는 없었다. 김현에겐 페플에서의 임무가 있었다.

"내게도 그런 능력이 있다면 좋을 텐데."

안진후는 자신만의 아지트이자 실험 공간인 '쥐구멍'에서 빠져나와 주방으로 향했다.

냉장고를 연 그는 녹색의 액체가 든 시약을 꺼냈다.

냉동고에 넣어 놓은 시약은 얼어 있었다. 보관 방식에 따라 약효의 지속 시간이 어떻게 달라지는지 확인하기 위해서였다.

안진후는 어제 냉장, 냉동, 실내, 진공 밀봉, 열처리 후 밀봉 등 다양한 방식으로 시약을 만들어 두었다.

"어?"

상온에 보관하려고 식탁 위에 올려놓은 시약 하나가 보이지 않았다.

"뭘 찾는 건가?"

닥터 프로메테우스였다.

"여기 시약을 올려 뒀는데 안 보이네요."

"시약? 아, 슈뢰딩거가 갖고 노는 약병을 보았네."

"슈뢰딩거가요?"

눈살을 찌푸린 안진후는 욕실로 향했다.

한동안 가스 불을 맹렬하게 섭취하던 불의 정령은 이제 물로 가득 찬 욕조에 들어가 시야가 가려질 정도로 짙은 수증기를 만드는 일에 푹 빠져 있었다.

안진후가 문을 열자, 뜨거운 안개가 훅 밖으로 나오며 그를 덮쳤다.

'완전 사우나잖아.'

미리 눈을 감았던 안진후는 천천히 눈꺼풀을 밀어 올렸다.

욕조에 붉은 짐승 한 마리가 배를 보이며 누워 있었다. 찰랑거리며 넘치는 물은 부글부글 끓고 있었다. 거기로 녹색의 액체가 든 약병이 떠다니고 있었다.

─오빠.

저 큰 짐승에게서 매혹적인 목소리가 흘러나왔다.

곧 눈이 휘둥그레질 일이 벌어졌다. 암사자 같은 슈뢰딩거가 서서히 변하더니 붉은 피부의 여인이 된 것이다.

알몸의 여인은 깜짝 놀란 안진후를 향해 윙크까지 했다.

-어때요?

'……너.'

-남자들은 이런 모습을 좋아한다면서요?

'언제부터 변신할 수 있게 된 거야?'

-음, 얼마 안 됐어요. 어쩌다 보니 이렇게 된 거 같아요. 다 오빠 덕분이에요.

'약병이나 던져.'

-알았어요.

슈뢰딩거가 손을 뻗어 시약이 든 약병을 건져 가볍게 던졌다.

문을 닫고 나온 안진후는 고개를 흔들었다.

'저 녀석은 정령이야. 불의 정령.'

-다 들려요, 오빠.

안진후는 도망치듯 쥐구멍으로 돌아가 유리병의 내용물을 확인했다.

모두 효능을 잃었는데 유독 시약 하나만 여전히 회복 능력을 간직하고 있었다. 바로 슈뢰딩거가 욕실에서 장난감처럼 갖고 놀던 그 시약이었다.

"설마?"

안진후는 흥분했다.

싱크

김현은 잠에서 깼다.

흐릿한 스탠드 불빛이 시야에 들어왔다. 몸을 일으키는 순간 헐떡거리는 숨소리가 들렸다. 꿈은 기억나지 않지만 왠지 다급하게 쫓기다가 깬 것 같았다.

붉은 소파에 누웠던 김현은 몸을 일으켰다. 잠은 달아나 버렸다. 언제부터인지 몰라도 한두 시간의 수면으로 충분했던 것이다. 게다가 마음만 먹으면 이틀, 혹은 사흘 정도는 자지 않고도 버틸 수 있었다.

"뭘 하지?"

갑자기 생각난 게 하나 있었다.

김현은 소파에 등을 기댄 채 손을 뻗으며 인벤토리를 열었다. 거기서 책 한 권을 꺼냈다.

《군주지도》.

바로 콜마가 건넨 낡은 책이었다.

콜마는 이 책을 주며 빨리 외운 후 태우라고 말했었다. 대체 어떤 내용이기에 그런 말을 했을까?

가슴이 두근거렸다. 왠지 이 책을 읽으면 현명해질 것 같았다. 지혜로운 마음으로 옳고 그름을 분간할 수 있다면 얼마나 좋을까.

입술을 침으로 축이며 페이지를 넘겼는데, 곧 머리가 지끈거렸다.

《군주지도》는 지배의 형태를 둘로 나누는 내용으로 시작되었다.

군주에 의한 지배와 귀족에 의한 지배.

그 뒤로는 처음 듣는 국가와 왕, 신하들, 용병과 무인 그리고 마법사의 이름까지 줄지어 나왔다. 지루한 역사책을 읽는 기분이었다.

하품이 흘러나온다. 눈물이 찔끔 눈가를 적신다.

두 장도 읽지 않았건만.

이런 책은 아무리 읽어도 지혜로워질 것 같지 않았다. 도리어 머릿속에 무거운 바윗덩이가 들어앉아 생각 자체를 방해할 것만 같았다.

책을 덮고 만 김현.

"……나중에."

《군주지도》를 발치로 던지는 순간, 핸드폰 벨이 울렸다. 이 시간에 전화를 할 사람은 하나뿐이다.

화면을 본 김현의 입가에 미소가 걸렸다. 《군주지도》를 읽으려다 받은 스트레스가 날아가 버렸다.

"또야?"

-곧 도착하니까 문 열어.

"왜 이렇게 자주 오는 거야?"

-집 밥.

그 당당한 태도에 웃음이 터졌다.

김현은 청명으로 엘리베이터 올라오는 소리를 들었고, 정확히 안진후가 문 앞으로 다가서는 순간 현관문을 열었다. 오늘은 안진후 혼자였다.

"용준이는?"

"쿨쿨 자고 있어."

안진후는 살금살금 거실을 가로질러 김현의 방으로 들어섰다. 김현이 뒤따라 들어가 문을 닫으며 물었다.

"넌 안 피곤해?"

"별로."

"나도 점점 밤잠이 없어져. 나이가 들어설까?"

"말조심해. 우리가 그 정도면 형사 아저씬 아예 잠을 안 자야 할걸."

두 사람은 서로를 보며 낄낄 웃어 댔다. 물론 손으로 입을 가려 소리를 최대한 죽였다.

"이건 뭐야?"

안진후가 소파에 앉으며《군주지도》를 들어 올렸다.

"휴우."

한숨부터 내쉬는 김현.

안진후는 그 책을 훑었다.

"이거,《군주론》과 비슷한데."

"《군주론》?"

"마키아벨리가 쓴 《군주론》, 몰라?"

"책 이름은 들어 봤지. 제대로 읽어 본 적은 없고."

"세부적인 지역이나 인물은 다르지만 내용은 아주 유사해."

"음, 잠깐만 기다려."

김현은 즉시 현섬을 펼쳐 안진후의 집으로 이동했다.

흐릿한 불이 켜진 거실에서 서재로 들어선 그는 책장에서 《군주론》을 찾아냈다. 손때가 묻은 책을 꺼낸 후 현섬으로 돌아오는 데 걸린 시간은 1분이 채 되지 않았다.

현기명 노관장이 국정원장을 불러서 항의한 이후, 감시의 눈길은 사라졌다. 그 덕분에 김현은 꼭 필요한 경우 현섬을 펼칠 수 있었다.

공기의 흔들림을 몸으로 느낀 안진후는 진심으로 저 능력이 부러웠다. 그러나 표정은 철저히 숨겼다.

"이 책이지?"

김현이 《군주론》을 내밀었다.

"응."

안진후는 그 책을 펼치기 전, 과묵한 남자를 떠올렸다.

페플 그룹을 이끄는 안종화 회장은 아주 오랫동안 이 책을 지니고 다니면서 탐독했다. 어쩌면 지금도 틈이 나면 이 책을 펼쳐서 한 문장이라도 읽을지 모른다.

"여길 봐."

안진후는 제1장을 펼쳐서 김현에게 보여 주었다.

《군주지도》에 비해 간결하지만 구조 자체는 대단히 흡사했다. 안진후의 말이 옳았다.

"왜 이걸 읽으면 지혜로워진다고 할까? 이 지루한 책을 읽으면 정말로 현명해질까?"

"나도 몰라. 사실, 아버지가 항상 읽었던 책이야. 나도 읽긴 했지만 별로 남는 건 없었어."

"음, 이 책 빌려줄래?"

"가져. 집에 몇 권 더 있으니까."

"고맙다."

김현은 《군주지도》와 《군주론》을 인벤토리에 넣으며 반드시 읽고 말리라 다짐했다. 페플에서 만난 사람들 중 가장 똑똑한 콜마와 페플 그룹을 일으켜 세워 오늘에 이른 안종화 회장이 동시에 아끼는 책이라면, 아무리 지루해도 참고 읽어볼 가치가 있을 것이다.

"난리가 난 건 알고 있지?"

안진후가 물었다.

"일이 생각보다 더 커졌어."

씩 웃는 김현.

"명검 퀘르에 이끌려 마룬타 대륙에서 내로라하는 게이머들은 다 몰려오고 있으니까."

"누가 오든 상관없어. 룩소르 사냥터를 돌파해서 소환진 위치만 찾아내면 그만이니까."

김현은 단호했다.

안진후는 그런 친구를 물끄러미 쳐다봤다.

명검 퀘르는 그 가치가 무려 30억 원에 이른다.

처음 퀘르를 퀘스트 보상으로 삼겠다는 이야기를 들었을 때, 하마터면 입에서 '미쳤냐!'라는 말이 튀어나올 뻔했다.

퀘르가 보상으로 나왔다는 소식은 대륙 전체를 뒤흔들었다. 이름난 길드는 물론 서열 10위 안에 드는 초고렙 게이머들도 속속 빛의 도시 엘루마 근처에서 모습을 드러냈다. 서열 4위 무적권왕 만천, 서열 5위 정령술사 야송림은 물론 최강의 게이머 장문조를 봤다는 사람들도 있었다.

사람들의 이목이 집중되자 방송국도 발 빠르게 움직였다.

PD들과 기자들은 룩소르 사냥터 퀘스트를 내건 게이머 '노바디'에게 주목했다. 그들은 노바디가 왜 그런 퀘스트를 시작했는지 철저히 조사하는 중이었다. 며칠 내로 빈민굴과 망량 봉쇄 구역 그리고 실종된 여자들과 관련된 드라마틱한 사정을 취재하여 방송으로 내보낼 것이다.

페플 그룹은 유저의 신상 정보를 철저히 숨기지만, 언제 어디서 노바디가 바로 김현이라는 사실이 흘러나올지 모른다. 만약 방송국이 그 사실을 알아낸다면 김현의 일상은 완전히 달라질 것이다.

'이 녀석은 그걸 예상이나 하고 있을까?'

셀 수도 없는 게이머들이 룩소르 사냥터로 몰려들 것이다.

싱크

안진후는 명검 퀘르를 두 번이나 잃어버린 배혜진 역시 그들 중 한 명이리라고 확신했다.

강된장에 싱싱한 상추쌈.

맛이 기가 막혔다.

"어떠니?"

"최고예요. 어머니."

안진후는 엄지를 세웠다.

틈만 나면 새벽같이 여기로 와서 함께 밥을 먹는 이유는 단지 맛있기 때문은 아니었다. 안진후는 이 따뜻한 분위기가 좋았다. 오래전에 잃어버린 진짜 가족 같은 느낌.

비록 김현에겐 아버지가 없지만, 혼자 아들을 키우는 엄마는 그 안에 있기만 해도 포근해지는 든든한 울타리였다.

갑자기, 눈물이 뺨을 타고 흘러내렸다.

"괜찮니?"

엄마가 물었다.

"……네."

고개를 숙인 안진후.

어깨가 들썩거린다. 울지 않으려고, 어떻게든 감정을 억누르려고 애를 썼지만 소용이 없었다.

엄마가 자리에서 일어나 안진후 뒤로 다가오더니 부드럽게 어깨를 안았다. 그리고 속삭였다.

"이젠 괜찮아. 다 끝났어."

"찌개가 식었네."

눈치 빠르게 된장을 가스레인지에 올려놓기 위해 일어나는 김현.

곧 신기한 일이 벌어졌다. 응어리진 감정이 봄눈 녹듯 사라지기 시작했다.

안진후는 눈물 그득한 눈으로 김현 엄마 쪽으로 고개를 돌렸다. 활짝 웃는 엄마를 보는 순간, 가슴 깊은 곳이 따뜻해지고 기분도 좋아졌다.

김현이 끓는 찌개를 식탁으로 옮긴 후 자리에 앉았다.

"와, 더 맛있다."

일부러 너스레를 떠는 김현.

안진후는 발작적으로 웃음을 터트렸다. 억누른 감정의 찌꺼기가 이런 식으로 튀어나온 것이다.

엄마는 자리로 돌아가 앉았다. 마치 아무 일도 없었던 것처럼 쌈을 싸서 안진후에게 내밀었다.

"먹어 봐."

안진후는 사양하지 않고 입에 넣고 오물거렸다. 정말 더 맛있었다.

"앞으로 뭘 할 거니? 현이는 검정고시 준비를 하고 있어.

싱크

그건 알고 있지?"

"사업을 구상 중이에요."

"사업?"

엄마의 눈이 커졌다.

"페플과 관련된 사업을 할 생각이거든요. 가능하면 김현과 함께요."

"……그래?"

엄마가 바라보자 아들은 어깨를 가볍게 올렸다. 들은 적은 있지만 심각하게 생각하진 않는다는 의미.

"대학은 나중에 필요하다 싶으면 그때 가려구요."

안진후의 말에 엄마는 빙그레 웃었다.

베룬은 낯선 이방인과 악수하기 위해 손을 내밀었지만 별 기대는 없었다. 옷차림만 봐도 상대가 '큰손'일지, 그냥 들어왔다가 구경만 하고 나가는 '개털'인지 알 수 있었다.

'오전부터 왜 이런 이방인이 온 거지? 재수 없게.'

손을 잡는 순간, 베룬의 손바닥에 그려진 식별 마법이 저절로 실행되었다.

베룬은 깜짝 놀라 다리가 후들거렸다.

"노, 노바디 님?"

"여긴 처음입니다."

"여, 영광입니다."

베룬다크처럼 규모가 큰 고급 상점을 이끌려면 다른 무엇보다 정보에 빨라야 한다. 베룬은 요즘 엘루마에서 가장 '뜨거운 이계인'이 노바디라는 사실을 잘 알았다.

노바디에게 회복약을 공급하는 약종상 샌더스는 매출이 무려 열 배로 늘어났다. 이익은 다섯 배로 늘어났다는 게 그 업계의 소문이었다. 샌더스는 무료로 회복약을 지급하느라 허리가 휘청일 지경이라고 입버릇처럼 말하지만, 입가의 미소는 사라지지 않았다.

'노바디는 황금 알을 낳는 거위야. 이번에 꼭 잡아야겠어.'

베룬은 이미 두 손을 비비고 있었다.

"난 벨란데르야."

"아, 네."

노바디 옆에 서 있는 엘프에겐 눈길도 주지 않는 베룬. 그러나 요구 조건은 그 엘프로부터 나왔다.

"현섬 스크롤을 구입하고 싶은데."

베룬은 즉시 이 엘프와 노바디 사이의 관계를 알아차렸다. 거물 대신 원하는 바를 알리는 비서관! 바로 이 엘프의 역할인 것이다.

"얼마나 필요하신지요? 현섬 스크롤은 개당 8만 골드에 팔리고 있습니다만."

"개당 3만 골드에 열 개."

"……개당 7만 골드. 그 이하로는 어렵습니다."

베룬은 이 엘프를 설득하기가 어려우리라 예상했지만, 표정은 여전히 친절했다.

"개당 2만 골드에 서른 개. 거기에 적색 회복약 백 개, 백무낭 세 개, 큐라테움 링 열 개, 이슈레토 링 열 개, 님브레링 열 개, 블라코렘 링 열 개."

"아!"

베룬은 입을 쩍 벌렸다.

잘 보여야 하는 상대는 노바디가 아니라 이 엘프였다!

큐라테움 링, 이슈레토 링, 님브레 링, 블라코렘 링은 개당 10만 골드 이상이었다. 따라서 반지만으로도 500만 골드 이상의 주문이었다.

노바디는 깜짝 놀란 눈으로 엘프를 바라보고 있었다.

"그게 다 필요해?"

"다다익선."

벨란데르의 주문은 끝나지 않았다. 아니, 시작이었다. 베룬은 수첩을 가져와 적어야 했다. 반지에 이어서 팔찌, 목걸이, 스크롤, 부적 등도 목록에 포함되었다.

베룬의 입은 이제 찢어질 것처럼 벌어져 있었다. 수천만 골드나 되는 주문이었다!

직원들이 손수레에 회복약과 반지, 목걸이 등을 담아서 가져오기 시작했다. 베룬다크 상점에 없는 아이템은 인근 상점에 사람을 보내어 가져오기도 했다.

벨란데르는 본격적으로 가격을 깎기 시작했다.

베룬이 얻는 이익이 어느 정도인지 잘 알기에 벨란데르는 자신만만했다. 베룬은 결국 그 요구를 들어줄 수밖에 없었다. 자칫 잘못하면 주문이 취소될지도 모른다.

가격 협상을 끝낸 베룬이 물건을 확인하기 위해 자리를 떠나자 노바디가 속삭였다.

"무리하는 거 아니야?"

"전혀."

벨란데르는 활짝 웃었다.

왠지 모르게 불길한 노바디. 한 가지 생각이 머리를 스쳤다.

"설마?"

"맞아."

"나더러 이걸 다 현실로 옮겨 달라는 거야?"

"역시."

"휴우."

"일단, 현섬 두루마리부터."

"……알았다."

노바디는 찢으면 마법이 펼쳐지는 스크롤을 인벤토리에 넣기 시작했다. 인벤토리가 좁으니 한꺼번에 아이템 전부를 현실로 가져갈 수는 없다.

'오전 내내 고생 좀 해야겠구나.'

노바디는 접속을 끊었다.

안진후는 두루마리 하나를 들어 올렸다.

복잡한 마법진이 그려진 양피지가 돌돌 말려 있는 형태였다. 두루마리를 펼치며 찢으면 마력이 이미 주입된 마법진이 실행된다.

스크롤은 마법사가 아니어도 마법을 펼칠 수 있는 편리한 도구였다. 문제는 비싼 가격이었다.

"휴우."

'쥐구멍'에 있던 안진후는 '안방'을 강렬하게 떠올리며 두루마리를 찢었다.

번쩍, 섬광이 그를 덮었다.

다음 순간, 그는 안방 침대 옆에 서 있었다.

기쁨과 놀라움은 잠시였다. 속이 뒤집혔다. 화장실로 달려간 안진후는 아침에 먹었던 음식을 게워 낼 수밖에 없었다.

'김현은 현섬을 자유자재로 펼쳐. 능숙하기 때문에 후유증이 그리 심하지 않아. 하지만 이 스크롤은 아니야. 한 번 사용하면…… 온종일 아무것도 못 먹겠어. 함부로 사용할 물건

은 아닌 거지.'

비틀거리며 쥐구멍으로 간 안진후는 김현이 갖다 준 반지를 하나씩 손가락에 꼈다.

큐라테움 링을 중지에 끼자, 머릿속이 맑아졌다. 이 새하얀 반지는 시그나 대신전이 대장장이를 고용하여 제작했는데, 정신계 공격을 막아 주는 효능을 가지고 있었다.

두 번째 반지는 이슈레토 링. 이 반지를 끼고 있으면 멀리 떨어져도 자유롭게 대화를 할 수 있다. 마탑 포레아에서 제작한 이슈레토 링은 나무, 즉 목의 기운을 머금고 있다.

세 번째는 님브레 링. 동작을 민첩하게 해 주는데, 물리적 공격 속도를 높이는 효과가 있었다.

마탑 바트란이 만들어 낸 블라코렘 링은 방어력을 높이지만, 무게를 증가시켜 속도를 떨어뜨린다. 님브레 링과 함께 껴야 효과를 제대로 볼 수 있다는 뜻이다.

네 개의 반지를 끼자 머리가 어질어질했다. 반지가 먹어 치우는 마력의 양이 상당했던 것이다.

갑자기 솟구치는 갈증.

물로는 해결할 수 없는 지독한 목마름에 안진후는 반지를 모두 뺐다. 그리고 침실 서랍에 숨겨 놓은 적두를 꺼내어 두 알을 삼켰다. 다행히 피를 마시고픈 충동은 서서히 가라앉았다.

"몇 개 안 남았네."

유리병에는 일곱 개의 적두가 있었다.

적두를 김현에게 건넨 황철호는 현재 해옥에 갇혀 있다. 그로부터 적두를 얻을 수는 없다. 그렇다고 다른 각성자에게 부탁할 수도 없다.

조심해야 한다!

거실 소파에 앉아서 쉬고 있는데, 닥터 프로메테우스가 날아왔다.

"저 많은 아이템을 다 구입한 건가?"

"네."

"그래 봐야 하루가 지나면 능력을 잃을 텐데."

"가만히 내버려 두면 그럴 겁니다."

"……방법을 찾았군."

"소환, 슈뢰딩거."

몸이 어느 정도 회복된 안진후가 불의 정령을 불러냈다.

슈뢰딩거는 이제 처음부터 사람으로 나타났다. 대단한 미녀였는데, 특수한 재질의 옷을 입고 있었다. 슈뢰딩거가 뿜어내는 열기에도 타지 않는 옷이었다.

안진후는 백무낭을 가져와 슈뢰딩거에게 내밀었다.

"이걸 허리띠에 차."

─아, 알았어요! 아이템을 백무낭에 넣을 거죠?

슈뢰딩거는 기뻐서 외쳤다. 그 목소리는 안진후에게만 들렸다.

백무낭을 허리에 연결하는 슈뢰딩거.

　그제야 닥터 프로메테우스는 안진후의 의도를 알아차렸다. 탄성이 터져 나왔다. 페플에서 온 물건은 이곳 현실에서 본질을 잃어버린다. 그러나 불의 정령이 옆에 있으면 능력의 지속 시간이 비약적으로 늘어난다.

　슈뢰딩거의 백무낭으로 스크롤, 회복약, 반지 등 아이템이 모조리 들어갔다. 백무낭은 겉모습과 달리 매우 많은 물건을 넣을 수 있었다.

　그때, 핸드폰이 울렸다.

　만족스러운 표정으로 핸드폰을 들어 올린 안진후는 이맛살을 찌푸렸다.

　바퀴 하나는 빠지고 없었다. 앞쪽 유리가 구겨졌고, 와이퍼 한쪽은 부러져 있었다.

　"두 번째 도난이지?"

　경찰관이 물었다.

　안진후는 아무 말도 하지 않고 작은형이 두고 간 스포츠카를 바라보았다. 한때는 아름다운 자태를 뽐내며 질주하는 기계였지만 지금 눈앞에 보이는 건 폐차장으로 직행할 수밖에 없는 쓰레기에 불과했다.

"너무 걱정하진 마라. 보험회사에서 알아서 할 테니까."

경찰관의 목소리는 귀에 들어오지 않았다.

안진후는 즉시 고형덕에게 전화를 걸었다. 신호 음만 들릴 뿐이었다.

두려움이 먹구름처럼 밀려왔다.

라이언은 손을 차창 밖으로 뻗어 담뱃재를 털어 내면서도 천무관 정문에서 눈길을 떼지 않았다.

고형덕이라는 남자는 자기뿐 아니라 천무관의 노관장 현기명 역시 각성자라고 알려 주었다.

그 이야기를 들었을 때, 놀라지 않을 수 없었다. 라이언은 유니온 소속 타격대의 일원으로 평범한 각성자보다 더 많은 사실을 알고 있었지만, 현기명이 각성자라는 내용은 처음 들었다.

혹시나 해서 타격대원인 양은옥에게 연락해서 넌지시 물어봤지만, 현기명에 대해 아는 바는 거의 없었다. 최근에 국정원장을 통해 적두를 공급받아 복용자 리스트에 오를 가능성이 있다는 게 전부였다.

핸드폰을 꺼낸 라이언은 단축 버튼을 눌렀다.

"음."

안 받는다.

어제 그리고 오늘. 이틀 동안 고형덕은 전화를 받지 않았다. 문제라도 생겼을까?

블랙 길드의 주용석을 건드렸으니 신상에 문제가 생긴다고 해도 이상한 일은 아니다. 고형덕은 현실에서는 대단히 노련한 사람이겠지만 각성자를 상대한 경험은 거의 없을 것이다.

그때, 벨이 울렸다.

라이언은 핸드폰을 노려보았다. 낯선 번호였다.

받을까? 무시할까?

"라이언입니다."

─ 어디죠?

"……누구?"

─ 고형덕 씨에게 문제가 생겼습니다.

"누구냐고 물었는데."

─ 아, 소개를 하지 않았군요. 저는 안진후라고 합니다. 당신에게 고형덕 씨를 보낸 사람이며, 현기명 노관장에 대해 당신에게 알리라고 한 게 바로 접니다.

"안진후? 혹시?"

─ 맞습니다. 안종화 회장의 아들입니다. 아, 천무관 근처군요. 제가 그쪽으로 가겠습니다.

전화는 끊겼다.

라이언은 턱을 긁었다. 고형덕과 현기명 뒤에 안진후라는 녀석이 있을 줄이야. 그렇다면 혹시 안종화도 각성자일까?

대체 누가 시더일까?

그들 중 누가 가장 먼저 스스로 각성했을까?

'현기명 노관장도, 고형덕 같은 사람도 안진후의 지시를 따르고 있다면, 그 녀석이 시더일 가능성이 아주 높겠지.'

잠시 후, 택시 한 대가 멈췄다. 거기서 내린 안진후는 라이언의 차 조수석으로 올라탔다.

"블랙 길드가 어떻게 고형덕 씨를, 형사님을 찾아냈을까요?"

"몇 가지 방법이 있지."

안진후는 빤히 라이언을 쳐다보았다.

그 시선에 담긴 다급한 분위기를 알아차린 라이언이 입을 열었다.

"내가 주용석이라면 사이코메트리 능력자를 불렀을 거야. 관을 옮겼을 테니, 지문 따위를 지워도 사이코메트리를 발휘하면 누가 만졌는지 알아낼 수 있지."

"그런 능력자가 블랙 길드에 있나요?"

"오정인이라고 있어. 길드 활동은 거의 하지 않지만 대가만 확실하면 뭐든 하는 여자거든."

"아."

안진후의 얼굴이 일그러졌다.

해킹을 통해 얻은 정보는 불완전했다. 이런 능력자의 존재를 알았다면 좀 더 신중하게 접근했을 텐데.

'내 실수야.'

안진후는 고형덕이 몰던 스포츠카가 반파됐으며, 현재 고형덕은 행방불명이라고 알렸다.

"주용석이 나섰군."

"블랙 길드에도 안가가 있겠죠?"

"당연히."

"어딘지 알려 주세요."

"알았다."

라이언은 시동을 걸었다.

라이언이 차를 세운 곳은 강변 주차장이었다. 먼저 내린 라이언은 유유히 흐르는 한강을 바라보며 담배를 꺼내어 불을 붙였다.

오랜만에 피우는 담배, 맛이 진했다.

"여기에 안가가 있나요?"

안진후는 주위를 둘러보며 라이언 옆으로 걸어갔지만, 안가라고 할 만한 건물은 발견할 수 없었다. 한강 너머로 빌딩 몇 개가 보일 뿐이었다.

"네가 시더냐?"

라이언이 돌아서며 안진후를 쳐다봤다.

안진후는 말없이 라이언의 시선을 정면으로 받아 냈다. 여기로 온 이유를 알았던 것이다.

이런 행동, 이해할 수 있다. 라이언 입장이라면 안진후도 그랬을 것이다.

조급한 마음에 짜증이 솟구쳤다.

안진후는 화를 내 봐야 도움이 안 된다고 생각하며 호흡을 골랐다. 한시라도 빨리 고형덕을 찾아내고 싶지만, 라이언을 납득시켜야 가능한 일이었다.

"묻는 말에 성실히 대답하면 다치진 않을 거다."

"꼭 깡패처럼 말하네요. 하지만 위협은 안 통해요."

생글생글 웃는 안진후.

'기를 꺾어 둬야겠군.'

라이언은 롱기누스의 창을 꺼냈다. 은빛이 감도는 창은 라이언 주위를 날아다니다, '쉭쉭' 소리를 내며 안진후 쪽으로 방향을 틀었다.

안진후는 즉시 슈뢰딩거를 소환했다.

불의 정령은 다가오는 창을 향해 뜨거운 화염을 뿜어냈다. 롱기누스의 창은 놀란 개처럼 주인 곁으로 돌아갔다.

검붉은 불꽃은 주차장 바닥을 핥으며 뻗어 나가 세워진 자동차는 물론 그 너머 몇 그루의 나무까지 삼켰다. 자동차에서 불길이 솟구쳤다.

붉은 피부의 미인을 본 라이언은 할 말을 잃었다. 불의 정령을 소환하다니! 안진후 역시 각성자라고 확신했지만 정령을 불러낼 줄이야.

"저와 한판 붙으면 이곳은 쑥대밭이 되고 말 거예요. 그러면 사람들이 몰려들겠죠?"

그 의미는 분명했다. 싸워 봐야 서로 손해라는 뜻.

라이언이 고개를 끄덕이자, 안진후는 차로 돌아갔다. 이번에는 운전석에 올라탔다. 조수석에 탄 라이언은 왠지 안진후에게 말리는 기분이 들었다.

시동을 걸고 차를 움직이는 안진후. 주차장 밖으로 나가던 차는 덜커덩거렸다. 바퀴 한쪽이 화단 위로 올라갔다가 내려온 것이다.

"……면허는 있지?"

"물론 없죠."

"뭐?"

"벨트나 매요."

안진후는 속도를 올렸다.

주차 빌딩 옥상.

시동을 끈 안진후는 라이언을 쳐다봤다.

"블랙 길드는 아저씰 죽일 거예요."

"……."

라이언의 눈이 휘둥그레졌다.

조니를 잡아서 유니온으로 데려가려 했을 때 만난 주용석의 눈빛이 떠올랐다. 살기 가득한 그 시선이 품은 뜻은 명백했다.

'이 녀석은 어디까지 아는 거지?'

"아저씬 갈 곳이 없어요."

"……그렇다 치자. 그래서 뭐?"

"블랙에 있기엔 너무 정직하고, 현문에 있기엔 너무 제멋대로고, 로고스로 가기엔 무식하고, 모네타에 들어갈 만큼 돈에 관심이 많은 것도 아니고, 프리벨리지는 아저씨에겐 티끌만큼도 관심이 없고."

"뭐 하는 거냐?"

"그러니까, 섬바디 길드로 들어오세요."

"섬바디 길드?"

"제가 만든 길드예요. 누구나 들어올 수 있어요. 마음대로 나갈 수도 있구요. 목적 같은 건 없어요. 그저 마음 맞는 사람들끼리 잘 지내는 거죠. 아, 단기 목표는 있어요. 프리벨리지나 현문처럼 유니온의 일원이 되는 거죠."

씩 웃는 안진후.

멍청한 표정이던 라이언은 곧 웃음을 터트렸다. 이런 제안, 처음이었다. 우스꽝스럽지만 신기하게도 처음 각성자가 되었을 때처럼 가슴이 두근거렸다.

하지만 현실을 무시할 수는 없다.

"유니온이 너를, 섬바디 길드의 존재를 알게 되는 순간, 섬바디는 사라질 거다."

"그럴까요?"

안진후는 천무관 습격 사건의 배후를 알려 주었다. 뱀파이어가 소환진을 건설하여 몬스터를 천무관으로 보냈다는 내용이었다.

"뱀파이어? 설마?"

"맞아요. 블랙 길드 짓이에요. 이 사실이 알려지면 섬바디보다 블랙이 먼저 소멸될 거예요. 유니온은 절대 가만히 있지 않을 테니까요. 하지만 그 반대일 수도 있어요."

"반대라니?"

"왜 블랙 길드는 위험을 무릅쓰고 그런 짓을 했을까요?"

"목적이 있다는 거냐?"

"운명의 구슬."

그 말을 들은 순간, 라이언의 머릿속에 흩어져 있던 몇 개의 단서가 퍼즐처럼 짜맞춰졌다. 블랙 길드를 장악해 버린 소수의 각성자들이 무엇을 원하는지 이제야 알아차린 것이다.

주용석의 말은 사실이었다.

자유!

주용석이 '큰 그림'이라 불렀던 그 흐름은 바로 운명의 구슬을 탈취하는 것이었다.

운명의 구슬을 보유했기 때문에 유니온은 각 길드에 소속된 각성자들이 언제, 어디서, 어떤 능력을 사용하는지 알아낼 수 있었다. 유니온의 감찰부는 바로 운명의 구슬이 놓인 마법진을 통하여 수백 명에 달하는 각성자들이 날뛰지 못하도록 단속할 수 있었다.

라이언은 안진후의 설명에서 허점을 찾아냈다.

"주용석은 그 구슬의 주인이 될 수 없어. 손에 움켜쥐는 순간 타 죽을 테니까."

"무언가 방법을 찾아냈겠죠. 그렇지 않고서야 이토록 적극적일 수는 없을 거예요."

"음……."

안진후의 추측에 무게가 실린다.

라이언은 사태의 심각성을 알아차렸다. 자연스럽게 다른 길드에 이 사실을 알려야 한다는 생각에 이르렀다.

"첩자들이 많아요. 지금은 알려 봐야 혼란만 커질 거예요."

'이 녀석, 내 생각을 읽은 건가? 혹시 독심술 능력까지 있을까?'

라이언은 가늘게 뜬 눈으로 안진후를 뜯어보았다.

"안타깝게도 독심술 능력은 없어요. 그런 능력을 가진 사람은 알고 있지만요."

흠칫 놀라는 라이언.

'이 녀석 또 내 생각을 읽었어. 독심술로 날 가지고 노는 건가?'

"아저씬 뭘 생각하는지 얼굴에 쓰여 있어요. 자, 이제 결정하세요. 블랙 길드에 남아 있다가 사냥해 죽을지, 아니면 새롭게 시작할지. 평소였다면 충분히 고민할 시간을 드릴 수 있지만, 지금은 그럴 여유가 없네요. 5분, 드릴게요."

빙긋 웃은 안진후는 차에서 내려 난간 쪽으로 걸어갔다.

고개를 돌려 라이언의 표정을 읽고 싶지만, 꾹 참았다. 5분 동안은 라이언 쪽은 쳐다보지 않을 생각이었다.

한숨이 흘러나왔다.

라이언 앞에서는 당당한 척했지만, 블랙 길드에 잡혀간 고형덕을 떠올리자 가슴이 답답해졌다. 고문을 당하고 있을지도 모른다.

'내 책임이야. 경솔했어. 좀 더 알아본 뒤에 움직여도 늦지 않았을 텐데.'

구둣발 소리가 들린다.

라이언이 다가오고 있다.

어떤 결정을 내렸을까? 입안이 바싹 말라 있었다.

"고형덕 그 친구가 고생하겠군. 서둘러야겠어, 마스터."

라이언의 말에 안진후는 눈물이 핑 돌았다. 활짝 웃으며 돌아서자 라이언이 가볍게 손을 올려 경례했다.

"환영회는 나중에 하죠."

안진후는 차로 향했다.

"운전은 내가 한다."

라이언이 급히 따라갔다.

길모퉁이에 차를 세운 라이언은 손가락을 들어 저 멀리 폐공장을 가리켰다.

"저기예요?"

안진후는 김현과 함께 갔었던 폐공장을 떠올렸다. 거기서 고스트 커넥터를 얻었지만, 김현이 공간 이동술을 펼칠 수 없었다면 폭탄이 터져 죽었을 만큼 위험했다.

"겁나냐, 마스터?"

"저기요, 말투가 좀 이상하지 않아요?"

"그게 억울하다면 일찍 태어나지 그랬냐?"

"……한국말을 잘하시네요."

"아니, 전혀 못 해."

"아, 혼마석을 설치한 거죠? 그렇죠?"

"넌 아는 게 참 많구나."

장난스럽게 말했지만 라이언은 속으로 깜짝 놀랐다.

이 좁쌀만 한 녀석은 유니온 소속도 아니며, 다섯 개의 길드와도 관련이 없다. 그런데 어떻게 유니온이 언어 문제를 해결하기 위해 혼마석을 이용한다는 사실을 알고 있을까?

"늦게 태어났지만 웬만한 어른보다는 똑똑하니까요."

"넌, 정말 지기 싫어하는구나."

'웬만한 어른'이 누군지 라이언은 잘 알았다. 바로 자신이었다. 이런 꼬맹이에게 무시당할 줄이야. 황철호가 여기 있다면 호탕하게 폭소를 터트렸을 것이다.

차에서 내리려는데, 안진후가 막았다.

"정찰부터 해야죠. 슈뢰딩거."

뒷좌석에 불의 정령이 나타났다. 슈뢰딩거라는 이름의 정령은 허리에 찬 백무낭에서 큼지막한 금속 재질의 가방을 꺼내어 안진후에게 건넨 후 사라졌다.

안진후가 가방을 열자, 안에는 초소형 드론들이 가지런히 놓여 있었다. 드론 하나는 엄지보다 작았다.

"……장난감이냐?"

눈살을 찌푸린 라이언. 로고스 길드 놈들이 이런 기계를 사용하는 모습을 보긴 했다.

"기다려 봐요. 어른스럽게."

"……."

어른스럽게? 라이언은 저 건방진 마스터를 어떻게 다뤄야 할지 잠시 고민했다.

안진후는 가방 한쪽의 버튼을 눌렀다. 금속 재질 가방 내부에 설치된 컴퓨터가 켜졌고, 곧 뚜껑 안쪽의 모니터에서 복잡한 부팅 메시지가 흘러나왔다.

　직접 만든 소프트웨어가 자동적으로 실행되자 여덟 대의 드론의 몸체에서 LED가 켜졌다. 안진후는 1호기, 2호기, 3호기를 띄웠다. 공중으로 날아오른 드론 세 대는 열린 창문 밖으로 이동한 후, 폐공장 방향으로 날아갔다.

　모니터에는 세 대의 드론이 전송한 화면이 CCTV 화면처럼 나타났다.

　"고형덕 아저씨가 저 안에 있다면 이놈들이 찾아낼 수 있을 거예요."

　"굉장히 작구나. 소음도 거의 없고."

　"제가 손 좀 봤어요."

　더없이 진지한 안진후는 화면을 보며 드론을 조종했다. 인공지능이 장착되어 콘크리트 기둥 따위는 스스로 피할 수 있었다. 안진후는 이동 방향을 지정하기만 하면 되었다.

　폐공장 내부는 어두웠다. 공장 안으로 들어간 드론들이 보내오는 화면도 어두워져 사물을 분간할 수 없었다.

　"조명을 켜면 들킬 텐데."

　"그럴까요?"

　안진후가 명령어를 입력하자, 드론에 설치된 적외선 비전이 켜지며 공장 내부의 구조물이 나타났다.

"너, 뭐냐?"

라이언은 안진후를 다시 봤다.

드론 조종에 몰입한 안진후의 귀엔 그 말이 조금도 들리지 않았다.

얼룩진 콘크리트 기둥 사이로 바람이 불면서 윙윙 소리가 났다. 몰아치는 강풍에 몸체가 흔들려도 금세 균형을 잡는 드론은 폐공장을 위에서 아래로 훑고 있었다. 드론이 찾는 것은 사람의 흔적이었다.

부서진 유리창, 녹슨 철골, 쌓여 있다가 바람에 날리는 흙먼지 그리고 삐걱거리며 열렸다 닫히는 고장 난 문.

드론은 이제 지하로, 어둠으로 거침없이 내려갔다.

계단에 깔려 있던 차돌 같은 자갈들이 그 미세한 움직임을 감지하고 가볍게 흔들렸다. 곧 자갈들은 소리도 없이 공중으로 떠올라 드론 뒤를 따랐다.

세 대의 드론이 각기 다른 방향으로 흩어진 순간, 자갈들이 달려들었다. 자갈은 만두피처럼 늘어나며 드론을 삼켰다. 세 대 모두.

드론은 즉시 회피 기동을 시작했지만, 끈적이는 데다 닿기만 해도 녹아내리는 그 물질에서 벗어날 수는 없었다. 프로

싱크

펠러가 형체를 잃자 드론도 힘을 잃었다.

드론을 흡수한 자갈들은 다시 계단으로 내려가 또 다른 침입자를 기다리기 시작했다.

지하 깊은 곳에서 눈을 뜬 남자.

"로고스 놈들. 귀찮게시리."

블랙 길드 소속 각성자인 변정태는 끙 신음을 내며 돌침대에서 내려와 기지개를 켰다. 몸을 풀자 여기저기서 우두둑 뼈 부딪치는 소리가 들렸다.

늘어지게 하품까지 하는 변정태.

"움빌라 칼리."

그가 말하자 야구공 크기의 검은 돌멩이가 날아왔다.

변정태는 스케이트보드를 떠올렸다. 곧 검은 돌멩이는 형태가 바뀌어 윤기 흐르는 보드가 되었다. 바퀴는 없었다.

"오늘은 나 혼자밖에 없으니, 먹어 버려야겠어. 멋대로 들어왔으니 대가를 치러야지."

변정태가 올라타자 스케이트보드는 둥실 뜬 채 움직이기 시작했다.

일곱 대의 드론이 당했다.

처음 세 대, 두 번째로 보낸 드론 네 대.

다행히 후발대는 드론이 어떻게 당했는지 알려 주는 영상을 포착해 안진후에게 보낸 후에 무용지물이 되었다.

계단에 아무렇게나 흩어져 있던 자갈들이 공중으로 떠올라 마치 포식자가 먹잇감을 잡듯 형태를 바꾸어 드론을 집어삼킨 것이다.

"움빌라 칼리."

라이언이 말했다.

"그게 뭐죠?"

"너도 모르는 게 있구나."

"……."

안진후는 짜증 섞인 눈으로 라이언을 노려보았다. 아끼는 드론을 일곱 대나 잃어 화가 난 것이다.

"이름은 변정태, 능력은 움빌라 칼리, 직접 본 것처럼 죽음의 기운 테네파르 인스푸모를 주입한 돌멩이를 자유자재로 다루는 거다. 다 합치면 볼링공 크기인데, 저런 식으로 늘리면 웬만한 방 하나쯤은 녹여 버릴 수도 있다."

"아저씨랑 싸우면 누가 이겨요?"

"물론 내가 이기…… 난 아저씨가 아니다."

"아저씨가 아니라면? 아! 알았어요. 말싸움에서 지기 싫어
하는 걸 보니, 아줌마였죠. 그렇죠?"

라이언은 피식 웃었다. 이 어린 마스터와의 대화는 왠지
모르게 재미있다.

"저 돌멩이…… 엄밀히 말하면 씨앗이다. 아무튼, 그 새까
만 걸 조심해야 한다. 몸에 박히면 저절로 뿌리를 내려 생명력
을 흡수하는데, 일단 자라기 시작하면 놈에게 조종당하니까."

"씨앗이라구요?"

"아, 음양오행 중 목계 능력이니, 마스터가 소환할 수 있
는 불의 정령 앞에서는 맥을 추지 못하겠어."

"다행이긴 하네요. 슈뢰딩거."

안진후는 불의 정령을 불러냈다.

─부르셨어요, 오빠?

간드러진 목소리가 머릿속을 울린다.

"백무낭."

그 말에 슈뢰딩거는 허리띠에 찬 백무낭을 통째로 안진후
에게 건넨 후 자기 세계로 돌아갔다.

백무낭 주둥이를 넓게 벌린 안진후는 먼저 현섬 스크롤을
챙겼다. 문제가 생길 경우, 고형덕을 데리고 안전하게 도망
치기 위해서였다.

"이걸 껴요."

안진후는 큐라테움 링, 이슈레토 링, 님브레 링, 블라코렘

링을 비롯해 팔찌와 목걸이까지 꺼내어 라이언에게 건넸다.

반지와 팔찌, 목걸이를 알아본 라이언은 할 말을 잃었다. 페플에 있어야 할 아이템이 아닌가.

유니온뿐 아니라 각 길드도 소환진을 통해 다양한 아이템을 현실로 가져온다. 하지만 안진후가 이끄는 섬바디 길드는 이제 겨우 네 명밖에 없는, 초소규모 길드였다! 어떻게 소환진을 만들었을까?

게이머, 즉 이방인은 페플에서 소환진을 건설할 수 없다. 아직 그 어떤 이방인도 소환진에 성공하지 못했다. 믿기 힘들지만, 그 작업은 페플 NPC만 가능했다.

'이 정도면…… 꽤 큰 소환진이 있어야 할 텐데. 내 예상보다 섬바디 길드가 훨씬 큰 게 아닐까?'

안진후는 반지는 물론 용갑을 꺼내어 착용했고, 회복약도 적당한 곳에 찔러 넣었다. 현섬 스크롤은 오른손 소매 안쪽에 넣어 두었다. 언제든지 사용하기 위해서였다.

"가죠."

안진후가 먼저 차에서 내렸다.

폐공장을 향해 걸어가는 갑옷 차림의 남자. 매우 이질적인 장면이었다.

"기가 차는군. 그래도 장비가 없는 것보단 나아. 음, 그러고 보니…… 블랙 길드보다 지원이 빵빵하잖아. 옮기길 잘했어. 아주 잘한 거야."

롱기누스의 창을 꺼낸 라이언은 안진후를 뒤쫓았다.

박쥐처럼 철제 골조 위에 거꾸로 매달린 변정태는 늘어지게 하품을 했다. 눈물이 핑 돌았다.

"뭐야? 왜 안 들어오는 거야? 역시 로고스 놈들이야. 겁쟁이 같으니라고."

그때, 지하로 내려오는 발소리가 들렸다. 계단에 두었던 씨앗들은 전부 치웠다.

"드디어 오는군."

변정태는 입맛을 다셨다.

움빌라 칼리는 그의 몸과 연결되어 있다. 이 죽음의 씨앗이 흡수하는 것은 무엇이든 변정태도 맛볼 수 있었다.

드론은…… 맛이 없었다. 비릿한 플라스틱 맛과 차가운 금속 맛이 뒤섞인 느낌이랄까.

로고스 놈들은 아주 맛이 있을 것이다. 스스로 똑똑하다고 자부하는 놈들의 맛. 기대감으로 가슴이 두근거릴 지경이었다.

그 순간, 공기를 가르며 무언가가 날아왔다.

푹.

은색의 창이 변정태의 가슴 깊이 박혀 있었다.

변정태는 그 창을 본 순간 눈을 크게 떴다.

"……롱기누스의 창이잖아."

천천히 다가오는 라이언.

변정태는 라이언을 보았다. 그 옆에 있는 갑옷 녀석도.

"배신했다더니 로고스에 붙었군요, 사수."

라이언은 변정태를 올려다보았다.

"너 같은 새끼를 내가 왜 맡았을까?"

그동안 각성자로서 재능이 있는 사람을 찾아서 유니온에 보냈지만, 변정태는 최악의 케이스 중 하나였다.

"그 스승에 그 제자죠."

창이 꽂힌 채 활짝 웃는 변정태.

라이언이 손을 들자 롱기누스의 창이 변정태의 가슴팍에서 뽑혀 돌아왔다.

아래로 추락하던 변정태는 검게 변하더니, 주먹만 한 씨앗이 되어 어둠 너머로 사라졌다.

"……분신인가요?"

안진후가 물었다.

"맞다."

"대단한 능력이네요."

"저놈에게도 약점이 있어. 능력을 사용하면 꽤 오래 쉬어야 하거든."

"아."

싱크

라이언은 앞으로 나서며 크게 외쳤다.

"꼴통! 어디 있냐? 아직도 내가 무서운 거냐?"

저 멀리에서 진지한 목소리가 들렸다.

"꼴통이라고 부르지 마십시오!"

"건방진 꼴통 새끼."

"하지 말라니까!"

"꼴통 새……"

움빌라 칼리가 통째로 날아오며 어둠의 장막처럼 늘어났다. 그 죽음의 씨앗은 둘로 나뉘며 라이언과 안진후를 각각 덮어 버렸다.

"그런 식으로 부르지 말라고 했잖아."

천천히 다가온 변정태는 거리를 두고 두 사람 주위를 맴돌았다.

움빌라 칼리는 조금의 틈도 없이 두 사람을 완전히 삼킨 상태였다. 라이언과 안진후는 커다란 풍선 안에 갇힌 셈이었다.

웃음이 터져 나왔다.

"길드 마스터가 아주 큰 보상을 해 주겠지. 라이언을 내가 잡다니! 이게 꿈이야, 생시야?"

금색으로 빛나는 롱기누스의 창이 움빌라 칼리를 뚫고 날아왔다. 변정태는 겨우 피했지만 옆구리 쪽으로 길게 상처가 났고 피가 흘러내렸다.

전신이 금빛인 라이언을 본 변정태는 할 말을 잃었다.

빛의 속성을 머금은 저 스킬! 자신이 쌓아 올린 테네파르 인스푸모는 절대 뚫고 들어갈 수 없을 것이다.

'주용석 감찰관이라면 모를까.'

"가만히 있는 게 좋을 거야. 당신과 함께 온 녀석을 살리고 싶으면."

그때, 안진후를 가둔 움빌라 칼리가 깨지며 안쪽에서 뜨거운 화염이 뿜어져 나왔다.

슈뢰딩거는 입으로 불꽃을 쏟아 내고 있었다.

"부, 불의 정령?"

변정태는 입을 쩍 벌렸다. 움빌라 칼리를 강제로 부술 만큼 강력한 불길이라니.

슈뢰딩거의 불꽃에 타 버린 씨앗은 힘없이 아래로 추락했다.

라이언이 변정태 앞으로 다가갔다.

"계속할래?"

"……항복합니다."

"가만히 있어. 죽기 싫으면."

라이언이 손짓하자 맴돌던 롱기누스의 창이 변정태를 향해 날아가 가슴 앞에서 멈췄다. 조금이라도 움직이면 예리한 창은 심장을 꿰뚫을 것이다.

"주용석은 어디 있지?"

이렇게 난리를 쳤는데도 나오지 않는 걸 보면, 이곳엔 주용석도 고형덕도 없다는 뜻이다.

"모릅니다."

창이 가슴을 살짝 찌르자 변정태가 신음을 흘렸다.

"꼴통아, 꼴통아."

"……."

변정태가 라이언을 노려보았다.

조금 더 깊이 찌르는 롱기누스의 창. 예리한 창끝은 피부를 뚫고 근육을 자르며 심장으로 다가가는 중이었다.

"그, 그만!"

창은 뒤로 물러났다.

피가 흐르는 가슴을 손으로 막은 변정태.

"……감찰관은 던전 대기소에 있을 겁니다."

"아, 거기?"

"이제 절 어떻게 할 겁니까?"

"글쎄다."

라이언이 뒷짐을 지자, 변정태는 그 틈을 놓치지 않았다.

불에 타 버렸지만 여전히 죽지 않았던 움빌라 칼리는 땅속으로 파고들어 뿌리를 내렸고, 그 뿌리는 슬금슬금 다가와 라이언과 안진후가 딛고 선 땅 아래에서 주인의 명령을 기다리고 있었던 것이다.

땅을 뚫고 올라온 뿌리가 라이언과 안진후의 발목을 휘감았다. 롱기누스의 창이 뿌리를 공격하는 동안, 변정태는 서둘러 달아났다.

"어?"

눈앞에 나타난 안진후. 현섬 스크롤 때문에 안색이 창백했지만 슈뢰딩거에게 명령을 내릴 힘은 남아 있었다.

슈뢰딩거는 기쁘게 명령을 수행했다. 화염은 변정태를 집어삼켰다.

마력을 봉쇄하는 수갑을 찬 채 자동차 트렁크에 처박힌 변정태는 라이언과 안진후를 노려보았다.

안진후는 백무낭에서 회복약을 꺼내어 라이언에게 건넸다. 박카스 마시듯 서로를 바라보며 회복약을 쭉 들이켜는 두 사람. 변정태는 자신도 모르게 침을 삼켰다. 저 병에 무엇이 담겨 있는지 잘 알았던 것이다.

한 모금만 마셔도 불에 그을려 화끈거리는 피부가 한결 시원해질 텐데.

"……너, 로고스 소속이지?"

"아, 잊을 뻔했다."

안진후는 재갈을 물렸다. 시끄럽게 비명이라도 질러 대면 곤란한 일이 생길 것이다.

쾅!

트렁크가 닫히자 어둠이 내려앉았다. 각성자가 된 이후 처음으로 변전태는 암흑이 무서웠다.

운전석에 올라탄 라이언은 조수석의 안진후를 힐끔 쳐다봤다. 이런 싸움, 처음일 텐데도 의외로 침착해서 많이 놀랐다.

"던전 대기소는 어디예요?"

"서울대 근처 지하 깊은 곳."

"거기 가면 고형덕 아저씨를 구해 낼 수 있겠네요."

"……쉽진 않을 거다. 주용석은 물론 블랙 길드에서 힘 좀 쓴다는 놈들이 여럿 모여 있을 테니까. 천무관 노관장님과는 연락이 닿지 않는 거냐?"

"지금은요."

"대체 어디 계신 거냐? 이럴 때 옆에 있으면 큰 도움이 될 텐데."

"남쪽 저 먼 곳에 계세요."

"넌 알고 있는 거지? 그렇지?"

굳이 라이언에게 숨겨야 할 이유를 안진후는 찾지 못했다.

"해옥으로 들어가셨어요."

라이언은 욕을 뱉을 뻔했다. 해옥이라니!

다음 순간, 그 이유를 깨달았다.

"황철호 때문이구나!"

"맞아요."

"노관장님을 높게 평가하지만, 해옥에 들어가셨다면……

이미 잡히셨을 거다. 거긴 만만찮은 곳이야. 나라고 해도 해옥 안에서 하루 이상 버티긴 힘들어. 거긴 갖가지 마법진이 설치되어 있거든."

그 말에 안진후의 얼굴은 어두워졌다.

고형덕이 잡혀갔다는 사실을 알게 된 후, 안진후는 김현에게 알려야 할지 고민해 왔다.

김현은 현섬뿐 아니라 격투 능력만으로도 큰 도움이 될 게 분명하지만 섬바디 길드 인 어스는 염려하지 말라고 큰소리를 탕탕 쳤던 게 부끄러워 최대한 빨리, 최대한 조용히 해결하고 싶었다.

'아직은 아니야. 라이언이 있으니, 충분히 해결할 수 있어.'

안진후는 입술을 꼭 깨물었다.

초원 지대

높은 하늘에서 내려다본 밤의 엘루마.

내구력 부족으로 전투에서는 사용할 수 없지만, 가끔 자유롭게 하늘을 날고 싶을 때면 사라겐의 비월은 그 역할을 제대로 해낸다.

테페오 광장을 둘러싼 마탑은 어둠 속에서 빛나고 있었다. 윤곽은 묻히고 눈부신 색깔만 도드라진 상태. 저마다 세력을 과시하려고 탑의 외벽을 네온사인처럼 마법진으로 도배한 것인데, 화려한 외양을 중시하는 이방인을 끌어들이기 위한 경쟁이었다.

엘루마의 중심이 화려하다면 외곽은 은은한 불빛으로 물들어 있었다. 보통 사람들의 하루는 서서히 끝나 가고 있었다. 그들에겐 바쁘게 살아야 할 내일이 다가오고 있었다.

뻥 뚫린 구멍처럼 짙은 암흑이 눈에 들어왔다. 조금씩 커지는 망량의 봉쇄 구역. 천야장이 뿜어낸 마레는 어둠의 바다였다.

'시장이 도망칠 만도 해.'

거대한 도시는 한눈에 들어왔다.

노바디는 가슴이 벅찼다. 지금 상황을 도저히 믿을 수가 없었다.

시장 아브롬은 따지고 보면 노바디의 행동으로 인해 겁을 먹고 도시를 떠났다. 노바디는 아브롬을 데려오기 위해 책사 콜마를 보냈다. 그뿐 아니라, 시장 자리에 체리를 올리겠다고 마음대로 결정해 버렸다.

'난 학교 다니면서 공부든 싸움이든 1등을 해 본 적이 없어. 평범한 학생이었으니까. 그런 내가 이 도시의 꼭대기에 누굴 올릴지 결정하다니. 뭐, 아직까진 내 생각일 뿐이지만. 혹시 내가 말도 안 되는 짓을 하는 건 아닐까?'

그 순간, 콜마의 가르침이 기억났다.

속내를 드러내지 마라.

답을 미리 정하지 마라.

겉모습으로 판단하지 마라.

그 가르침을 자신에게 적용하자, 흥분은 가라앉았다. 스멀스멀 피어오르던 두려움도 말끔히 사라졌다.

"자, 가 볼까."

노바디는 사라겐의 비월에 올라탄 채 룩소르 사냥터로 날아갔다.

룩소르 사냥터는 발 디딜 곳이 부족할 정도로 붐볐다. 공휴일의 놀이공원처럼.

'뭐, 난 거기 가 본 적 없지만.'

노바디는 입구 너머 초원을 바라보았다.

사냥터 외곽인 초원 지대 곳곳에 둥실 떠 있는 빛의 정령은 어둠의 바다에서 고기를 낚는 어선의 불빛 같았다. 그곳에서 게이머들이 뱀 떼와 사투를 벌이고 있었다. 자이곤과 릴리스는 서로 다른 방식으로 게이머를 괴롭히고 있었다.

명검 퀘르가 걸린 대규모 퀘스트를 대비하기 위해 찾아온 길드도 꽤 많았다.

"내려가 볼까."

주인의 뜻을 알아차린 사라겐의 비월은 고도를 낮추었다.

훌쩍 땅으로 뛰어내린 노바디는 양날도끼를 인벤토리에 넣었다. 사냥터 입구로 걸어가 보니 수십 명의 유저들이 보였다. 그들은 사냥터 입장을 위해 동료들을 기다리고 있었다.

"혹시 노바디 아니야?"

속삭이는 목소리.

"설마."

"아닐 거야. 저런 꼴을 하고 다니는 유저가 얼마나 많은데. 그리고 노바디 같은 게이머가 이 늦은 시간에 혼자 오겠어?"

"하긴."

청명을 익힌 덕에 평소에도 귀가 밝아 굳이 애를 쓰지 않아도 저런 대화까지 선명하게 들렸지만, 굳이 나서서 '내가 노바디야.'라고 말하고 싶진 않았다.

별이 쏟아질 듯한 밤하늘 아래, 노바디는 서늘한 공기를 깊이 들이마셨다.

안타까운 순간이 기억났다.

단 한 번의 기회를 놓치고 말았다. 타크란이 늑대의 사체를 이용하여 이동해 버릴 줄은 상상도 못 했다.

데스 워킹.

사체를 문처럼 이용하는 그 죽음의 스킬은 뱀파이어뿐 아니라 죽음의 마법사들도 자주 펼쳤다. 미리 대비했어야 했다. 뱀파이어의 스킬에 좀 더 주의를 기울였어야 했다.

이제 방법은 하나뿐이다. 룩소르 숲을 이 잡듯 뒤져서라도 타크란을, 소환진을 찾아내야 한다!

노바디는 인벤토리에서 용현갑을 꺼내어 착용했다. 차르르 소리를 내며 몸을 감싸는 거무튀튀한 갑옷의 감촉에 기분마저 좋아졌다.

"일단, 공중부터 확인해 볼까. 하늘로는 사냥터 중심부로 갈 수 없다는 걸 알지만 직접 확인해 봐야겠지."

노바디는 사라겐의 비월을 공중으로 던졌다. 소유자의 뜻에 따라 자유롭게 날아다니는 거대한 양날도끼. 노바디는 그 위로 훌쩍 뛰어올랐다.

비월은 하늘로 솟구쳤다. 순식간에 초원 지대가 작아졌다.

초원 지대를 단숨에 뛰어넘어 삼나무 숲으로 들어가려던 노바디 앞으로 커다란 새들이 날아왔다.

날개 길이만 5미터에 달하는 거혈조.

대머리 독수리를 닮은 거혈조 무리는 발톱을 앞세워 달려들었다.

용현갑은 그 물리적 공격력의 90% 이상을 흡수했지만, 나머지 10%의 타격만으로도 노바디는 살아남을 수 없었다.

눈앞에서 터진 섬광이 흐려지자 노바디는 룩소르 사냥터 입구에 서 있었다. 죽었다가 부활한 것이다.

"쟤, 조금 전에 들어갔던 녀석이지?"

"맞아."

"초보 아니야?"

"딱 보니 초보네. 템도 제대로 갖추지 않았잖아."

입장을 기다리던 게이머들은 노바디를 보고 한두 마디씩 내뱉었다.

그들에겐 눈길도 주지 않고 다시 사냥터로 들어선 노바디.

"하늘로는 안 되겠어."

사라겐의 비월을 인벤토리에 넣은 그는 두 번째 방법을 시험했다.

현섬을 이용한 공간 이동.

자이곤 독사 떼가 몰려오기도 전에 노바디는 현섬을 펼쳤다. 거대 개미 안투크와 괴조 카람도 현섬으로 피했다. 그 넓은 초원을 순식간에 통과했지만, 초원 지대를 넘어 숲으로 들어갈 수는 없었다.

보이지 않는 장벽에 부딪혀 튕긴 것이다.

"윽!"

초원 지대 내에서의 현섬은 여전히 가능했다. 초원 지대에서 숲 외곽으로의 이동은 막혀 있었다. 어디엔가 항마진 따위가 설치되어 있는 모양이었다.

결국 초원 지대를 돌파하는 수밖에 없었다.

'역시 혼자서는 어려워.'

그때, 주머니에 넣어 둔 수정구가 진동했다. 수정구를 꺼내자 거무스름한 표면에 스노빈의 얼굴이 떠올랐다.

―……완성됐어.

뿌듯해하는 목소리.

싱크

"수고했다."

－빨리 와.

"알았어."

노바디는 룩소르 사냥터를 벗어났다. 망량 봉쇄 구역으로 돌아가기 위해서였다.

바닥에 고대어가 거대한 기하학적 구조를 이룬 채 적혀 있었다.

반운이혼진!

"영혼의 목걸이를 저기 중앙에 두면 돼."

스노빈이 말했다.

노바디는 영혼의 목걸이를 벗어 주술진 중심부로 가져갔다. 영혼의 목걸이를 내려놓자 주술진 전체가 푸르스름하게 빛나기 시작했다.

천천히 뒤로 물러나 반운이혼진 밖으로 나온 노바디는 영혼의 목걸이 주변으로 몰려드는 망량을 볼 수 있었다. 천야장 퍼브가 그중 가장 또렷했다.

"이제 여기에 피를 뿌려."

스노빈은 원형의 주술진에서 툭 튀어나온 부분을 가리켰다.

노바디는 단검으로 손바닥에 상처를 냈다. 피가 흘러내리자 주술진은 이제 불그스름하게 빛을 발했다.

계약 과정은 몹시 더디게 진행되었다. 한 시간이 지났는데도 끝은 아직 멀었다.

인벤토리에서 회복약을 꺼낸 노바디가 손을 움직일 수 없는 스노빈에게 먹여 주었다.

"휴우, 좀 살 것 같다. 이왕이면 땀도 닦아 줘."

자연스럽게 요구하는 스노빈.

피식 웃은 노바디는 소매로 이마와 뺨, 턱, 목의 땀을 세심하게 닦아 냈다.

계약은 새벽이 가까워 올 무렵 끝났다. 타오르는 주술진은 순식간에 말려들더니 영혼의 목걸이 표면을 통해 내부로 스며들었다.

"……이제 목걸이를 걸어 봐."

주저앉는 스노빈.

노바디는 영혼의 목걸이를 들어 올렸다. 이전과 차이가 날 만큼 묵직했다.

목걸이를 목에 거는 순간, 반투명 창이 나타났다.

천야장 퍼브
천야장 퍼브가 적법한 계약을 통해 영혼을 담을 수 있는 목걸이에 자리를 잡았습니다.

천야장 퍼브는 영혼의 목걸이를 중심으로 반경 20미터 이내에 소환될 수 있으며, 계약자의 능력에 따라 범위는 늘어납니다. 계약자의 그릇이 클수록 계약된 망량이 발휘하는 힘도, 소환의 지속 시간도 늘어납니다.
4갑자의 내공으로 최대 5분간 소환이 가능합니다.

영혼의 목걸이에 귀속된 망량은 소환의 방식으로 불러낼 수 있었다. 그 대가는 내공이었다. 내공이 바닥나면 생명력이 소모될 터였다.

"소환해 봐."

스노빈이었다.

노바디는 천야장을 떠올리며 입을 열었다.

"소환."

그 순간, 내공이 몸 밖으로 흘러나가며 허공에 희미한 형체가 나타났다. 망치를 든 천야장 퍼브였다.

곧 천야장은 생전의 모습처럼 몸이 단단해졌다. 망량이 주술진의 계약과 내공을 통해 실체를 가지게 된 것이다.

"음, 좋군. 그래, 이게 진짜 공기 맛이지."

코로 공기를 마시는 퍼브.

노바디는 내공의 양을 살폈다.

퍼브가 아무것도 하지 않고 그저 실체로 존재하는 데만 1갑자의 내공이 필요했다. 퍼브를 소환하면 최대 3갑자의 내공만 사용할 수 있다는 뜻이다.

'웬만하면 소환해선 안 되겠다.'

천야장은 세계를 좀 더 보고 싶어 했다. 빛의 도시 엘루마가 어떻게 변했는지 직접 보고 싶어 했다.

노바디는 목걸이 내부로 돌아가야 하는 이유 세 가지를 댄 후에야 접속을 해제할 수 있었다. 노바디를 통해 생생한 오감을 느낄 수 있었던 퍼브는 무척 아쉬웠지만 영혼의 목걸이 안으로 사라질 수밖에 없었다.

"난 좀 쉬어야겠다."

노바디가 말했다.

"나도."

스노빈은 소매로 얼굴의 땀을 닦아 냈다.

"나중에 보자."

"그래."

노바디는 접속을 해제했다.

엘루마의 남쪽 성문을 나서자, 이미 인파로 길이 북적거리고 있었다.

노바디는 할 말을 잃었다. 이렇게 많은 사람들이 퀘스트 때문에 몰려들 거라고는 생각도 못 했다.

거대한 그림자가 노바디 일행을 덮었다. 고개를 든 노바디는 드래곤이라고 해도 믿을 만큼 큰 와이번을 볼 수 있었다.

싱크

푸르스름한 빛깔의 와이번 등에는 마법사 특유의 로브를 입은 사람들이 타고 있었다.

"저거, 방송국이래."

바마퉁이 속삭였다.

"방송국?"

"응."

노바디는 룩소르 사냥터 쪽으로 멀어지는 와이번을 바라보았다.

바마퉁이 거짓말을 할 리는 없다. 이 정도로 사람들이 몰린다면 방송국이 취재를 위해 온다고 해도 이상한 일은 아닐 것이다.

'나 때문에 방송국에서 사람이 온 거네? 이것 참.'

뿌듯하면서도 어딘지 이상한 느낌.

사냥터로 가는 길옆 나무 울타리 곳곳에 경비병들이 서 있었다. 그들의 역할은 이방인, 즉 게이머를 룩소르 사냥터 입구로 안내하고 혹시 소란이 생긴다면 깨끗하게 해결하는 것이었다.

물론 진짜 목적은 따로 있었다. 퀘스트를 주도한 노바디가 이들 이방인들을 모아서 허튼짓을 하지 않는지 감시하는 게 그들이 이곳에 온 진짜 이유였다.

사람에 비해 길이 좁은지, 꽤 많은 게이머들은 울타리 너머로 걸어가고 있었다.

고개를 돌려 주변을 살피던 노바디는 바마퉁 뒤쪽에서 따라오던 개 한 마리와 눈이 마주쳤다. 그 개를 알아본 순간, 화들짝 놀라고 말았다.

　―모른 척해 주게.

　대현자 파르소겐의 목소리가 귓속에서 울렸다.

　노바디는 바마퉁과 파르소겐을 번갈아 바라보았다. 왜 파르소겐이 바마퉁을 따르는지 알고 싶어서였다.

　―자세한 이야기는 나중에 하지. 지금은 바마퉁을 돕고 있을 뿐이라네.

　그 말에 노바디는 고개를 끄덕였다. 파르소겐이 옆에 있으면 바마퉁에게 큰 도움이 될 것이다.

　자연스럽게 눈길은 근처에서 걷고 있는 스노빈에게 이르렀다.

　스노빈은 저 개가 대현자 파르소겐이라는 사실을 상상이나 할 수 있을까? 만약 알게 된다면 어떤 반응을 보일지 굉장히 궁금했다. 절대 그 순간을 놓치고 싶지 않았다.

　"대사형, 이방인들이 이렇게 많은 거…… 처음 봅니다."

　아로간타르였다.

　"촌구석 같은 숲에서 태어나 자랐으니 그럴 만도 하지."

　퉁명스럽게 말한 사람은 용병 핀토였다. 핀토 옆에는 상인 트로만과 여신관 테르툰이 걷고 있었다.

　"당신한테 한 말 아니거든."

"나도 혼잣말이었는데."

서로 노려보는 엘프와 인간.

노바디는 바마퉁을 쳐다봤다. 바마퉁은 난처한 표정으로 속삭였다.

"처음부터 그렇게 친한 사이는 아니었어. 아로간타르는 무기 중 최고는 검이라고 주장했는데, 핀토는 도야말로 무기의 왕이라고 생각해."

입에서 키득키득 웃음이 새어 나올 뻔했다. 다 큰 남자가 자기가 사용하는 무기가 최고라며 자존심 싸움을 벌이다니.

룩소르 사냥터 입구가 다가왔지만 접근도 쉽지 않았다. 수백 명이 입구 가까이에 진을 치고 있었고, 그 주위로 수천 명이 에워싸고 있었다.

하늘에는 와이번 세 마리가 날아다니고 있었다. 와이번이 다가올 때마다 게이머들은 손을 들며 함성을 터트렸다.

노바디는 입을 벌린 채 그 광경을 바라보았다. 명검 퀘르를 내건 퀘스트로 이런 일이 벌어질 줄이야. 그저 사람들을 끌어모아 소환진이 있을 룩소르 사냥터 깊숙한 곳으로 빨리 가고 싶었을 뿐인데.

깃발 몇 개가 시야에 들어왔다.

붉은 주먹이 그려진 깃발은 사냥터 입구 가까운 곳에서 나부끼고 있었다.

"저 깃발은 무적권왕 만천이 이끄는 파이터즈 길드 겁니다."

체리가 말했다.

"무적권왕 만천?"

"네. 마룬타 대륙 서열 4위 이방인이에요."

"……"

"저쪽 깃발 보이죠? 파란색에 별이 그려진 거요. 블루스타 길드인데, 마룬타 대륙 서열 5위 야송림과 서열 6위 키켄타크가 속한 곳이에요. 저쪽 은색의 깃발은 용병대장 프로스가 이끄는 브레크 용병대고요."

"……그걸 어떻게 다 알아?"

"공부 좀 했어요."

배시시 웃는 체리.

"그런데 카린은?"

"트니아와 함께 있어요."

"트니아?"

"트니아가 카린을 아주 좋아하거든요."

약간은 악동 같은 체리의 미소에 노바디는 웃음을 터트렸다. 생전 이름이 트니아인 망량에게 쫓겨 비명을 지르며 달아나는 카린을 떠올린 것이다.

스노빈이 옆으로 다가왔다.

"망량 봉쇄 구역 근처로 수상한 자들이 모여들고 있어. 아무래도 우리가 없을 때 침입할 것 같은데."

"걱정하지 않아도 돼. 천야장이 오행령에게 봉쇄 구역 방어를 맡겼으니까. 그리고 마레가 이렇게 확장된 이상, 드래곤이 오지 않는 한 봉쇄 구역이 무너질 일은 없을 거야. 천야장이 자신만만하게 말했으니 믿어도 될 거야."

"그렇다면야."

스노빈은 고개를 끄덕였다. 노바디가 그런 부분까지 고려하고 있다는 사실에 놀랐던 것이다.

정오 무렵, 시청에서 퀘스트를 받아들여 룩소르 사냥터 입구로 몰려든 사람들에게 메시지가 전송되었다.

룩소르 사냥터 돌파 유저 퀘스트

룩소르 사냥터는 오래전부터 각종 몬스터와 마물이 날뛰는 곳입니다. 이방인의 도래로 사냥터에서 빠져나와 날뛰는 몬스터의 수가 줄어들었지만 여전히 위험합니다. 이방인 노바디는 이 상황을 해결하기 위해 귀중한 검을 보상으로 내걸었습니다. 누구든 룩소르 사냥터를 돌파하여 마물 베헤모스를 죽이는 자는 명검 퀘르의 주인이 될 것입니다.

퀘스트 오너 : 노바디
보상 : 명검 퀘르
제한 : 퀘스트 도중 사망할 경우, 다음 날 정오가 되어야 재입장이 가능합니다. 퀘스트가 완료될 때까지 몬스터는 매일 정오 리스폰됩니다. 퀘스트 기간은 열흘입니다.

게이머들은 일제히 환호했지만, 노바디는 웃음을 참지 못했다.

날뛰는 몬스터 때문에 검을 보상으로 내걸었다? 시청이

제멋대로 퀘스트의 목적을 결정한 것이다.

드디어, 사냥터 입구가 열렸다.

앞쪽에 있던 파이터즈 길드, 블루스타 길드 그리고 브레크 용병대가 기세를 올리며 초원 지대로 들어섰고, 뒤이어 다른 길드들과 유저들도 명검 퀘르를 꿈꾸며 사냥터로 몰려들었다.

"우리도 가 볼까?"

노바디는 섬바디 길드를 이끌고 룩소르 사냥터로 뛰어들었다.

룩소르 사냥터 입구가 훤히 보이는 높다란 나무 꼭대기. 주용석은 귀신처럼 흉악한 가면을 쓰고 그 위에 서 있었다.

"이거 곤란한 꼬맹이로군."

저 많은 게이머들이 룩소르 사냥터를 들쑤시면 오래지 않아 소환진도 발견될 것이다. 앞으로 남은 시간은 길어야 사나흘. 그 전에 계획을 완성해야 한다.

주용석은 죽음의 힘 테네파르 인스푸모를 뭉쳐 게이트를 만들었다.

잠시 후, 그는 다크 워킹으로 사라졌다.

삼나무 숲 가장자리 뾰족한 바위에 서서 팔짱을 낀 자세로 초원 지대를 바라보던 타크란은 눈살을 찌푸렸다.

귀면인으로부터 소식을 듣긴 했지만, 실제로 저 많은 이방 인들이 사냥터로 몰려올 줄이야. 기껏해야 검 한 자루에 저 많은 이방인들이 달려들다니.

'탐욕에 찌든 이방인들!'

좀비 한 마리가 비틀거리며 다가왔지만 타크란이 뿜어내 는 죽음의 기운을 감지하고서는 다른 곳으로 가 버렸다.

확실히 이곳 사냥터는 죽음의 기운을 품은 존재에겐 고향 처럼 아늑한 장소였다.

문제는 갓 뱀파이어가 된 채로 도망쳐 버린 예살란에게도 숨기 좋은 곳이라는 데 있었다.

처음에는 흔적을 쫓아 추적할 수 있었지만, 지금은 새로 얻은 몸에 익숙해졌는지 어디에 있는지 알 수가 없었다.

"지금은 거기 신경 쓸 때가 아니지."

타크란은 몸을 돌려 소환진으로 달리기 시작했다.

동굴 끝 조그만 공터에서 쉬고 있던 예살란은 다가오는 소리에 눈을 떴다.

코를 찌르는 악취.

잔뜩 썩은 달걀에 부패한 우유를 붓고 거기에 하수구 냄새를 더한다고 해도, 이 냄새 앞에서는 부드러운 향수처럼 느껴질 것이다.

'좀비야.'

예살란은 입술을 깨물다가 바짝 마른 피부를 느끼고는 침으로 입술을 적셨다. 뱀파이어가 된 후, 입술을 포함하여 피부 전체가 쉽게 말랐다.

물론 촉촉하게 피부를 유지하는 법은 그녀도 잘 알았다.

'피를 마시면 돼. 피를 마시면…….'

예살란은 손을 들어 입술을 만졌다. 고목의 껍질처럼 꺼칠꺼칠했다.

기다렸다는 듯 솟구치는 갈증.

좀비의 더러운 피조차도 지금은 시원한 음료처럼 느껴질 것 같았다.

'안 돼, 마시면……. 그러면 난 더 이상 인간이 아니야. 몇 번이나 경험했어.'

울고 싶었다. 눈물은 말라 버린 지 오래였다.

발을 질질 끌며 다가오는 좀비의 발소리.

몸을 일으킨 예살란은 좀비를 향해 움직이기 시작했다. 그녀의 손톱은 뾰족하게 자라났다.

아레스는 금현대상단 엘루마 동부 지부 건물 옥상에서 꿈틀거리는 검은 바다를 내려다보았다. 햇살이 부서지는 마레 표면은 검게 빛났지만, 그 아래는 칠흑 같은 어둠이었다.

마음은 룩소르 사냥터로 떠난 지 오래였다. 이대로 가만히 있으면 다른 놈들 손에 명검 퀘르가 들어가 버릴지도 모른다.

'여기 있을 때가 아닌데. 퀘르는 내 검이야!'

공명이 다가왔다.

"가만히 계실 겁니까?"

"유니온의 명령을 대놓고 무시할 순 없잖아."

툴툴대는 아레스.

"제가 아이들을 데리고 사냥터로 가 볼까요?"

"네가 간다고 해서 파이터즈 길드, 블루스타 길드, 브레크 용병대를 이길 수 있어?"

"……어렵다고 생각합니다."

공명은 꺾인 자존심을 속으로 숨겼다. 언젠가 갚아 줄 날을 기다리며 마음속 '모욕' 장부에 하나 더 추가했을 뿐이다.

"유니온이 보낸 책임자는 누구야?"

"양장섭입니다."

"그 꼰대?"

"네."

아레스는 한숨을 내쉬었다.

양장섭은 현문 길드 소속으로 한번 고집을 부리면 뒤로 물러나는 법이 없는 사람으로 유명했다. 그런 사람이 지휘한다면 룩소르 사냥터로 공략 대상을 바꿀 리는 없다.

'여기 일이 끝날 때까지 퀘스트가 완료되지 않기만을 바랄 뿐이야.'

그때, 메시지가 도착했다.

망량 봉쇄 구역 돌파 퀘스트

나는 현문 길드의 양장섭이다. 다들 내가 누군지는 알고 있으리라 믿는다. 지금부터 망량 봉쇄 구역 내부에 숨겨진 소환진을 찾아내어 파괴하는 퀘스트를 시작한다.

어디에나 불만을 품는 자는 존재한다. 경고한다. 마음속에 그러한 생각이 조금이라도 있다면 이 메시지를 무시하도록. 일단 퀘스트에 참가하면 너희의 목숨은 내 것이다.

현문 길드는 남쪽. 모네타 길드는 동쪽. 블랙 길드는 북쪽. 로고스 길드는 서쪽. 프리벨리지 길드는 상공에서 망량 봉쇄 구역을 공략한다. 각자가 맡은 구역을 벗어나지 말고, 어떻게든 마레를 뚫고 소환진을 찾아내는 게 우리의 목표다.

룩소르 사냥터에서 벌어지는 퀘스트에 관심을 가진 자가 있겠지만. 그건 우리의 전력을 분산시키려는 사악한 획책에 불과함을 명심해라.

누구든 퀘스트에 참가했다가 비겁하게 등을 보이거나 달아난다면 나 양장섭의 이름을 걸고 대가를 치르게 할 것이다. 물론 퀘스트 자체를 거부한 자에게도 응분의 결과가 주어질 것이다.

퀘스트 제안이 아니라 노골적인 협박이었다.

아레스는 할 말을 잃었다. 양장섭은 소문보다 더한 인물이었다.

"준비하겠습니다."

고개를 숙인 공명이 옥상을 떠났다.

아레스는 다시 한 번 검은 바다를 내려다보았다.

이미 한번 경험했기 때문에 죽음의 기운으로 덮여 있는 저 봉쇄 구역이 얼마나 위험한지 누구보다 잘 안다. 그래서 이 작전을 반대했지만, 복용자에 불과한 자신의 주장은 유니온에서 그리 큰 힘을 가지지 못했다.

'이번에 다들 알게 되겠지.'

아레스는 봉쇄 구역의 동쪽 집합 장소로 움직였다.

검은 바다가 일렁이는 철책 앞으로 속속 모여드는 사람들은 모두 모네타 길드 소속이었다.

레이첼은 힐끔거리는 눈길을 무시할 수 없었다.

그들은 레이첼, 아니 현실의 공지우가 어떤 실수를 저질렀는지 잘 알고 있었다.

그녀가 추천한 교육생 백정현은 각성했다가 능력을 잃고 망각 상태에 빠졌으며, 또 다른 교육생 윤태희 역시 유니온 길드에 억류되어 조사를 받는 중이었다.

규문이 다가왔다.

"신경 쓰지 마."

"……그러고 있어."

마음은 달랐다. 사람들의 시선은 화살처럼 날아와 그녀의 가슴을 후벼 팠다.

"배혜진 말로는 여기엔 소환진이 없다며?"

"그 고고한 유니온이 일개 복용자의 말을 믿은 적이 있어? 로고스 길드의 조사 결과를 신뢰하는 건 당연해."

"하긴. 아, 저기 온다."

규문이 고갯짓으로 가리킨 방향에서 아레스와 공명이 수십 명을 이끌고 다가오는 중이었다.

아레스가 레이첼 앞으로 걸어왔다.

"왔어요?"

"올 수밖에 없으니까."

"빠져나갈 방법은 없겠죠?"

"아마도."

잠시 두 사람은 입을 다물었다. 둘 다 룩소르 사냥터로 달려가고 싶지만 방법을 찾지 못해 안타까웠던 것이다.

거대한 그림자가 그들을 잠시 덮었다.

고개를 든 아레스는 새하얀 와이번을 볼 수 있었다. 프리벨리지 길드 놈들이 하늘에서 봉쇄 구역을 공략하기 위해 적당한 지점을 찾는 모양이었다.

'아무리 찾아봐도 소용없을걸. 마레는…… 힘을 흡수하여 성장하고 있으니까. 초기에 압도적인 힘으로 박멸하지 못했으니, 지금 와서 공격해 봐야 오히려 마레만 커질 텐데.'

"안진후랑 아는 사이였다면서?"

레이첼이 물었다.

"어릴 때 조금 알았어요."

"그 녀석은 김현의 친구야. 어떻게 보면 가장 빠른 길일지도 몰라."

"페플 그룹 안종화 회장의 아들이기도 해요. 그분은 아무것도 하지 않는 것처럼 보이지만, 다 지켜보고 계세요."

"아쉽네."

레이첼은 속이 탔다.

다른 사람이라면 좀 더 적극적으로 강요할 텐데, 아레스는 현실에서 거대 재벌의 일원이었다. 아무리 자신이 각성자라고 해도 함부로 대할 수는 없다.

공격 개시

지금부터 망량 봉쇄 구역을 공략한다. 동쪽의 모네타 길드부터 지금 즉시 공격을 시작하라.

한 번 더 경고한다. 도망치는 자들뿐 아니라 태업을 하는 자들 역시 응징의 대상이 될 것이다. 최선을 다하도록.

양장섭이 보낸 메시지였다.

아레스는 몸을 일으켰다.

모네타 길드 소속 유저들은 무기를 뽑아 일제히 철책을 넘어 검은 바다에 몸을 던졌다.

바젠 후작은 시청에 소속된 와이번 위에서 망량 봉쇄 구역을 내려다보았다.

"잘하는군."

시청이 공식적으로 망량 봉쇄 구역 관련 퀘스트를 승인해 줄 수는 없다. 그러나 이방인들이 자기들끼리 알아서 공격한다면 굳이 막을 이유도 없다.

봉쇄 구역이 무너진다면, 100년 동안 사용할 수 없으리라던 땅이 회복되는 것이니 시청으로서는 쌍수를 들고 환영할 만한 일이었다. 봉쇄 구역이 건재하다고 해도, 저 강력한 이방인들이 그 과정에서 힘을 일부라도 잃는다면 그 또한 바람직한 일이 아닐 수 없다.

마레 곳곳에서 빛이 번쩍거렸다.

새빨간 빛, 시퍼런 빛, 때로는 녹색의 빛도.

"이런."

혀를 차는 후작.

수백 명이 봉쇄 구역을 뒤덮은 마레를 공격했지만, 검은 바다는 끄떡도 하지 않았다. 오히려 이전보다 훨씬 빠르게 영역이 확장되고 있었다.

내버려 두면 이방인은 계속 달려들다 죽어 나갈 테고, 마레는 끝도 없이 늘어날 것이다.

"에이, 멍청한 놈들! 당장 경비대를 출동시켜!"

바젠 후작은 명령을 내렸다.

이방인들의 공격은 눈감아 줄 수 있지만 마레의 확장만큼은 어떻게든 막아야 했다. 자칫 잘못하면 '시장 대리'라는 지위가 날아갈지도 몰랐다.

초원은 텅 비어 있었다.

요란하게 다가와 독니로 물어뜯던 자이곤, 릴리스는 한 마리도 보이지 않았다. 앞선 길드들과 게이머들이 독사란 독사는 보는 족족 죽여 버린 것이다.

졸지에 퀘스트 수행은 소풍이 되어 버렸다. 운이 좋으면 초원 지대를 벗어날 때까지 몬스터 한 마리 못 볼 수도 있다. 내일 정오가 되어야 죽은 몬스터가 되살아나기 때문이다.

"아무것도 없습니다, 대사형."

아로간타르는 검 토포레로 웃자란 풀을 툭툭 자르며 말했다.

"조심하는 게 좋아. 재수 없게 독사에 물리면 바로 죽어 버릴 수도 있으니까."

커다란 도를 어깨에 올린 용병 핀토였다.

용병을 사납게 노려보던 아로간타르는 눈을 크게 뜨며 핀토 옆을 가리켰다.

"거기! 자이곤!"

"……뭐?"

화들짝 놀란 핀토는 도를 휘두르며 뒤로 펄쩍 뛰었다.

도는 풀은 물론 땅속뿌리까지 날려 버렸지만 어디에도 자이곤은 없었다.

"아, 잘못 봤다."

씩 웃는 아로간타르.

도를 쥔 핀토의 손이 부르르 떨렸지만, 바마통과 노바디 앞에서 추태를 보일 수는 없었다.

아로간타르와 핀토는 경쟁하듯 앞으로 나섰고, 그 뒤를 트로만과 테르툰, 체리가 따라갔다. 스노빈과 바마통, 노바디는 뒤로 처진 채 걷고 있었다.

노바디는 겉으로는 웃으면서도 저 갈등을 어떻게 해결할까 고민했다. 뚜렷한 답은 찾지 못했다. 현재로선 그저 지켜보면서 방법을 찾는 수밖에 없다.

체리가 노바디 옆으로 다가왔다. 아카시아 향 같은 상큼한 체취가 바람에 실려 노바디의 코로 스며들었다.

체리와 노바디를 살핀 스노빈은 바마퉁을 데리고 일부러 속도를 내어 트로만 옆으로 향했다.

말없이 걷는 체리.

노바디는 힐끔 쳐다볼 뿐 굳이 말을 걸지 않았다. 그냥 걷는 게 더 좋았던 것이다.

체리가 뒤엉킨 풀에 발이 걸려 앞으로 넘어질 뻔했다.

급히 손을 뻗어 체리의 손을 잡은 노바디.

"괜찮아?"

"……아, 네."

위기를 넘긴 체리는 노바디의 손을 꽉 잡고 놓아주지 않았다.

깜짝 놀랐지만 노바디도 손을 뿌리치진 않았다.

두 사람은 잠시 말없이 손을 잡고 걸었다.

'체리 향기야. 아까는 아카시아였는데.'

노바디는 거리에 따라서 체취가 달라질 수도 있나 속으로 생각했다.

그때, 노바디가 멈춰 섰다.

"마스터?"

"다들 조심해!"

버럭 소리를 지른 노바디는 두 손으로 체리를 안으며 옆으로 몸을 날렸다.

어마어마한 속도로 날아온 불덩어리가 아로간타르와 핀토

바로 뒤쪽에 떨어지며 폭발했다.

쾅!

민첩한 아로간타르, 핀토는 노바디만큼이나 빨리 몸을 피했지만, 트로만과 테르툰 그리고 바마퉁, 스노빈은 제대로 반응조차 못 한 채 폭발에 휘말렸다.

그 격렬한 불꽃을 뚫고 나온 건 테르툰을 부축한 바마퉁이었다. 바마퉁을 항상 따라다니는 추영이 주먹을 쥐어 손가락을 보호하는 것처럼 둥글게 막을 펼쳐 주인을 보호한 것이다.

상인 트로만은 그 범위 밖에 있었다. 폭발의 충격에 생명력의 반이 날아갔고, 뒤이은 열기에 나머지 반도 사라졌다. 그 자리에서 죽은 것이다.

추영의 보호에도 바마퉁 역시 멀쩡하진 않았다. 용갑이 펼쳐졌지만 얼굴은 노출되어 피부의 절반이 붉게 익었고, 옷은 타 버려 여기저기 구멍이 나 있었다.

스노빈은 대현자 파르소겐 덕분에 살았다. 만약 개로 변신한 대현자 파르소겐이 순간적으로 대지의 힘을 끌어당겨 화염의 힘을 억누르지 않았다면 목숨을 잃고 말았을 터였다. 테르툰도 마찬가지였다.

먼저 몸을 일으킨 노바디는 체리를 살폈다. 다행히 체리는 무사했다.

"방어 스크롤."

싱크

"알았어요."

노바디는 즉시 바마퉁 곁으로 달렸다.

"정신 차려."

"……나 안 죽은 거지?"

"당연하지."

그렇게 말한 노바디는 옆에 있는 개를 쳐다보았다. 털은 열기에 그슬렸지만 다친 곳은 없는 듯했다.

─난 괜찮네.

고개를 끄덕인 노바디는 스노빈을 향해 고개를 돌렸다. 천천히 고개를 끄덕이는 스노빈은 불이 붙은 머리카락을 손바닥으로 쳐서 겨우 껐다.

노바디는 정면을 노려보았다. 무언가 날아오는 소리가 들렸다.

체리가 먼저 방어 마법이 담긴 스크롤을 찢었다. 연두색으로 빛나는 방어막이 생겨나 날아오는 불덩어리를 튕겨 냈다. 불덩어리는 10미터나 미끄러지며 초원에 불을 붙였다. 삽시간에 불은 사방으로 번졌다.

핀토는 테르툰을 살폈다.

트로만 앞에 선 아로간타르는 노바디를 쳐다보며 고개를 저었다.

다시 한 번 날아온 화염 마법에 방어막은 크게 흔들렸다. 한두 번 직격을 당하면 방어막이 깨질지도 모른다.

그 사실을 짐작한 체리는 또 다른 스크롤을 꺼내어 찢었다. 이번에는 은빛 막이 생성되어 연두색 막 아래쪽에 자리를 잡았다.

"여기 있어."

노바디는 방어막을 빠져나가 화염구가 날아온 곳으로 달리기 시작했다.

뒤에서 쫓아오는 인기척이 느껴졌다.

고개를 돌린 노바디는 거대한 도를 어깨에 올린 채 따라오는 용병 핀토를 발견했다. 그 얼굴에 깃든 단호한 의지를 보니, 돌아가라는 말이 나오지 않았다. 노바디는 그를 쳐다보며 가볍게 고개를 끄덕였다.

이쪽으로 다가오는 발소리가 들렸다. 굉장히 빨랐는데, 둘이었다.

"제가 오른쪽을 맡겠습니다."

그렇게 말한 핀토는 양손으로 월형도를 움켜쥔 채 오른쪽으로 방향을 틀었다.

노바디는 왼쪽으로 달리기 시작했다.

갈대 같은 풀이 가슴을 넘어 머리까지 덮을 만큼 웃자라 있었다. 바람에 넘실거리는 초원은 황갈색의 바다 같았다. 노바디는 한 마리 돌고래처럼 그 바다를 헤엄치고 있었다.

무언가 강력한 것이 풀을 뚫고 날아왔다.

노바디는 본능적으로 몸을 비틀었다.

싱크

펑!

보이지 않는 것이 노바디의 옆구리를 훑고 지나갔다. 용현 갑이 저절로 발동되어 충격을 튕겨 내지 않았다면 옷은 물론 피부까지 뜯겨 나갔을 것이다.

상태 창을 열었다. 생명력의 15%가 사라졌다. 그나마 용현갑 덕분이었다.

'대체 뭘 던진 거지? 마법인가?'

노바디는 최대한 소리를 죽인 채 접근했지만, 또다시 다가오는 것이 느껴졌다.

이번에는 반대 방향으로 피했다.

팅!

노바디의 어깨를 치는 무형의 기운. 이번에는 생명력의 22%가 줄어들었다.

그제야 노바디는 상대가 마법사라고 확신했다. 그러나 그 판단은 곧 무너졌다.

상대는 뒤쪽에서 공격한 것이다.

'엄청나게 빨라. 그렇다면 마법사는 아니야.'

노바디는 피하기 급급했다. 상대는 신출귀몰해서 어디에 있는지 알아내는 것조차 어려웠다.

'페플에 들어와서 만난 적 중에 가장 빨라. 이대로 있으면 상대의 얼굴도 보지 못하고 죽겠어. 그럴 순 없지.'

노바디는 내공을 주입하여 발을 굴렀다.

쾅!

사방으로 퍼져 나간 타각의 충격력에 풀들이 뿌리와 함께 뽑힌 채 공중으로 솟구쳤다. 노바디 근처에 있던 풀들이 위로 솟구쳤다가 내려오면 먼 곳의 풀들이 차례대로 허공으로 떠올랐다.

"제법인데."

드디어 들린 놈의 목소리.

노바디는 공격을 피해 몸을 날린 후, 다시 타각을 펼쳤다. 시야를 확보하기 위해서였다.

곧 사방 30여 미터의 공터가 생겼다. 미스터리 서클처럼 바닥에는 뽑힌 풀들이 일정한 방향으로 누워 있었다.

노바디는 그 공터의 중심에 서 있었다.

상대가 풀숲을 헤치며 나타났다. 20대 중반으로 보이는 남자로, 껌을 씹고 있었다.

"왜 공격하는 거지?"

"그냥."

새끼손가락으로 귀를 후비는 남자.

노바디는 그 대답을 들은 순간, 저 남자에겐 목적이 있음을 직감했다. 용현갑이라는 좋은 방어구가 없었다면 이미 죽고 말았을 터였다.

유저를 죽이는 행위는 처벌의 대상이다. 이 게임 영상을 제출하면 100% 처벌을 받게 된다.

저 남자 역시 그 사실을 알고 있다. 그런데도 이토록 천연덕스럽게 공격할 뿐 아니라, 그 사실을 숨기려 하지도 않는다? 그렇다면 처벌 따위는 무시할 만큼 중요한 목적이 있다는 결론에 이른다.

"어디 소속이지? 마법사가 아닌 걸 보면 블루스타는 아닌 것 같고, 용병이라고 하기엔 좀 경박하니까, 아, 파이터즈 길드 소속이겠군."

"……."

실실 웃던 사내의 얼굴이 딱딱하게 굳었다.

"무적권왕 만천이 시킨 일이야?"

"무슨 헛소리를 하는 거지?"

사내는 노바디를 쏘아보았다. 장난기는 사라진 지 오래였다. 껌도 탁 뱉었다.

사내가 뻗은 주먹에서 무형의 기운이 날아왔다.

노바디는 몸을 옆으로 날리며 인벤토리에서 꺼낸 회복약을 마셨다.

눈으로 보고 있는데도 믿기지 않는 일이 벌어졌다. 사내는 분명 꺾인 풀줄기를 밟으며 달렸으나 소리가 전혀 나지 않았다. 요란한 액션 영화에서 볼륨을 0으로 줄인 것처럼, 비현실적이었다.

'말도 안 돼.'

"누구나 무음철혈보를 보면 그런 표정을 짓게 되지. 죽어라!"

사내는 노바디 주위를 맴돌며 주먹을 뻗었다. 주먹 끝에서는 강력한 기가 총알처럼 튀어나왔다.

용현갑을 이용하여 그 공격의 위력을 줄일 뿐 아니라 틈만 나면 회복약을 마셔 생명력을 채웠기 때문에 노바디는 그나마 버틸 수 있었다.

'현섬을 펼칠까? 아니야. 결정적인 기회가 올 때까지 기다려야 해. 한 번 실수하면 두 번 기회는 없을 테니까. 분신은? 음, 지금은 분신이 그리 도움이 될 것 같지 않아.'

다행히 상대가 먼저 조급해졌다. 멀리서는 노바디를 잡을 수 없다는 판단 때문인지 다가왔던 것이다.

노바디는 놈이 반경 10미터 안으로 들어온 순간, 발을 굴렀다.

쾅!

뿌리 뽑힌 풀들을 위로 띄우며 타각의 충격파가 사방으로 퍼져 나갔으나, 놈은 이미 알고 있다는 듯 범위 밖으로 피해 버렸다.

"그 스킬은 인정한다. 그래도 넌 여기서 죽어."

놈의 속도가 더 빨라지기 시작했다. 놈의 공격도 더 날카롭고 위력적으로 변했다.

'저 발을 잡지 못하면…… 여기서 죽을 수밖에 없어.'

몇 번이나 치명적인 위기를 넘긴 노바디는 타각의 용도를 바꾸었다.

쾅!

한쪽 방향으로 타각의 충격력이 뿜어져 나가자, 노바디는 그 반대 방향으로 튕겨 나갔다. 몸이 버티기 힘들 만큼 거대한 힘은 화결의 묘리로 다루었고 중결로 중심을 잡았으며 흡결로 새는 힘을 막았다.

20미터나 직선으로 이동한 후 비틀거린 노바디.

"……너, 뭐야?"

사내는 그 속도에 깜짝 놀랐다.

평소에도 이동할 때면 타각과 좌각, 화결과 중결 그리고 흡결의 묘리로 속도를 높였었다. 지금이야말로 그 방식을 극대화할 때였다.

노바디는 사내의 공격을 겨우 피하면서도 그 움직임을 유심히 살폈다. 어떻게 속도를 내는지, 어떻게 방향을 트는지 배우기 위해서였다.

'아, 저렇게 몸을 비틀어 회전력을 이용하는구나. 그렇다면 나도 타각과 좌각을 같이 이용해야겠다.'

노바디는 타각을 펼친 이후 좌각으로 속도를 유지한 채 방향을 트는 데 성공했다. 15미터가량 직선으로 움직인 다음, 90도로 꺾어 10미터 가까이 이동한 것이다.

"너, 대체 뭘 하는 거야?"

그 비범한 속도에 놈이 물었다.

노바디는 대답 대신 그 스킬을 한 번 더 연습했다. 이번에는 왼쪽이 아니라 오른쪽으로 꺾었다. 원하는 대로 100% 되지는 않지만 그런대로 만족스러웠다.

"설마, 아니지? 아닐 거야."

상대는 눈살을 찌푸렸다.

공격은 더욱 강력해졌지만 힘에 집중한 탓인지 패턴은 단순해져 노바디는 오히려 피하기 쉬웠다. 덕분에 상대의 보법을 좀 더 자세히 살펴볼 수 있었다.

'아, 발목과 무릎을 저런 식으로 이용하는구나. 아프리카 영양처럼 아주 가벼워. 음, 몸을 띄운 것처럼 매우 가벼워 보이는 게, 어쩌면 실제로 몸을 띄울지도 모르겠다.'

노바디는 좌각으로 몸을 띄우며 동시에 타각을 펼쳤다. 타각의 위력이 고스란히 노바디의 몸을 반대 방향으로 밀자, 노바디 본인은 물론 상대조차도 눈을 동그랗게 떴다. 그 자신보다 빨랐던 것이다.

순식간에 30미터를 이동한 노바디는 풀숲에 처박혔다. 속도를 몸이 감당하지 못한 것이다.

서둘러 몸을 일으킨 노바디는 옆으로 피했다.

퍽.

노바디가 넘어졌던 곳에서 터지는 상대의 공격.

노바디는 공터의 중심부로 돌아와 있었다.

"너, 지금 백혈무음 조운룡 앞에서 보법을 연습하는 거냐?"

싱크

"눈치 한번 빠르네."

"······건방진 놈."

이를 가는 상대.

노바디는 좌각과 타각을 거의 동시에 펼치며 화결로 두 종류의 힘을 하나로 묶었다.

다음 순간, 노바디는 조운룡의 가슴을 머리로 들이받았다. 속도가 너무 빨라 노바디는 컨트롤이 어려웠고, 조운룡은 눈으로 보고도 피할 수가 없었다.

"잡았다."

몸을 일으킨 노바디가 한 말.

놀란 조운룡이 달아났지만, 노바디는 현섬으로 그 앞에 나타났다.

깜짝 놀란 조운룡이 균형을 잃을 때, 노바디는 타각을 펼쳤다. 그 충격파는 조운룡을 휘감았다.

하체가 마비된 조운룡은 파란 하늘을 올려다보고 있었다. 몸을 뒤집을 수도 없었다. 상체의 일부도 움직일 수 없었던 것이다.

노바디가 다가와 조운룡을 내려다보았다.

"그 기술, 뭐였지?"

"현섬."

"공간 이동술이었군. 잘도 참았어. 기회를 노린 건가?"

"맞아."

"날 이겼다고 좋아하기엔 일러. 네 일행은 전멸했을 테니까."

조운룡이 마지막으로 한 말이었다.

노바디는 타각의 힘으로 조운룡의 가슴을 짓밟았다. 조금의 자비도 보여 주지 않았다.

—레벨이 올랐습니다.

—'무음철혈보'를 획득했습니다.

—새로운 이동 스킬을 익혔습니다. 이름을 선택하세요.

고민은 짧았다.

"결각보."

화결과 중결, 흡결의 묘리와 타각, 좌각을 이용한 보법이기 때문에 결각보라고 이름을 붙였다.

노바디는 조금도 기쁘지 않았다. 조운룡이 했던 말 때문이었다.

결각보를 펼치며, 노바디는 돌고래가 아니라 수백 마력의 모터보트처럼 질주하기 시작했다.

거대한 도는 조각조각 부서지며 흩어졌다.

핀토의 손에는 자루만 남아 있었다.

흔들리는 눈빛.

월형도가 이토록 쉽게 산산조각이 날 줄이야. 핀토는 의심의 눈빛으로 상대를, 상대가 쥔 검을 노려보았다.

"이 검이 특별하긴 해."

"그 검은…… 소드오브아이스?"

"역시 알아보는군."

"브레크 용병대였어, 당신은."

"맞아."

"왜 공격한 거지?"

"천천히 생각해 봐."

콜트는 은회색 검을 휘둘렀다. 목이 잘린 핀토는 서서히 흐려졌다.

천천히 몸을 돌린 콜트는 뒤쪽을 바라보았다.

풀숲이 좌우로 벌어지며 저절로 길이 생겼고, 그 길로 지팡이를 손에 쥔 마법사가 걸어왔다. 붉은 머리카락이 허리까지 내려오는 마법사는 무시무시한 눈빛으로 콜트를 노려보았다.

"늦었어요."

"음, 그런가?"

"가죠. 마무리를 지어야죠."

"조운룡은?"

"더 이상 기다리고 싶지 않아요."

"알았어."

콜트는 도르젠의 악명을 잘 알고 있었다.

4서클에 이르는 화염 마법사였지만 블루스타 내에서의 지위는 낮은 편이었다.

도르젠이 원하는 건 화끈한 싸움판이었다. 한번 시작하면 누구도 말릴 수 없다고 해서 '광염마녀'라는 별명으로 불리기도 했다.

은회색의 방어막이 눈에 띄었다.

'화염 마법을 막는 데에는 냉기 서린 빙계 방어막이 딱이지. 하지만 딱 봐도 마법사 솜씨는 아니야. 기껏해야 돈 주고 구입한 스크롤이겠지.'

콜트가 말하기도 전에 도르젠은 화염 마법을 퍼붓기 시작했다.

마법은 기본적으로 거리가 줄어들수록 위력이 기하급수적으로 커진다. 단 세 번의 불덩어리로 빙계 방어막은 깨졌다.

놈들 중 하나가 녹색의 검을 쥐고 달려 나왔다.

도르젠이 콜트를 바라보았다. '당신 차례야.'라고 말하는 듯한 시선이었다.

콜트는 소드오브아이스를 뽑으며 앞으로 나섰다.

'어? 엘프잖아.'

챙!

검과 검이 부딪친 순간, 콜트는 상대의 실력을 알 수 있었다. 검술 자체는 꽤 노련했지만 문제는 검을 떠받치는 힘이었다. 내공은 아직 한참 부족했고, 실전 경험도 그리 많지 않아 보였다.

'주로 몬스터와 싸웠군. 이러니 쓸데없이 동작이 큰 거야. 그래도 아까 그 용병이 든 도보다는 훨씬 좋은 무기야, 소드 오브아이스와 이렇게 부딪쳐도 깨지지 않는 걸 보면. 역시 엘프인가.'

쾅!

바로 옆에 불덩어리가 떨어졌다. 하마터면 옷에 불이 붙을 뻔했다.

고개를 돌리니, 도르젠의 얼굴이 보였다. 딱딱하게 굳어 버린 표정. 빨리 끝내라는 뜻이었다.

'귀신처럼 알아차리는군. 좋아, 장난은 끝이야.'

그때, 뒤에서 '윽!' 신음이 들렸다.

소드오브아이스가 뿜어내는 냉기로 엘프를 날려 버린 콜트는 눈살을 찌푸리며 뒤를 쳐다봤다.

도르젠은 고개를 숙인 채 아래를 보고 있었다. 대체 뭘 보고 있나 생각하다가, 배를 뚫고 나온 암갈색의 목검을 뒤늦게 발견할 수 있었다.

천천히 앞으로 쓰러지는 도르젠.

그 뒤에 서 있는 놈이 보였다.

우스꽝스러울 정도로 커다란 머리가 인상적인 놈은 목검을 허공에 휘둘러 피를 제거했다.

도르젠은 사라졌다. 일 검에 죽었다는 뜻이다.

"대사형!"

검을 쥔 팔이 얼어붙은 채로 쓰러졌던 엘프가 소리쳤다.

'대사형? 그렇다면 저놈이 조운룡을 죽였다는 뜻이구나. 여기 초원처럼 넓은 곳에서는 나도 조운룡을 잡기는 어려운데. 보통 놈은 아니야.'

은색의 검을 쥐고 놈을 향해 걸어가는데, 놈이 갑자기 사라졌다.

아니, 사라진 게 아니라 너무나 빠르게 움직여 한순간 놓쳐 버린 것이다.

놈은 옆을 스치듯 지나가 버렸다.

뒤늦게 몸을 돌린 콜트.

놈은 엘프 바로 옆에서 비틀거리다가 앞으로 고꾸라지고 말았다.

'저 녀석, 뭐야?'

눈살을 찌푸린 콜트는 빙검을 두 손으로 쥐고 놈을 향해 내달렸다.

"소환."

놈이 속삭였다.

갑자기 늙은이가 나타났다. 몸이 건장한 노인 근처의 풀들은 금세 시들었다.

'위험해!'

싱크

콜트는 본능적으로 피하려 했지만, 이미 늦었다. 노바디가 불러낸 천야장 퍼브가 콜트를 삼켜 버린 것이다.

검을 휘둘러도 망량을 막아 낼 수는 없었다. 잠시 후, 콜트는 소드오브아이스로 가슴을 찔러 스스로 죽었다.

계속 있으려는 천야장을 겨우 설득해 영혼의 목걸이로 돌려보낸 노바디는 아로간타르 옆에 주저앉았다.

"대사형, 괜찮습니까?"

"넌?"

"팔이 얼어붙어 움직이기 힘든 것 빼고는 괜찮습니다."

"그게 뭐가 괜찮아?"

노바디는 웃을 뻔했다. 그러나 트로만이 화염 공격에 죽었고, 용병 핀토마저 목숨을 잃었다는 점을 잊을 수는 없었다.

바마퉁이 다가왔다.

"이 녀석 먼저."

"알았어."

바마퉁은 아로간타르의 팔에 손을 올리고 힐링을 펼쳤다. 테르툰이 가세했다.

노바디 옆으로 체리가 다가와 회복약을 건넸다.

"고마워."

"왜 우리를 공격했을까요?"

"글쎄."

노바디는 이곳 룩소르 사냥터에서는 몬스터보다 게이머를

더 조심해야 한다는 사실을 어떻게 설명할지 잠시 고민했다.

초원은 저녁으로 접어들었다.

어둠이 내려 모든 것이 흐릿해졌고, 색깔마저 희미해져 시야에 들어오는 초원 지대는 한 장의 흑백 풍경 사진 같았다. 화염 마법으로 붙은 불은 사냥터 입구 쪽으로 번졌는데, 바람의 방향 덕에 연기 걱정은 하지 않아도 되었다.

온도가 내려가자 습지 특유의 냄새가 공기 중에 떠다녔다. 초원 지대 곳곳에 물웅덩이가 있었던 것이다. 거혈조 수십 마리가 내려앉을 만큼 큰 웅덩이도 있었다.

야간용 텐트 외곽에 방어용 주술진이 구축되었다. 스노빈이 주도했고, 아로간타르와 바마퉁, 체리가 옆에서 도왔다. 땅의 힘을 끌어모은 '방궁지율진'은 웬만한 마법 공격에는 끄떡도 하지 않을 만큼 강력했다.

한쪽으로 물러나 땀을 닦으며 쉬고 있던 스노빈 곁으로 개가 다가갔다.

"스승님."

스노빈이 속삭였다.

"영 멍청이는 아니구나."

개가 말했다.

"이런 식으로 만날 줄은 생각도 못 했습니다."

"나도 널 이런 곳에서 만날 줄은 몰랐다. 스스로 회주 자리를 박차고 나오려면 적어도 3년은 더 있어야 할 줄 알았더니만, 오랜만에 내 판단이 틀렸구나."

"칭찬으로 듣겠습니다."

"칭찬이다."

개는 스노빈 앞에 앉아 버렸다.

"스승님도 노바디를 돕기로 결심하신 겁니까?"

"난 노바디에겐 별로 관심 없다."

"네?"

"저쪽."

파르소겐은 고갯짓으로 바마퉁을 가리켰다.

현실의 박용준과 달리 몸은 날렵했지만 어딘지 모르게 굼뜬 기색이 느껴지는 바마퉁을 눈여겨보던 스노빈은 깜짝 놀랐다. 대현자가 마음을 쓸 정도로 특별한 구석이 있는 인물인가?

"전 잘 모르겠습니다."

"그저 잠시 인연이 있을 뿐이야. 바람이 지금은 여기로 불고 있지만 방향이 바뀌면 떠나야겠지."

"알겠습니다."

예전 같았다면 바람 부는 대로 흘러가지 말고, 마법이든 주술이든 바람을 일으켜 방향을 스스로 결정해야 한다고 열

변을 토했을 것이다. 하지만 지금의 스노빈은 지혜가 가끔 우연의 형태로 다가온다는 사실을 알 만큼 성장해 있었다.

파르소겐은 스노빈을 물끄러미 쳐다봤다.

'많이 컸군. 내가 그렇게 닦달해서 가르쳐도 변하는 게 없더니만, 노바디와 어울리더니 이렇게나 변해? 하긴, 사람마다 배움의 방법은 다르니까.'

몸을 일으켜 제자 곁을 떠난 파르소겐은 그 험한 전투를 치렀음에도 마보 자세로 수련 중인 노바디 옆으로 총총 걸어갔다. 누구도 볼품없는 개에게 눈길을 주지 않아서 자유롭게 행동할 수 있었다.

"이제 어떻게 할 건가?"

노바디는 고개를 살짝 틀어 파르소겐을 쳐다봤다. 자세는 여전히 스쿼트와 비슷한 마보였다. 무극심법 제1문 축현의 동작이었다.

"글쎄요."

"척살대는 또 올 걸세."

"……."

노바디는 착 가라앉은 눈으로 파르소겐을 보고 있었다.

역시 대현자였다. 갑자기 공격한 놈들의 정체를 이미 간파한 것이다.

"이번엔 운이 좋았지만, 다음에도 그러리란 보장은 없네."

"압니다."

"뭔가 방법이 있군."

"이쪽에서 먼저 기습하는 건 어떨까요?"

"오호."

"안 그래도 그 일로 대현자님과 이야기를 나누고 싶었습니다."

"이 늙은이를 부려 먹겠다는 심보구만. 그거야 뭐 예상하고 있었지만, 아까 그건 뭔가? 자네가 걸고 있는 목걸이에서 무시무시할 만큼 강력한 망량이 튀어나오던데."

노바디는 궁금해하는 파르소겐에게 망량의 봉쇄 구역에서 벌어진 일을 간단히 알려 주었다.

100년이 걸려야 자연적으로 회복될 수 있는 곳으로 직접 들어가 이뤄 낸 노바디의 성취에 대현자는 할 말을 잃었다.

"빈민굴의 사람들을 위해 그 일을 했다는 건가?"

"이유로 충분하지 않습니까?"

"허허."

파르소겐은 제자 스노빈이 왜 변할 수밖에 없었는지 이제야 알 것 같았다.

"천야장께서 대현자님과 대화를 나누고 싶으신 모양입니다. 괜찮겠습니까?"

"얼마든지."

"소환."

영혼의 목걸이에서 빠져나온 퍼브는 팔짱을 낀 채 개로 변신해 있는 파르소겐을 내려다보았다.

"참 특이한 취미야."

"처음 뵙습니다. 저는 파르소겐입니다."

"쓸 만한 주술사로군."

"감사합니다, 어르신."

"천야장이라고 부르게."

천야장과 대현자가 이야기를 나누는 동안, 노바디는 은색의 검을 인벤토리에서 꺼냈다. 소드오브아이스, 스스로 죽은 콜트가 남긴 아이템이었다. 훈련용 목검을 이용하던 노바디에겐 적합한 무기였다.

조운룡과의 격투는 운이 좋았다.

상대가 쉽게 흔들리지 않는 성격의 소유자였다면 현섬을 사용할 한 번의 기회조차 얻지 못했을 것이다. 상대는 방심했고, 그로 인해 조급해졌으며, 그 때문에 노바디에게 당한 것이다.

'지금의 나는 어정쩡해. 사라겐의 비월을 쓸 수 없으니 수라부월공은 위력이 떨어져. 그리고 천무삼권은 근접전에 어울려. 상대가 멀리서 공격하면 사용할 수조차 없어. 가장 유용한 스킬은 타각인데…… 상대가 그걸 알아차리고 대비하면 다음 전투는 쉽지 않을 거야.'

절망이나 좌절보다는, 흥분과 전율이 더 컸다.

비슷한 패턴으로 공격하는 몬스터와는 차원이 다른 상대!

같은 게이머끼리의 대결은 그 어떤 전투보다 스릴 넘치는 경험이었다.

노바디는 광현칠검보의 두 번째 초식 기취이퇴를 수련했다.

'예전에는 이해할 수 없었어. 지금은 달라.'

결각보 덕분이었다.

기취이퇴는 스프링처럼 탄력적으로 전진하고 후퇴해야 가능한 초식이었다. 그 동작의 근본 원리는 결각보와 맞닿아 있었다. 조운룡의 무음철혈보를 두 눈으로 직접 보고 배운 것이 기취이퇴의 진보에 도움을 준 셈이었다.

조운룡의 죽음으로 얻은 '무음철혈보'의 보법서도 큰 힘이 되었다. 모르는 부분은 스킬로 등록한 무음철혈보의 초식을 실행하여 비교해 볼 수 있었던 것이다.

'한번 해 보자.'

노바디는 중심을 낮추며 소드오브아이스를 앞으로 내밀었다. 한쪽 발로는 좌각을, 다른 발로는 타각을 연이어 펼쳤다. 몸으로 전달되는 충격력을 화결과 중결, 흡결로 적절히 배분한 순간, 몸은 앞으로 튀어 나갔다.

"어?"

그 속도가 빨라 균형을 잃는 바람에 하마터면 앞으로 처박힐 뻔했다. 소드오브아이스로 땅을 찍어 겨우 우스꽝스러운 꼴은 면했다.

"그래도 속도는 괜찮았어."

노바디는 다시 시도했다.

두 번째는 몸의 중심에 집중하는 바람에 소드오브아이스를 놓치고 말았다. 빙글빙글 날아간 빙검은 푹, 땅에 깊이 박혔다. 벌레 몇 마리가 급히 달아났다.

열 번의 시도 만에 균형 잡힌 이동에 성공했다.

그러나 검을 들어 일곱 번 서로 다른 방향을 찌를 수는 없었다. 사사형 가쿨라는 분명 단숨에 일곱 번이나 급소를 찌를 수 있었는데.

'이제 찌르기에 집중하자.'

노바디는 가만히 서 있는 자세에서 검을 앞으로 찔렀다. 어딘지 모르게 자세가 마음에 들지 않았다.

좀 더 빨라야 한다.

좀 더 예리해야 한다.

그래야 상대에게 피할 여지도 주지 않게 된다.

사방은 완전히 어두워졌다. 얼마 남지 않았던 햇살의 흔적도 사라진 것이다.

'시간이 없어. 티메후르가 있다면 지금 사용할 텐데.'

한 시간이 4년이나 되는 그 세계로 갈 수 있다면 찌르기를 완벽하게 마스터할 수 있을지도 모른다. 물론 혼자 그 긴 시간을 버텨 내야 하겠지만.

솔직히 혼자 가고 싶지는 않았다. 마음 맞는 사람들과 함께 내려간다면 4년은 훌쩍 지나가 버릴 것이다.

"대사형, 식사하세요!"

아로간타르였다.

소드오브아이스를 검집에 넣은 노바디는 모닥불이 타오르는 곳으로 천천히 걸어갔다.

숲 가장자리에 자리 잡은 암갈색 삼나무들은 100미터를 훌쩍 넘길 만큼 거대했다. 두꺼운 나무껍질 곳곳에 붙어 있는 이끼에서 희미한 빛이 흘러나와 어둠이 내린 숲 안을 별빛처럼 비추었다.

수십 미터 높이의 굵은 가지 위, 세 사람이 앉아 초원 지대를 바라보고 있었다. 초원을 통과한다면 반드시 이곳을 지날수밖에 없었다.

"대체 언제까지 여기 있어야 하는 거지?"

육포를 질겅질겅 씹으며 무토가 중얼거렸다. 딱히 답을 듣기 위한 질문은 아니었다.

"그만 좀 씹어. 거슬리잖아."

까칠한 유리스가 무토를 향해 눈을 치켜떴다.

"남이야 뭘 씹든 무슨 상관이야."

"죽을래?"

유리스의 눈에 힘이 들어가자 새하얀 팔에서 녹색의 가시가 돋아났다.

"우리끼리 싸우면 어떻게 될까나? 도르젠 신세가 되지는 않을까나?"

혼잣말처럼 속삭이는 카로펠. 귀 기울여 듣고 있으면 왠지 모르게 꿈을 꾸는 듯 몽롱한 목소리였다.

"쳇."

무토와 유리스가 동시에 고개를 돌렸다.

잠시 후, 무토가 육포를 주머니에 넣으며 유리스, 카로펠을 바라보았다.

"도르젠은 어떻게 죽었대?"

"기습당한 거지. 정면 대결로 누가 도르젠을 죽일 수 있겠어?"

유리스가 답했다.

"뭘 잃었대?"

"골렘 반지."

이번에는 카로펠이 답을 알려 주었다.

"우와, 엄청 열받았겠다. 그거 엄청나게 비싼 거잖아."

"억 단위는 될걸."

"도르젠 성격에 가만 안 있겠네."

"지금 날뛰는 중이겠지. 내일 정오가 되면 그놈을 찾으러 맹렬하게 초원 지대를 돌파하겠지."

"그런데 다시 맞붙는다고 해서 과연 도르젠이 이길까?"

유리스였다.

"무슨 소리야?"

"그 녀석 혼자 도르젠뿐 아니라 파이터즈의 조운룡, 브레크 용병대의 콜트를 죽였어."

"말도 안 돼."

무토의 눈이 왕방울처럼 커졌다.

"내가 볼 때, 그 녀석은…… 노바디야."

유리스가 일부러 침묵함으로써 이목을 집중시킨 후에 유명한 게이머의 이름을 꺼냈다. 노바디는 이번 퀘스트의 오너이기도 했다.

"설마."

"아닐 거야. 노바디가 왜 퀘스트가 참가하겠어? 명검 퀘르 때문이라면 아예 퀘스트를 시작하지도 않았겠지."

"그건 그래."

유리스는 어깨를 으쓱 올렸다.

그때, 서늘한 바람이 나무줄기를 타고 올라와 세 사람을 감쌌다. 그들은 동시에 몸을 떨었다. 왠지 모르게 으스스했던 것이다.

"노바디에게 새로운 별명이 생긴 거 알아?"

카로펠이었다.

"뭔데?"

"로드 오브 고스트. 일명 유령군주."

"망량 때문에?"

"당연하지. 얼핏 들었는데 망량의 봉쇄 구역이 더 이상 확장되지 않도록 만드는 조건으로 시청과 어마어마한 계약을 맺었대. 은광을 받았다지 아마?"

"은광? 그 새끼, 재수도 좋네. 올해 페플을 시작했다면서?"

무토가 침을 탁, 아래로 뱉었다.

"그래 봐야 오래 못 갈 거야. 이번에 꽤 많은 사람들이 길드 가입을 위해 신청서를 냈는데, 다 거절당한 모양이야. 노바디가 이끄는 섬바디 길드는 멤버 수가 너무 적어. 그 정도로는 아무것도 할 수 없어."

카로펠이 단언했다.

그때, 무토가 눈을 동그랗게 뜨고 손가락을 들어 카로펠 뒤를 가리켰다.

"어, 어, 얼굴이 있어!"

놀란 카로펠이 몸을 돌렸지만 야광 이끼의 흐릿한 빛만 흐르는 어두컴컴한 숲뿐이었다.

"뭐야? 놀랐잖아."

"……분명히 있었어."

식은땀마저 흘리는 무토.

세 사람이 동시에 귀를 쫑긋 세웠다. 서로 말할 필요도 없이, 셋은 다른 방향으로 몸을 날렸다.

화살이 날아와 나뭇가지에 푹 꽂혔고, 잠시 후 쾅 폭발을 일으켰다. 그 두꺼운 나뭇가지는 부러져 아래로 떨어졌다.

무토, 유리스, 카로펠은 저마다 다른 나무줄기에 붙어 있었다. 화살은 초원이 아니라 숲 안쪽에서 날아왔다.

무토는 마탑 바르칸의 스킬을 발동했다. 등에서 새하얀 털이 자라났고, 손톱은 검은색으로 변하며 커졌다. 곧 무토는 거대한 백색의 곰이 되었다. 바르칸의 마법사는 웬만한 전사보다 싸움에 익숙한 전투형 마법사였다.

변신을 끝낸 무토 앞으로 일그러진 얼굴이 나타났다. 깜짝 놀란 무토는 다른 나무로 급히 옮겼지만 눈구멍이 뚫린 얼굴은 빠르게 따라왔다.

"저, 저리 꺼져!"

정신없이 달아나던 무토의 가슴을 녹색의 검이 깊이 찔렀다.

무토는 자신의 가슴을 내려다봤다. 새하얀 털이 붉게 물들고 있었다. 심장이 정확히 꿰뚫려 저항할 수조차 없었다.

천천히 고개를 든 그는 희열에 찬 엘프의 얼굴을 볼 수 있었다.

"너, 너는?"

"다음에 만나면 제대로 싸워 보자."

무토는 아래로 추락했다.

"한 놈 잡았어."

아로간타르가 속삭였다.

나무 사이를 옮겨 다니며 블루스타 길드의 본대와 합류하기 위해 이동하던 유리스는 뒤쪽을 노려보았다. 누군가가 빠르게 쫓아오고 있었다.

"흥."

유리스는 나뭇가지 위에 멈춘 채 어둠을 노려보았다. 팔뚝에서 녹색의 가시가 자라났다. 가시에서는 깻잎 비슷한 냄새가 흘러나왔다.

"온다."

슬며시 웃는 유리스.

탁탁 소리가 들리자, 유리스는 힘을 준 팔을 휘돌려 돋아난 가시를 추적자에게 쏟아부었다. 피부에서 빠져나간 가시수백 개는 빠르게 날아갔다.

파파팍!

꽂힌 가시는 연쇄적으로 폭발했다.

나무 하나가 폭발로 넘어졌다. 기우뚱 무너진 나무는 이웃나무에 쾅 부딪혔다. 그런 식으로 도미노처럼 쓰러지는 나무로 인해 요란한 소리가 숲 전체로 울려 퍼졌다.

여기저기 숨었던 동물들이 위험을 감지하고 달아났으며,

새들은 일제히 하늘로 날아올랐다. 그리 멀지 않은 곳에서는 늑대 울음도 들렸다.

"멍청한 놈."

유리스는 아래로 내려갔다. 놈이 게이머라면 죽어서 사라졌겠지만, 짭짤한 아이템 한두 개는 두고 갔을 것이다.

"왜 없지?"

광범위 식별 마법까지 동원했는데도 아이템은 보이지 않았다.

그때, 나무 기둥 뒤에 숨어 있던 노바디가 밖으로 나오며 타각을 펼쳤다.

유리스는 몸을 공중으로 띄우며 다시 한 번 팔로 뽑아낸 가시를 쏟아 냈다. 녹색의 가시는 노바디를 향해 날아갔고, 얼굴을 포함해 몸 전체에 깊이 박혔다.

쾅!

가시들이 일제히 폭발했다.

"함정을 파다니. 그래 봐야 소용없…….."

유리스는 더 이상 말을 할 수 없었다. 등에 닿은 차가운 감촉 때문이었다.

천천히 고개를 돌린 그녀는 조금 전 죽은 녀석을 볼 수 있었다. 저 커다란 인형 탈 같은 얼굴은 무슨 생각을 하고 있는지 알 수가 없었다.

"어떻게……?"

유리스의 머릿속으로 '분신'이라는 단어가 떠올랐지만, 고개를 저었다. 그녀가 아는 분신으로는 저런 식으로 진짜 공격을 할 수는 없다.

"블루스타 길드 소속이지?"

유리스는 입을 다물었다. 어떤 경우에도 블루스타의 이름을 입에 올려서는 안 된다.

"왜 블루스타라고 생각하는 거지?"

상대에게 대답을 유도하고 그 틈을 노려 반격하려던 유리스는 등을 뚫고 들어오는 차디찬 검을 느낄 수 있었다.

"마스터에게 전해, 섬바디는 건드리지 말라고."

그 말을 들은 유리스는 저 녀석이 노바디라는 사실을 확신할 수 있었다.

노바디가 소드오브아이스를 뽑자 유리스는 죽었다.

"이제 하나 남았어."

유리스가 떨어뜨린 아이템을 알뜰하게 챙긴 노바디는 어둠 너머로 움직였다.

굵은 나무 기둥 안쪽의 공간에 숨어든 카로펠은 숨죽인 채 가만히 있었다. 무토는 물론 유리스까지 놈들에게 당했다. 어떤 상대인지 몰라도 조직적이며 아주 치밀하게 다가왔다.

'자, 시작해 볼까?'

카로펠은 마력을 끌어 올리며 마탑 칼리고크의 마법을 펼쳤다. 곧 희끄무레한 안개가 일어나 사방으로 퍼져 나갔다. 보기엔 평범한 안개 같지만, 일단 그 안에 들어가면 정신착란을 일으키게 된다.

바로 혼무였다!

'난 그저 기다리면 돼.'

카로펠은 직접적인 전투에 참가하기보다는 뒤에서 전체적인 상황을 바꾸는 마법사였다. 뛰어들어 손에 피를 묻히는 것보다 바둑이나 체스를 두는 것처럼, 흐름을 바꾸어 승리를 가져오는 게 훨씬 재미있었다.

한 시간, 두 시간.

꽤 오랫동안 카로펠은 기다렸다. 이제 곧 날이 밝을지도 모른다.

그때, 먼 곳에서 금속성 소리가 들렸다.

카로펠은 빙긋 웃었다.

'드디어 시작됐구나. 혼무에 허우적거리다 동료끼리 싸우고 있는 거지.'

위장을 푼 마법사는 한때는 거혈조의 집이었던 구멍 밖으로 나갔다. 하늘은 여전히 어두웠고, 숲은 안개가 자욱하게 깔려 있었다.

카로펠은 천천히, 조심스럽게 접근했다. 수상한 기색이 느껴지면 당장 숨어 버릴 생각이었다. 전투 능력이 약하기 때문에 위장 솜씨만은 자신 있었다. 마음먹고 숨어 버리면 누구도 찾아내지 못할 터였다.

"악!"

이젠 비명까지 들렸다.

카로펠은 회심의 미소를 지었다. 무기 부딪치는 소리는 뚝 끊겼다. 서로 싸우다가 하나가 죽거나, 둘 다 죽어 버렸다는 뜻이다.

그래도 30분은 더 기다렸다. 만약의 사태를 대비해서였다.

아무런 변화가 없자, 카로펠은 빽빽한 나무들 사이의 조그만 공터로 접어들었다.

두 자루의 검이 아무렇게나 버려져 있었다. 그 옆에 두 사람이 쓰러져 있었다. 오른쪽에 있는 사람의 얼굴은…… 인형 탈처럼 아주 컸다.

'저 녀석이 도르젠을 죽인 게 분명해.'

도르젠을 죽인 놈을 자신이 잡는다면 길드 내에서의 입지가 달라질지도 모른다. 이 사실을 도르젠이 알게 된다면, 어떤 표정을 지을까?

그 생각을 하느라 뒤에서 다가오는 사람을 전혀 알아채지 못했다.

"실례합니다."

그 목소리에 화들짝 놀란 카로펠은 펄쩍 뛰었다. 달아날

곳을 찾았지만, 이곳은 공터…… 쉽게 숨을 수는 없었다.

천천히 몸을 돌린 카로펠은 할 말을 잃었다. 바로 공터에서 죽어 나자빠진 그 인형 탈 유저였다.

"다, 당신은 부, 분명히……?"

"죽었다고?"

이번에는 뒤에서 들렸다. 죽은 척하고 땅바닥에 쓰러졌던 노바디와 아로간타르가 각각 검을 챙겨 다가왔던 것이다.

"어떻게 혼무 속에서도 멀쩡할 수 있지?"

카로펠은 무엇보다 그 답을 알고 싶었다.

노바디는 피식 웃으며 이름을 불렀다.

"스노빈."

현자는 빛을 뿜는 이끼를 손에 든 채 다가왔다.

그 이끼를 본 카로펠은 아무 말도 할 수 없었다. 분명 저 이끼로 혼무의 해독제를 만들 수 있지만, 이토록 빨리 정확하게 제조할 수 있을 줄은 상상도 못 했다.

"스노빈이라면 혹시…… 현자 집단 호지센의 그 스노빈인가요?"

"미천한 이름을 기억하다니, 영광입니다."

스노빈은 빙긋 웃었다.

카로펠이 죽음의 기운 테네파르 인스푸모를 끌어 올려 눈앞의 스노빈이라도 죽이려고 마법을 펼치려는 찰나, 노바디의 은색 검이 마법사의 목을 잘라 버렸다.

카로펠이 남긴 아이템은 아로간타르가 확실히 챙겼다.

"가자."

노바디가 앞장섰다.

천막 안쪽을 돌아다니며 잠자리를 확인하는 노바디.

바마퉁과 자신은 현실로 돌아가서 휴식을 취하겠지만, 체리와 스노빈 등은 여기서 시간을 보내야 한다. 비싸게 구입한 텐트는 안전하게 이들을 보호하겠지만 마스터로서 노바디는 염려를 멈출 수 없었다.

"불편하진 않아?"

노바디는 체리가 누워 있는 간이침대 주변을 살피며 물었다.

"눈을 뜰 수 없어요, 마스터."

피곤으로 눈꺼풀이 어느새 내려앉은 체리.

"푹 쉬어."

"마스터도요."

천막 밖으로 나온 노바디는 바마퉁 옆으로 걸어갔다.

"내일부터는 힘들겠지?"

"아마도."

퀘스트 첫날은 앞서간 길드 덕분에 몬스터 한 마리 잡지 않고 여기까지 왔다. 대신 게이머들과 싸웠고, 두 명이나 죽었다.

마스터로서 오늘은 실패라고 생각했다. 그런 식의 대응을 미리 예상했어야 한다.

"나도 졸린다."

하품하는 바마퉁.

"나가자."

노바디는 접속을 해제했다.

따라오너라

어두컴컴한 회의실.

중앙에 타원형의 테이블이 놓여 있고, 그 주위로 사람들이 앉아 있었다. 핀포인트 조명은 테이블을 밝혔지만 정작 사람들의 얼굴은 어둠에 묻혀 보이지 않았다.

'음모를 꾸미고 협잡질하기 딱 좋은 분위기지.'

프랑켄슈타인은 머릿속으로 복잡한 행렬 문제를 풀면서 사흘 전에 시작한 실험의 현재 과정을 곰곰이 생각하고 있었다. 물론 유니온의 실세라 불리는 15인회의 논의에도 귀를 기울이고 있었다.

의장인 블레저가 입을 열었다. 블레저는 프리벨리지 길드 소속이었다.

"그동안 각 길드 사정을 자세히 들었으니, 이제부터 안건을 처리하도록 하겠습니다. 첫 번째 안건은 현재 해옥에 있는 황철호와 관련된 문제입니다. 황철호는 블랙 길드에 소속된 조은석을 살해했습니다. 증거와 증인은 완벽하지만 피의자는 완강히 혐의를 부인하고 있습니다. 먼저 블랙 길드의 이야기를 듣겠습니다."

"눈에는 눈, 이에는 이. 당연히 죽음으로 죗값을 치러야 한다고 생각합니다."

블랙 길드의 곽도철이 묵직한 목소리로 힘주어 말했다.

술렁이는 사람들.

"그만한 능력을 소유한 각성자는 아주 드물어요. 꼭 죽여야 하나요?"

모네타의 김혜진이었다. 푸근한 할머니 같은 인상이지만, 필요하면 언제든 발톱을 꺼낼 수 있는 호랑이라는 사실을 모두 알고 있었다.

"현문은 어떻게 생각하는지 궁금하네요."

로고스의 백윤조였다.

사람들의 이목이 현문 소속인 세 명에게로 쏟아졌다. 서로 시선을 맞춘 세 명 중 가운데 앉아 있던 김대욱이 입을 열었다.

"본 길드는 비극적인 사건을 자세히 조사했습니다. 안타깝게도 의심의 여지가 없는 사건이었습니다. 황철호는 본 길드에서 인정받는 각성자였지만, 그 이유만으로 선처를 호소할 수는 없습니다. 현문은 독립적인 길드이면서 유니온의 일원이기 때문입니다."

그 말에 프랑켄슈타인은 속으로 욕을 퍼부었다.

'의심의 여지가 없어? 자세히 조사해? 지나가는 개가 웃겠다. 처음부터 황철호를 버릴 생각인 게야. 하긴, 당장 차기 마스터를 뽑아야 한다면 황철호야말로 0순위일 테니까.'

늙은 학자는 황철호 사건은 블랙 길드와 현문 길드가 작당한 결과라는 사실을 잘 알았다. 진실을 밝힐 생각은 조금도 없었다.

"다른 의견, 없습니까?"

의장이 물었다.

침묵.

의장은 프랑켄슈타인을 바라보았다.

"교수님께서 한 말씀 하시죠."

"보고서에 다 써 놓았소."

프랑켄슈타인은 냉랭하게 대답했다.

"알겠습니다. 그러면 유죄라는 데 의견이 일치했으니, 처벌 방식에 대해 논의를 하겠습니다. 유니온의 규율에 따르면 사형도 가능하지만 타격대의 일원으로서 그동안 공헌한 바가 있으니, 30년형이 적당하다고 생각합니다만."

"찬성합니다."

"동의합니다."

여기저기서 손이 올라갔다.

열다섯 명 중 열한 명이 30년형에 힘을 실었다. 재판은 따로 열리겠지만, 15인회의 결정을 반복하는 요식행위에 불과했다.

프랑켄슈타인은 점잖게 나쁜 짓을 꾸미는 놈들의 태도에 속으로 한바탕 욕을 퍼부었다.

'황철호 그 녀석, 우직하고 괜찮았는데. 하긴, 너무 강직하면 부러질 수밖에 없지.'

"다음 안건은 소환진입니다. 로고스 길드에서 정확한 위치를 찾았다고 들었습니다만."

의장의 말에 사람들은 프랑켄슈타인을 쳐다봤지만, 정작 교수의 입은 열리지 않았다. 대신 옆에 앉아 있던 남자가 15인회를 위해 천천히 일어섰다.

"로고스의 이중면입니다. 본 길드는 정교한 위치 측정 끝에 소환진의 위치를 찾아냈습니다. 소환진은 룬트란 왕국 동남부에 위치한 빛의 도시 엘루마 망량 봉쇄 구역 중심부에 있습니다."

"망량에게 먹힌 곳 말입니까?"

현문의 김대욱이 관심을 보였다.

"그렇습니다. 죽음의 바다에 뒤덮여 있어서 접근은 매우 곤란한 상황입니다만, 바로 거기에 소환진이 있다고 본 길드는 확신합니다."

"망량이 소환진을 만들었을까요?"

모네타의 김혜진이었다.

"그 사실은 직접 확인하는 수밖에 없습니다."

거기까지 말한 이중면은 착석했다.

의장이 나섰다.

"유니온은 전력을 다하여 망량 봉쇄 구역을 무너뜨릴 뿐 아니라 소환진의 배후에 혈문이 있는지를 확인하겠습니다. 세 번째 안건은 두 번째 안건과 관련이 있습니다. 아시는 분도 있겠지만, 아카데미 교육생의 능력 상실 사건과 천무관 습격 사건 사이에는 공통점이 하나 있습니다. 바로 김현입니다."

놀라는 사람은 한 명도 없었다. 그들 모두 김현이라는 이름을 들었으며, 세부 사항까지 알고 있었던 것이다.

의장은 그 분위기를 예상하며 빙긋 웃었다.

"사실, 첫 번째 안건과도 관련이 깊습니다. 김현은 바로 황철호의 사제이기 때문입니다."

이번에도 사람들은 다음 이야기를 기다릴 뿐이었다.

저기 폭탄을 던지면 어떤 반응을 보일까? 블레저는 그 순간을 상상하며 말을 이었다.

"지금부터 드리는 말씀은…… 충격적으로 들릴 수도 있지만 곰곰이 생각해 보면 일리가 있다는 결론에 이를 겁니다."

의장은 뜸을 들였다.

그 태도에 프랑켄슈타인조차 자세를 고치며 의장을 바라보았다.

"김현은 4년 전 같은 반 학생의 자살을 겪은 후, 4년이나 자신을 방에 가두었습니다. 그러다가 올해 초 페플에 접속을 시작했는데, 놀랍게도 이전의 김현과 이후의 김현은 완전히 다른 사람처럼 보입니다. 평범한 학생이었던 김현은 천무관을 이끄는 노관장의 눈에 들어 제자가 됩니다. 처음 천무관에 들어갔을 때부터 놀라운 재능을 과시합니다. 어떻게 이런 변화가 가능할까요?"

의장은 사람들을 쳐다본 후, 말을 이었다.

"게다가 김현은 페플에서도 평범한 게이머와는 다른 행보를 보입니다. 보통 게이머는 페플에 접속해서 사냥과 퀘스트로 성장합니다. 또한 동료 게이머와 길드를 결성하여 가상현실을 즐깁니다. 그러나 김현은 NPC를 사형과 사부로 삼습니다. 물론 그의 곁에도 게이머가 있지만, 본질적으로 김현은 NPC를 진짜 인간으로 생각합니다. 장황하게 왜 이런 이야기를 하는지 궁금해하실 법도 합니다. 본론을 말씀드리죠. 김현이 페플에서 사부로 모신 인물은 셀레스카르입니다. 셀레스카르는 혈문의 일원이자, 차기 문주 후보로 손꼽히는 하이엘프입니다."

폭탄을 던진 의장은 웬만한 일로는 눈빛 하나 흔들리지 않는 사람들의 일그러진 얼굴을 마음껏 감상했다. 프랑켄슈타인조차 그 사실을 몰랐던 눈치였다.

"더 놀라운 사실을 알려 드리겠습니다."

의장이 말했다.

자연스럽게 주목하는 사람들.

"혈문 내부의 정보원에 따르면, 혈문은 놀라운 마법진을 개발하는 데 성공했습니다. 그 마법진의 이름은 페트람입니다. 페트람을 통하면 혈문은 본격적으로 움직일 수 있습니다. 왜냐하면 페트람은 페플에 접속한 유저의 정신을 파괴하고, 그 자리에 새로운 자아를 주입할 수 있기 때문입니다."

"……."

진짜 폭탄이 떨어졌다.

"프리벨리지 길드는 겁먹어 방에 갇혀 있던 진짜 김현은 이미 소멸되었고, 그 자리를 혈문의 문도가 차지했다고 확신합니다. 그렇게 가정하면 많은 수수께끼가 자연스럽게 풀립니다."

의장은 설명을 끝냈다.

5분 가까이 아무런 소리도 들리지 않았다. 모두 머릿속으로 그 사실을 소화하는 중이었다.

"음, 그 망량 봉쇄 구역에 있는 소환진도 김현이라는 애송이의 작품이겠군요."

모네타의 김혜진이었다.

"맞습니다."

의장이었다.

"혈문의 내부에 정보원이 있다는 건, 처음 듣는군."

프랑켄슈타인이었다.

"로고스에도 다른 길드는 모르는 비밀이 있지 않습니까?"

"그도 그렇군."

고개를 끄덕이면서도 프랑켄슈타인은 그 충격적인 이야기를 어디까지 받아들여야 할지 고민했다. 행렬 문제와 반중력 실험은 머릿속에서 사라졌다.

페트람?

그런 마법진이 가능할까?

'페플은 미지의 세계지. 드래곤 같은…… 말도 안 되는 생물도 있으니, 페트람 같은 마법진도 존재할 수 있겠지. 그나저나 앞으로 아주 재미있어지겠어. 페트람을 통해 놈들이 이곳으로 넘어온다면 말이야. 과거에는 기껏해야 몇 시간 정도 머무를 수 있었을 뿐인데.'

"그러면 김현을 가만히 내버려 둘 수는 없겠습니다."

블랙 길드의 곽도철이 말했다.

"바로 그 때문에 여러분께 설명을 드린 겁니다. 개인적으로는 생포해야 한다고 생각합니다. 페트람에 대해서, 혈문에 대해서 많은 사실을 알 수 있게 될 테니까요."

"찬성합니다."

열다섯 명 중 열네 명이 동의했다. 프랑켄슈타인만 의견

자체를 밝히지 않았다.

"그 일을 재조직될 타격대에 맡기는 게 어떻습니까?"

의장이 제안했다.

사람들은 의견을 나누며 논의를 진행했고, 곧 결론에 이르렀다. 이번에는 프랑켄슈타인까지 찬성표를 던졌다.

"마지막 안건을 말씀드리겠습니다. 뉴욕에서 발견된 던전과 관련해서 각 길드의 마스터는 물론 여기 계신 분들 중 다수가 내일 특별기로 떠나게 됩니다. 유니온의 내규에 의해 블랙 길드 소속인 곽도철 위원, 차동원 위원, 강철진 위원이 그동안 유니온을 맡게 됩니다. 15인회의 결정으로 그 효력이 발휘됩니다. 찬성하십니까?"

"찬성합니다."

이번에는 열두 명이 동의했다. 현문 길드 소속 세 명은 기권했던 것이다.

회의실이 텅 빌 때까지 프랑켄슈타인은 앉아서 생각을 거듭했다.

블랙 길드는 무언가 음모를 꾸미고 있었다. 황철호에게 살인죄를 뒤집어씌워 해옥에 가둔 게 그 증거였다. 블랙 길드는 무엇을 노리고 있을까?

프리벨리지 길드가 이 충격적인 추측을 사실처럼 오늘 발표한 이유에 대해서도 무척이나 궁금했다.

'혹시 블랙과 프리벨리지가 작당을 했다면?'

소름이 돋으며 등골이 오싹해졌다.

오랜만에 느껴지는 위기감.

프랑켄슈타인은 발작적으로 웃음을 터트렸다. 중요한 연구를 잠시 멈추고 현재 돌아가는 상황에 집중할 필요성을 깨달은 것이다.

회춘한 기분이랄까.

"자, 가 볼까나."

프랑켄슈타인은 회의실을 나섰다.

해옥 소장 신종섭은 뒷짐을 지고 두꺼운 강화유리 너머 바다로 시선을 던졌다.

다가오는 거대한 몸집.

크로노사우루스가 유유히 헤엄치며 해옥의 책임자를 노려보고 있었다. 몸길이만 20미터에 달하는 크로노사우루스는 심해의 어둠으로 사라졌다.

지상 곳곳에 던전이 있듯, 바다에도 몬스터가 출몰하는 장소가 존재한다. 사람의 손길이 닿지 않는 곳에서 가끔 튀어나오는 몬스터는 대부분 화석으로 남아 있는 공룡과 그 형태가 매우 유사했다.

자연스럽게 공룡의 이름이 붙는 몬스터.

똑똑.

신종섭은 노크 소리에 몸을 돌렸다.

"들어와."

두 사람이 소장실로 들어섰다.

하나는 젊고, 다른 하나는 노련해 보이는 중년이었다. 둘 다 해옥에 수감된 범죄자였다.

"무슨 일인지는 알고 있겠지?"

"침입자 때문이잖아요."

젊은 쪽이 말했다.

블랙 길드 출신으로 이름은 이준모, 특기는 개 뺨치는 후각이며, 하이에나로 변신하면 그 단단한 턱으로 무엇이든 찢어 놓는 각성자였다. 가끔 이성을 잃기도 하는데, 무려 열여덟 명을 죽여 버려 해옥에 간힌 살인마였다.

신종섭은 책상 서랍에서 꺼낸 흰색 알약이 든 유리 케이스를 이준모와 그 옆에 서 있는 케프에게 던졌다. 케이스 안에는 알약이 딱 세 개 들어 있었다.

"사흘 치다. 그 안에 침입자를 잡아 와. 살려 둘 필요는 없다."

"하루면 충분해요."

이준모가 콩콩 소리를 냈다. 능력만 돌아온다면 해옥 어디에 숨어 있건 반나절도 못 되어 찾아낼 수 있을 터였다.

"잡아 온다면, 그다음에는 어떻게 됩니까?"

금발 머리를 짧게 깎은 케프가 물었다.

"가석방."

"……."

이준모는 물론 케프까지 깜짝 놀랐다. 감방 이동이나 자유로운 갑판 출입 정도를 기대했건만, 가석방이라니. 몸에 저절로 힘이 들어갔다.

"실수하지 마라."

그 말을 들은 이준모와 케프는 소장실 밖으로 나가며 알약을 꿀꺽 삼켰다.

간수가 지나가도 복도를 대걸레로 닦고, 난동을 부린 재소자가 형벌의 방으로 끌려가며 게거품을 물 때도 묵묵히 복도를 걸레로 미는 조형섭은 해옥에서는 없어서 안 될 인물이었다.

재소자들은 그를 신뢰했다.

간수들 역시 그를 존중했다.

늙은 간수가 걸어왔다.

조형섭은 가만히 있다가 손을 슬쩍 아래로 내렸고, 간수는 그 손에 담배 한 갑을 쥐여 주고 지나갔다. 담뱃갑 안에는 흰색 가루가 담긴 조그만 비닐 주머니 하나가 담배들 사이에

끼워져 있었다.

씩 웃은 조형섭은 대걸레와 양동이를 들고 청소실로 향했다. 혼자만의 공간에 이른 후에야 그는 피식 웃었다.

'침입자를 잡아? 어디 있는지도 모르면서.'

조형섭은 겨드랑이에 담뱃갑을 끼운 채 보안 절차를 통과했다. 간수들은 모두 그의 역할을 알고 있었다.

해옥에서 일하는 간수들은 박봉이었다. 그들이 긍지를 가지기엔 받아 가는 돈이 너무 적었다. 그들은 곧 방법을 찾았다. 바로 재소자들의 능력을 이용하는 것이다.

재소자 구역으로 들어서자, 조형섭을 본 사람들이 가볍게 고개를 숙였다.

조형섭도 그들을 바라보았다.

자신의 감방 앞에 선 조형섭.

간수가 버튼을 누르자 문이 열렸다. 조형섭이 안으로 들어서자 문은 쾅 닫혔다.

"이제 일어나시죠."

조형섭이 말했다.

"벌써 일과가 끝났는가?"

조형섭의 침대에서 자고 있다가 하품을 하며 몸을 일으킨 현기명은 천천히 기지개를 켰다.

조형섭은 웃음을 터트렸다.

처음 이 노인을 만났을 때는 귀신인 줄 착각했다. 눈으로 보고 있는데도 인기척이 느껴지지 않아 당황했다. 능력은 잃었지만 여전히 남아 있는 생존 감각은 노인이 얼마나 강한지 알려 주었다.

조형섭은 특유의 친화력을 발휘하여 노인을 도왔고, 또 노인에게서 도움을 이끌어 내는 데 성공했다.

"오늘은 뭐 재미있는 일 없었나?"

조형섭은 참다못한 신종섭이 이준모, 케프를 사냥개처럼 풀어 놓았다는 사실을 알려 주었다.

"이준모는 후각이 예리합니다. 몇 시간 만에 어르신의 위치를 알아낼 겁니다. 광분하면 하이에나 같은 맹수로 변하는데, 상대를 죽일 뿐 아니라 먹기까지 한다는군요."

"케프라는 자는?"

"특이한 권총을 사용합니다. 마력을 응축하여 탄환을 만드는데, 웬만한 벽은 뚫어 버릴 만큼 강력합니다. 게다가 케프에겐 투시력이 있어 시야에 보이지 않아도 매우 위험하지요."

"자네는 도움이 많이 돼."

현기명은 침대를 가리켰다.

몸을 숙인 조형섭은 침대 아래에 쌓여 있는 초콜릿, 과일, 남자들이 유독 좋아하는 잡지 따위를 발견하고는 활짝 웃었다. 현기명의 선물이었다.

'이제 가시는구나.'

조형섭은 섭섭한 마음에 크게 놀랐다. 각성한 이후, 누군가에게 마음을 준 일은 한 번도 없었다. 중재 역할은 그게 편하기 때문이었다.

"자네가 억울하다는 이야기, 들었네."

"여기 들어온 사람들은 다 억울합니다, 어르신."

웃어넘기려는 조형섭.

"자네는 결백해."

"……."

그 단언에 조형섭은 마음이 흔들렸다.

유니온도, 소속 길드였던 로고스도 조형섭의 설명을 믿어 주지 않았다. 범죄자의 핑계라고만 생각했다.

"어떻게 아는지 궁금한가 보군. 그게 내 능력이라네."

현기명은 손을 들어 보였다.

누구든 접촉만으로 상대가 과거에 저지른 범죄행위가 머릿속으로 떠오른다.

처음 조형섭과 악수를 나눴을 때 현기명은 깜짝 놀랐다. 해옥에 들어온 이후 처음으로 티끌 한 점 없는 인간을 만난 것이다.

"제 능력도 보여 드리고 싶은데, 아쉽습니다. 전 소리의 진동으로 무엇이든 파괴할 수 있습니다."

조형섭은 솔직하게 비밀을 알렸다.

"언젠가 여기서 나가면 천무관으로 날 찾아오게."

"여기를 벗어나려면 능력도, 기억도 잊게 될 겁니다."

"천무관은 잊지 말게."

"……알겠습니다."

"또 보지."

현기명의 형체가 흐릿해지더니, 곧 사라졌다. 천부선공 제 3문 파위였다.

조형섭은 할 말을 잃었다. 저건…… 각성으로 얻은 능력이 아니다.

"아!"

그제야 조형섭은 어느 날 갑자기 감방으로 찾아온 노인의 정체를 알아차렸다.

천무관!

노인은 바로 천무관의 최강자 현기명 노관장이었다.

조형섭은 천천히 주먹을 쥐었다. 목표가 생겼다. 해옥을 벗어나면 반드시 천무관으로 찾아갈 생각이었다.

"우선 몸 단련부터 시작해 볼까."

조형섭은 가볍게 푸시업부터 시작했다.

열네 살의 어린 고형덕은 푸른빛 바다로 뛰어내렸다.

풍덩.

거품을 일으키며 물속으로 파고드는데, 저 아래 바위틈에서 문어를 발견했다. 깊이 잠수한 고형덕은 문어를 덥석 잡아당겼다.

빨판으로 버티는 문어.

고형덕은 두 발로 바위를 밀며 겨우 문어를 떼어 냈다. 수면으로 올라오자마자 숨을 헐떡거렸지만 팔을 휘감은 큼지막한 문어 때문에 기분은 '째지게' 좋았다.

푸른 하늘에 유유히 흐르는 뭉게구름.

그 아래로 수평선까지 펼쳐진 새파란 바다.

고형덕은 끝까지 저항하는 문어를 잡아서 자갈이 깔린 해안으로 걸어 나왔다.

"문어 잡은 거야?"

머리를 짧게 깎은 사내아이가 다가왔다. 깡마른 팔다리. 중학생쯤으로 보였다.

"……어."

고형덕은 문어의 다리를 팔에서 떼어 내며 그 아이를 바라보았다. 처음 보는 녀석 같은데.

"난 이승현이야. 얼마 전에 이사 왔어."

"아."

"내가 삶을게. 이리 줘. 불도 피워 놨어."

"그래."

친근한 태도에 문어를 건네는 고형덕.

이승현은 끓고 있는 냄비에 문어를 집어넣었다. 잠시 후,

빨갛게 익은 문어를 나뭇가지로 건져 냈고, 다리 하나를 쭉 찢어 고형덕에게 가져왔다.

"먹어 봐."

입에 넣고 씹으니 바다 특유의 향과 맛이 고스란히 느껴졌다.

고형덕이 웃자 이승현도 미소를 머금었다.

논산 훈련소 입소식.

고형덕은 가족들이 모여 있는 스탠드를 바라보았다. 다른 사람들은 눈물을 질질 흘리며 가족과 이별했지만 그에겐 손을 흔들 사람 한 명 없었다. 입소를 위해 혼자 이곳으로 왔던 것이다.

그때, 고함이 들렸다.

"고형덕!"

고형덕은 자기 이름을 부르는 사람을 알아보았다. 어릴 때 같이 자랐던…… 이승현이었다!

콧날이 시큰했다.

'저 녀석, 어떻게 알고 왔지?'

고형덕은 수줍게 손을 흔들었다.

잠시 후, 주위 사람들과 함께 조교를 따라서 운동장을 빠져나갔다. 군 생활이 시작된 것이다.

제대 신고를 마치고 군부대 밖으로 나온 고형덕은 빵빵 소
리에 고개를 돌렸다. 주차장에 외제 차 한 대가 서 있는데,
거기 운전석 너머로 익숙한 얼굴을 볼 수 있었다.

"새끼."

고형덕은 길을 건너 친구에게로 달려갔다.

"드디어 쫑이네."

이승현이 말했다.

"왜 왔냐?"

"타기나 해."

고형덕은 모자를 벗으며 조수석에 올라탔다. 자동차는 곧
출발했다.

"승현아."

"응."

"이제부터 니 인생은 내가 책임진다."

"……뭐?"

어이가 없어서 웃는 이승현.

"이 형만 믿어라."

"무슨 헛소리야?"

"어려운 일 있으면 형에게 이야기해라. 무엇이든 이 형이
해결해 줄 테니까."

고형덕이 큰소리를 치자 이승현은 웃음을 터트렸다.

자동차는 고속도로로 접어들었고, 본격적으로 속도를 내

기 시작했다.

쇠사슬에 묶인 채 허공에 매달린 고형덕은 축 늘어져 꿈을 꾸고 있었다.

그 아래에는 복잡한 마법진이 그려져 있었다. 흐릿하게 빛을 뿜어내는 마법진 중앙에는 가부좌를 튼 이승현이 앉아 있었는데, 이마에 땀방울이 송골송골 맺혀 있었다.

"휴우."

눈을 뜬 이승현은 천천히 몸을 일으켰다.

"무너뜨렸나?"

뒤에서 들린 목소리.

마법진에서 빠져나온 이승현은 주용석 앞으로 갈 때까지 한마디도 하지 않았다. 고형덕은 무의식 깊이 침잠한 상태지만 외부의 대화를 들을 가능성이 전혀 없다고 단언할 상태도 아니었던 것이다.

"순조롭게 작업을 진행하고 있습니다만."

재촉하지 말라는 뜻이다.

정신 붕괴에 이은 세뇌 프로세스는 주먹구구로는 불가능하다. 먼저 시간을 들여서 상대의 기억 속으로 자연스럽게 침투한다. 그렇게 친근한 존재가 된 후에야 세뇌는 성공할 수 있다.

"시간이 걸리는군."

"대단한 정신력의 소유자더군요. 게다가 늑대 특유의 속
성을 지니고 있어서요."

"언제쯤 저 녀석의 배후를 알아낼 수 있겠나?"

"글쎄요."

"혈두를 두 배로 공급하겠네."

"이틀은 필요합니다."

"스물네 시간 주겠네."

"세 배로 주시죠."

"그러지."

"알겠습니다."

이승현은 다시 마법진 쪽으로 걸어갔다.

스물네 시간?

앞으로 열두 시간 안에 놈을 굴복시킬 뿐 아니라, 끈질기
게 지키는 비밀의 문도 활짝 열어젖힐 수 있을 것이다. 세상
에 둘도 없는 친구, 혹은 은인이라면 누구라도 믿고 의지할
테니까.

쿵쿵.

냄새가 난다.

이준모는 시설이 노후되어 텅 빈 방들이 좌우로 늘어서 있는 구역으로 들어섰다. 어둡고 축축하며 어디에선가 물이 뚝뚝 떨어지는 소리까지 들리는 공간 어딘가에 침입자가 있을 것이다.

'딱 좋은 곳이야. 다른 사람 신경 쓸 필요도 없고.'

눈살을 찌푸린 그는 뒤를 힐끔 돌아봤다. 시야에 들어오진 않지만 케프라는 작자가 따라오고 있음을 후각으로 알 수 있었다.

비겁한 새끼.

혼자 힘으로 찾아내지 못할 게 분명하니까 이런 식으로 지저분하게 따라오는 것이다.

순간 화가 났다. 사냥꾼을 안내하는 개가 된 느낌이랄까.

이준모가 멈추자 케프도 멈췄다.

케프부터 해치울까 생각했지만, 그랬다가 일이 잘못되기라도 한다면 가석방이 날아가 버린다. 어떻게 얻은 기회인데, 물거품으로 만들 수는 없다.

'침입자를 잡은 후에 처리하면 돼.'

케프를 무시하기로 마음먹은 이준모는 속도를 올렸다. 냄새가 더 짙어졌다.

개새끼.

케프는 손에 쥔 권총 베레타의 무게를 느끼며 이준모를 따라가고 있었다.

아주 쉬웠다.

벽 한둘쯤은 꿰뚫어 볼 수 있기 때문에 이준모가 갑자기 모퉁이를 돌아도, 갈림길에 이르러도 놈이 어디 있는지 알 수 있었다.

케프는 권총을 들어 이준모를 겨냥했다. 엑스레이 사진처럼 전신의 골격이 보였다. 이 특별한 권총이 발사하는 마력 탄환은 벽을 뚫고 놈의 대가리를 박살 낼 만큼 위력적이었다.

"빵."

방아쇠는 당기지 않았다.

스멀스멀 피어나는 희열.

'넌 이미 죽었어.'

케프는 빨라진 사냥개를 뒤따르며 곧 메인 매치가 시작되리라 확신했다.

현기명은 삐걱거리는 의자에 앉아 다리를 꼰 채 하품을 했다. 후각이 발달해? 해옥에 들어온 이후 하루하루가 흥분과 스릴로 가득했건만, 이렇게 쫓아오는 놈들을 기다리려니 몸이 근질거려 참기가 힘들었다.

시간이 나면 끝도 없이 질문이 몰려든다.

외손녀는 퇴원했을까?

천무관 공사는 끝이 났을까?

막내 김현은 어떻게 지낼까?

어느 것 하나 답을 할 수 없음에도 질문은 발목을 잡고 놓아주지 않는다. 나이가 들수록 풀 수 없는 문제들이 적금처럼 마음 깊은 곳에 쌓이고 또 쌓인다.

황철호는 해옥의 밑바닥에 있다. 소장의 특별 조치로 사람이 살기 힘든 곳에 갇혔다. 빨리 구해 내고 싶지만, 거기까지 내려가려면 세 개의 열쇠가 필요했다.

소장, 수석 간수 그리고 감찰관.

문제는 감찰관이었다!

유니온에 소속된 감찰관은 여기에 없다.

그때, 인기척이 느껴졌다.

'드디어 왔군.'

현기명이 몸을 일으킨 순간, 낡은 벽을 뚫고 거대한 하이에나가 돌진해 왔다.

피하려던 현기명의 어깨를 이빨로 물어 버린 하이에나는 그 단단한 턱의 힘으로 이리저리 흔들어 댔다. 입고 있던 옷이 너덜거렸고 피부가 뜯겨 나갔다.

현기명은 반대쪽 벽으로 날아가 처박힌 후 아래로 떨어졌다.

하이에나가 침을 흘리며 다가가는데, 현기명은 서서히 옅어지더니 사라졌다.

'……뭐야?'

멀리서 그 장면을 본 케프는 머릿속이 하얗게 변했고, 등골이 차갑게 식었다. 투시력으로 봤음에도 도저히 믿을 수가 없었다.

'분신이야.'

현실에서 분신이라는 능력을 제대로 구사하는 사람은……이제까지 딱 한 명 봤다. 바로 로고스 길드의 브레인이라 불리는 '프로페서' 프랑켄슈타인. 그는 스스로 도플갱어를 창조해 낼 수 있는 능력자였다.

몇 년 전에 프랑켄슈타인과 쌍둥이라고 해도 될 만큼 닮은 사람들이 연구실에 모여 무언가를 파고드는 모습을 본 적이 있었다.

어깨에 닿는 손.

케프는 딱딱하게 굳었다.

인기척은 느껴지지 않는다. 그저 어깨 위에 누군가의 손이 놓여 있을 뿐이다. 꿈이라면 좋으련만, 그는 꿈이 아님을 잘 알고 있었다.

자신도 모르게 침을 삼킨 케프.

"죽고 싶진 않겠지?"

그 말에 천천히 고개만 돌린 케프는 공원에 가면 쉽게 볼 수 있는 노인을 발견했다.

'이런 늙은이가 그 냉혹한 소장을 괴롭히는 침입자라니.'

"죽고 싶은가?"

"……아닙니다."

"묻고 싶은 게 있……."

케프는 베레타의 각을 꺾으며 방아쇠를 당겼다. 탕! 총성과 함께 마력 탄환이 발사되었다.

몸을 돌리며 본능적으로 세 발의 탄환을 더 쏜 후에야 케프는 거기 아무도 없음을 알아차렸다. 마력 탄환은 벽에 구멍을 남겼을 뿐이었다.

"못된 젊은이로군."

다시 뒤에서 들린 목소리.

케프는 항복의 의미로 베레타를 바닥에 떨어뜨렸지만, 주름진 손이 날아와 목을 친 순간 정신을 잃고 쓰러지고 말았다.

총소리를 듣고 달려오는 하이에나.

현기명은 가볍게 발을 굴렀다.

뻗어 나간 충격파가 하이에나를 덮쳤다. 내장이 뒤집히자 하이에나는 바닥을 뒹굴었다.

세 명의 현기명이 서로 다른 방향에서 걸어왔다.

하이에나는…… 이준모로 변했다.

"오호, 변신 능력자인가."

현기명은 푸른 늑대로 변할 수 있는 고형덕을 떠올렸다.

이준모는 차원이 다른 힘을 접하고 기가 꺾였다. 동물적인 감각으로 눈앞의 노인이 얼마나 강한지 알아차린 것이다.

동물은 본능을 전적으로 신뢰한다. 굳이 맞붙지 않아도 완패를 안다면 바로 꼬리를 만다.

'내가 하이에나라면 저 사람은…… 사자야. 아니, 사자보다도 강할 거야. 이런 인간은 처음이야.'

"자네에게 묻고 싶은 게 있는데."

"무엇이든 물어보세요. 제가 아는 건 다 알려 드리겠습니다, 어르신."

이준모는 최대한 공손하게 대답했다.

현기명은 빙긋 웃었다.

건물 사이의 골목으로 접어든 두 사람.

가로등은 전구가 깨져 주위는 어두컴컴했다. 밤이라 주위가 조용했고, 그 때문에 구둣발 소리가 크게 들렸다.

근처에 쓰레기통이 있는지 생선 비린내와 오줌 냄새가 진동했고, 어디에선가 플라스틱을 태우는지 자극적인 냄새가 공기 중으로 흐르고 있었다.

안진후는 얼굴을 찡그리며 라이언 뒤를 쫓았다.

–둘만으로 괜찮겠나?

귀에 꽂은 이어폰에서 들린 목소리. 공중에 띄워 놓은 드론의 영상을 보고 있을 닥터 프로메테우스가 한 말이었다.

"부딪쳐 봐야죠."

안진후가 속삭였다.

–김현에게 내가 연락할까?

"아직은 아니에요."

단호한 대답이었다.

–이럴 때 노관장이 있으면 좋으련만.

한숨을 내쉬는 프로메테우스.

안진후는 속이 뒤틀렸다. 염려하는 마음은 이해하지만, 마스터에 대한 신뢰 부족에서 잔소리가 시작된다는 사실을 잘 알았던 것이다.

건물 뒤쪽으로 걸어간 라이언이 완력으로 철문을 열었다. 사실 문을 거의 뜯어낸 것이었다.

"마스터?"

"가요."

안진후는 건물 안으로 들어섰다.

지하 보일러실로 내려간 라이언은 막다른 벽으로 가서 섰다. 롱기누스의 창을 꺼낸 그는 하얗게 빛나는 창날로 벽을 도려냈다. 창은 두부 자르듯 벽의 일부를 잘라 냈고, 쿵 소리를 내며 벽이 넘어가자 그 너머로 통로가 드러났다.

"여기서부터는 뭐가 튀어나올지 모르니까 정령을 소환해 두는 게 좋을 거야."

"튀어나온다니요?"

"저 아래에 던전이 있다."

"그래서요?"

"던전이 뿜는 기운에 영향을 받으면 귀여운 고양이조차도 아주 무섭게 변하거든."

"……."

안진후는 사실인지 허풍인지 알 수가 없었다. 닥터 프로메테우스를 통해 알아낸 정보 어디에도 이런 이야기는 기록되어 있지 않았다.

"아, 몰랐구나? 직접 보면 확 체감할 수 있을 거다. 아무튼 조심해. 잘못하면 어이없게 죽어 버리니까."

라이언은 롱기누스의 창을 움켜쥔 채 통로로 들어섰다.

좌우를 살핀 그는 왼쪽으로 걷기 시작했다. 슈뢰딩거를 소환한 안진후는 그 뒤를 따랐다.

해옥의 지하 감옥.

부스럭거리는 소리에 눈을 뜬 조형섭은 할 말을 잃었다. 감방 안의 침대와 철문 사이에서 쓰러진 두 사람을 깔고 앉은 현기명이 조형섭을 빤히 쳐다보고 있었던 것이다.

"……어르신?"

"또 보는구먼. 자네, 밖으로 나가고 싶지 않나?"

"……."

그 말에 호흡이 거칠어졌다.

어쩌면 평생 이 순간을 기다려 왔는지도 모른다. 자격 없는 사람의 명령에 목숨을 거는 짓 따위는 더 할 필요가 없을 것이다. 더 이상 왜 살아가는지 질문을 하며 시간을 낭비하지 않아도 될 것 같았다.

표정을 읽은 현기명이 손가락으로 알약을 튀겼다.

알약을 받아 든 조형섭은 그게 무엇인지 알고 몸을 부르르 떨었다.

그 말이 머릿속에서 맴돌았다.

- 둘만으로 괜찮겠나?

닥터 프로메테우스의 의도는 잘 안다. 그래도 기분은 나아지지 않았다.

안진후는 박용준으로부터 페플에서 김현이 얼마나 대단한 활약을 하는지 귀가 따갑도록 들었다. 밥을 먹을 때마다 박용준은 김현이 얼마나 인정받고 있는지, 김현 주위에 어떤 사람들이 몰려드는지, 시청과 어떤 계약을 맺었는지, 김현의 명성이 얼마나 높은지 쉬지 않고 떠들어 댔다.

페플에서는 노바디인 김현은 강력한 자석처럼 사람들을 끌어당겼다. 하이엘프 셀레스카르는 물론 젤란드와 콜마 같은 사형들에다 백작가의 딸인 체리와 현자 집단을 이끄는 스노빈 등 다양한 인물들이 어느새 김현 곁에서 제각기 다른 역할을 맡고 있었다.

'내 옆에는 누가 있지?'

안진후는 앞서 걷는 라이언을 바라보았다. 수틀리면 언제라도 떠날 사람이다.

노관장 현기명은 마스터인 안진후에겐 의논도 하지 않고 해옥으로 떠나 버렸다. 당시엔 별생각 없이 넘겼지만, 고형덕을 구출하기 위해 지하로 내려가는 지금 안진후는 그 결정이 무척이나 아쉬웠다.

현기명이 여기 있다면 무척 든든할 텐데.

태어나서 지금까지 안진후에게 열등감을 느끼게 만든 사람은 딱 두 명이었다.

페플 그룹을 일궈 낸 아버지는 태산처럼 압도적이었다. 어쩌면 어릴 때부터 천재성이 발휘된 이유는 아버지를 이기려는 갈망 때문인지도 모른다. 회장 안종화는 자타가 공인하는 천재였고, 성공한 기업가로도 명망이 높았다.

그다음이 바로 김현이었다.

김현은 안진후에게 이해 못 할 존재였다. 전혀 똑똑하지 않다. 가끔은 미친 게 아닌가 싶을 만큼 엉뚱하다. 그런데 옆에 있으면 왠지 모르게 빨려 들어가는 느낌이 든다.

아버지가 그나마 꼭대기가 보이는 태산이라면 김현은 구름 너머로 사라져 버려 볼 수도 없는 봉우리 같았다.

"그 녀석은 운이 좋아."

"뭐?"

라이언이 돌아섰다.

"아무것도 아니에요."

"집중해."

"하고 있어요."

퉁명한 대답.

곧 어두컴컴한 통로는 끝났다. 라이언이 녹슨 철문을 열고 나가자, 버려진 선로가 나왔다. 철도는 어둠 너머로 이어지고 있었다.

"지하철 선로예요?"

"버려진 선로지."

"이런 곳도 다 있네요."

"이제부터 진짜 위험하다."

"알았어요."

안진후는 괜히 짜증이 났다. 마치 유치원 아이를 인솔하는 교사 같은 태도 때문이었다.

그때, 어둠을 뚫고 커다란 물체가 다가왔다. 송아지처럼 큰 곤충은…… 바퀴벌레였다.

깜짝 놀랄 만큼 빠르게 달려들던 바퀴벌레는 라이언이 휘두른 롱기누스의 창에 잘려 둘로 갈라졌으나, 거무스름한 다리는 여전히 까딱거렸다.

안진후는 할 말을 잃었다. 이렇게 커다란 바퀴벌레가 있다니! 어떻게 이 사실이 알려지지 않았을까?

그때, 한 가지 진실이 머리를 스쳤다.

세계의 의지!

누군가 거대 바퀴벌레를 보았다고 해도 채 1분도 못 되어 그 사실을 잊고 말 것이다. 받아들일 수 없는 진실은 머릿속에 기억되지 않는다.

안진후는 슈뢰딩거에게 명령을 내렸다. 불의 정령은 죽어가는 바퀴벌레를 태웠다.

"오는군."

라이언이 창을 꽉 잡으며 한 걸음 앞으로 나섰다.

탁탁탁.

요란한 발소리가 들렸다.

곧 나타난 바퀴벌레 무리.

안진후는 스크롤을 찢어 방어력과 회복 속도를 높였다. 본격적인 전투를 위해서였다. 저 변종 바퀴벌레에 독이 있을 경우를 대비하며 해독제도 준비해 두었다.

"자, 가 볼까?"

라이언이었다.

"그러죠."

창을 휘돌리며 달려가는 라이언의 뒷모습을 보며, 안진후는 슈뢰딩거를 이용하여 화염을 쏟아부었다.

황철호는 팔베개를 한 채 침대에 누워 있었다.

달려드는 벼룩은 천부선공으로 밀어낼 수 있지만, 순간순간 밀려드는 후회와 자괴감 그리고 절망은 그 무엇으로도 막아 낼 수 없었다.

지금까지 살아오면서 가장 기뻤던 순간을 꼽자면, 단연 그날이었다.

−따라오너라.

바로 당시 관장이었던 현기명의 눈에 들어 두 번째 제자의

길을 걷게 된 그날. 한숨도 잘 수 없었다. 흥분으로 아침 햇
살이 창으로 흘러들 때까지 누워 있었다.

최악의 순간은…… 그 여관방에서 죽은 조은석을 본 순간
이었다.

지금은 누가 조은석을 죽였는지 안다.

셋째 조청원. 일명 조니라 불리길 좋아하는 녀석이 조은석
을 죽였을 것이다. 청지풍은 아무나 사용할 수 있는 스킬이
아니다.

물론 조니는 이용당했을 것이다. 아무리 제멋대로라고 해
도 사형을 함정에 빠뜨릴 정도로 망가진 녀석은 아니니까.

누가 함정을 팠을까?

꽤 많은 사람들의 얼굴이 떠올랐다.

'나도 참 적을 많이 만들었구나. 하긴, 여기 해옥만 해도
날 죽이려는 놈들이 우글대고 있지.'

웃음이 삐져나왔다.

갑자기 김현이 생각났다. 잘 지내고 있을까?

녀석을 떠올리면 가슴 한구석이 아프다. 게다가 뺨이 화끈
거린다. 아마도 어른답지 않음을 스스로 잘 알기 때문이리라.

놀랍긴 해도 아직 어린놈이다. 그런 녀석에게 무거운 짐을
맡기다니.

'난 도망친 거야. 여기 스스로 갇힌 거지. 나 자신을 가둔
셈이야. 그래서는 안 되는데. 조은석을 누가 죽였는지 알면

서도 여기 이대로 있다니.'

그때, 철판이 우그러지는 듯한 기괴한 소리가 들렸다.

몸을 일으킨 황철호는 철문 쪽으로 천천히 걸었다. 보통의 철문은 아니다. 합금으로 만든 삼중 문이라서 세 개의 열쇠를 동시에 돌려야만 열린다.

특별한 능력의 소유자라면 이야기는 달라지겠지만.

'날 죽이러 온 건가? 드디어 때가 됐군.'

황철호는 순순히 죽어 줄 마음은 조금도 없었다. 구석으로 가서 기습을 하기 위해 자세를 잡았다.

―거기서 뭘 하느냐?

익숙한 목소리가 귀 안쪽에서 울렸다.

황철호는 화들짝 놀랐다. 이 목소리는 사부님이다. 그리고…… 이 스킬은 천무관이 자랑하는 전음술 '천성'이 분명했다.

―설마 내 목소리마저 잊은 거냐?

―사부님?

―살아 있구나.

―사부님이 어떻게……?

―자세한 이야기는 나중에 하자꾸나. 곧 문을 부술 테니. 입구에서 최대한 멀리 떨어져 있어라.

―알겠습니다.

감방 끝으로 간 황철호는 침대를 세워 방패로 삼았다. 그런 다음, 만약의 사태를 대비하여 내공을 끌어 올렸다.

바람 새는 소리는 곧 몰아치는 강풍 소음으로 변했다.

합금 문은 중심 부분부터 비틀렸고, 오래 버티지 못하고 찢어졌다. 떨어져 나간 문 조각이 날아오자 황철호는 주먹을 내질러 튕겨 냈다. 천무삼권의 일초 중위경근이었다.

텅, 바닥이 흔들렸다.

부드러우면서도 강력한 힘을 품은 타각이었다!

기껏해야 주먹이 통과할 만한 구멍이 생겼을 뿐인데도, 현기명은 둘째 제자 앞에 모습을 드러냈다.

황철호는 고개를 숙였다.

"사부님을 뵙습니다."

"여기서 뭘 하느냐?"

"저는……."

"생각이 많구나."

"사부님."

눈물이 핑 도는 황철호.

"따라오너라."

"……."

황철호는 아무 말도 못 했다. 다시 그날로 돌아간 것만 같았다. 삶이 진정으로 시작된 그 순간!

마음이 흥분으로 가득 찼다.

"이제 그만 됐네."

현기명이 크게 말하자, 합금 문을 뒤흔들던 힘이 사라졌다. 현기명은 이미 찢어진 문을 발길질 몇 번으로 파괴했다. 밖에는 조형섭이 서 있었다.

황철호는 조형섭이 어떤 사람인지 알고 있었다.

"이걸 먹어라."

흰색 알약을 내미는 현기명.

황철호는 그 알약을 삼켰다.

"설명은 나가서 듣기로 하겠습니다."

"이제 내 제자답구나."

현기명은 껄껄 웃었다.

황소처럼 커다란 쥐들이 불타고 있었다. 그 가운데 앉아 쉬면서 회복약을 마시던 안진후는 담배 피우는 라이언을 힐끔 쳐다봤다. 둘 다 숨이 가빴다.

"던전에 내려가기 참 힘드네요. 평소에도 저런 것들을 죽이고 내려가는 건가요?"

"편하게 내려가는 길은 따로 있지."

"뭐라구요?"

눈에 힘이 들어간 안진후.

"거기로 갔다면 지금처럼 은밀하게 접근할 수는 없겠지.

고형덕을 구하러 내려간다고 광고할 필요는 없지 않을까?"

"……그건 그렇죠."

안진후는 괜히 발끈했다는 생각에 슬슬 화가 났다. 처음부터 알려 줬다면 그런 반응은 하지 않았을 텐데.

'내가 어리다고 무시하는 건가?'

담배를 던져 버린 라이언도 여기 들어오기 전 안진후에게서 받은 회복약을 꺼내어 벌컥벌컥 마셨다. 확실히 피곤이 사라지고 활력이 차올랐다.

"어떻게 이걸 페플에서 현실로 가져온 거지? 혹시 마스터의 능력인가?"

라이언은 약병을 살피며 물었다.

"나중에요."

안진후는 대답을 피했다. 김현에 대해서 언젠가 알리겠지만 지금은 아니다.

"뭐, 그것도 좋지."

라이언은 병을 던졌다. 불구덩이에 떨어진 병은 와장창 깨졌다.

"언제쯤 던전 대기소에 도착할까요?"

"음, 한두 시간쯤."

"고생 좀 해야겠네요."

"물론이지. 그리고 이제 마스터와 나는 헤어져야 해."

"무슨 뜻이죠?"

"우리 둘이 힘을 합쳐도 고형덕을 구해 내긴 힘들어."

"정말 그렇게 생각해요?"

안진후는 벌컥 화를 낼 뻔했다.

"내가 이목을 끌 테니, 마스터는 그사이 고형덕을 구해 내. 그게 가능성이 더 높아."

"……그러죠."

안진후는 분을 삼켰다.

따지고 보면 라이언의 제안은 매우 합리적이다. 대기소에 몇 명의 각성자가 있을지 모른다. 그러니 유인작전은 매우 효과적일 것이다.

'왜 이렇게 화가 나는 거지? 프로메테우스와 라이언이 나를 무시해서? 정신 차려, 안진후.'

철로를 따라서 걷다 보니 갈림길이 나왔다. 철로는 왼쪽으로 이어졌지만, 오른쪽으로도 통로가 있었다.

"철로를 따라가면 대기소가 나올 거야. 은밀히 접근했다가 놈들이 대기소를 빠져나가면 적당할 때 움직여. 그러면 고형덕을 구해 낼 수 있어."

"몸조심해요."

"마스터, 조언 하나 해도 될까?"

"해 보세요."

듣기 싫다고 말하면 옹졸한 사람처럼 보일 것이다. 안진후는 차라리 쓴소리를 듣기로 마음먹었다.

"헤엄칠 줄 알아?"

"······."

안진후는 라이언을 빤히 쳐다봤다. 자유형은 물론 배영, 평영, 접영까지 모두 자신 있다. 어릴 때 국가 대표 출신 강사에게서 제대로 배웠다. 하지만 그런 대답을 원하는 눈빛은 아니다. 대체 무슨 뜻일까?

"몸에서 힘을 빼야 물에 뜬다. 잊지 마."

윙크를 한 라이언은 뒤도 돌아보지 않고 어둠 너머로 걸어 갔다.

'뭐라는 거야?'

물끄러미 그 모습을 쳐다보던 안진후는 한숨을 내쉰 후, 철로를 따라가기 시작했다.

새 출발의 기회

신종섭은 모니터를 노려보고 있었다.

합금으로 제작되어 물리력으로는 열 수 없는 삼중 문이 처참하게 파괴되었고, 그 사이로 황철호가 빠져나왔다. 놀랍게도 침입자는 늙은이였다. 수감자 중에서는 비교적 얌전하고 순종적인 조형섭이 늙은이를 돕고 있었다.

손바닥 안에서 우드득 소리를 내는 호두 두 개.

퍽.

호두가 박살이 났다.

"어떻게 할까요, 소장님?"

수석 간수가 물었다.

"지금 즉시 해옥을 폐쇄한다."

"⋯⋯네?"

간수는 깜짝 놀랐다. 그 명령이 무엇을 의미하는지 잘 알았던 것이다.

"당장 시행해."

"그러면 해옥에 갇힌 죄수들은 모두 죽습니다."

해옥의 폐쇄는 곧 수장을 뜻한다. 해양 플랜트 내부에 설치된 폭탄을 터트려 구조물 전체를 바다에 가라앉히는 게 바로 '폐쇄'의 진정한 의미였다.

"한 명이라도 빠져나가는 것보다는 그게 낫겠지."

"그래도⋯⋯."

"자네도 같이 가라앉고 싶나?"

"⋯⋯아닙니다. 시행하겠습니다."

수석 간수는 소장실 밖으로 도망치듯 나갔다.

신종섭은 강화유리 쪽으로 걸어가 캄캄한 바다로 눈길을 던졌다. 고심 끝에 내린 결정이었으나 왠지 차가운 사이다를 마신 것처럼 속이 시원했다. 앓던 이가 빠진 느낌이랄까.

'그래, 이게 바로 내가 원한 거야. 각성자 놈들이 멋대로 설치는 걸 두고 볼 수는 없지. 싹수가 노란 놈들은 아예 죽여 버려야 해. 그게 모두를 위한 일이야.'

실내의 등이 붉은색으로 바뀌며 점멸을 시작했다. 그와 동시에 사이렌이 울리기 시작했다.

싱크

철제 계단을 딛고 올라가던 황철호는 붉게 바뀐 전등을 보고 눈살을 찌푸렸다. 소장이 탈출을 알아차렸다는 뜻이었다.

뒤이어 올라오던 조형섭이 한참 숨을 헐떡이다 겨우 입을 열었다.

"……소장이라면 극……단적인 선택……을 할지도 모릅니다."

"무슨 뜻인가?"

현기명이 물었다. 고령에도 불구하고 호흡 하나 흐트러지지 않았다.

"해옥을 폐쇄할 수도 있습니다."

"폐쇄?"

"곳곳에 설치된 폭탄을 터트리면 해옥은 바다 아래로 가라앉을 겁니다."

"소장이 그런 짓을 할 만한 인물인가?"

"하고도 남을 위인입니다, 어르신."

조형섭은 진심을 담았다.

천천히 고개를 끄덕인 현기명은 둘째 제자를 바라보았다. 황철호의 생각을 듣기 위해서였다.

"신종섭은 각성했다가 과도한 능력 사용으로 그 능력을 잃어버렸습니다. 그 때문에 각성자를 증오합니다. 신종섭이라면 여기 갇힌 각성자 전부를 수장시킬 수도 있습니다."

황철호의 말은 추측이 아니라 단정이었다.

"서둘러야겠군."

현기명이 결론을 내렸다.

그들은 속도를 높였다.

별빛 가득한 밤하늘 아래 헬기의 로터 블레이드가 맹렬한 속도로 회전하기 시작했고, 그로 인해 바람이 거세게 불었다. 강풍을 뚫고 헬기에 올라탄 신종섭은 조종사의 손짓을 즉시 알아듣고 헤드세트를 착용했다.

버튼을 누른 신종섭.

"신종섭 소장입니다."

─소식은 들었소. 혹시 황철호가 탈옥했소?

주용석의 목소리는 착 가라앉아 있었다.

"역시 감찰관님이십니다. 하지만 다행히 해옥을 빠져나가진 못했습니다."

─조치는?

"……해옥을 폐쇄하고 있습니다."

신종섭은 조마조마했다. 허락도 받지 않고 폐쇄 명령을 내렸다고 따진다면 이쪽은 할 말이 없을 것이다. 각성자를 향한 증오가 그 판단의 근거라고 설명할 수는 없다.

－하하, 아주 잘하셨소.

의외의 반응.

신종섭은 안도의 한숨을 내쉬었다. 유니온 소속 감찰관이 동의했으니 아무런 문제도 없을 것이다.

"감사합니다."

－소장은 울릉도로 가시오. 거기 제2의 해옥이 건설 중이오.

"아, 그렇습니까?"

－소장을 믿겠소.

통화는 끊겼다.

신종섭은 조종사에게 지시를 내렸다. 곧 공중으로 떠오른 헬기에서 해양 플랜트로 위장한 해옥 전체를 내려다볼 수 있었다. 간수와 요리사 등 해옥에 필요했던 인원들은 배로 옮겨 타는 중이었다.

소장은 새까만 가방을 열었다. 거기에는 무선 원격 장비가 놓여 있는데, 붉은 단추 하나가 달려 있었다. 누르기만 하면 해옥 전체를 날려 버릴 수 있는 폭파 스위치였다.

수석 간수로부터 퇴거 작업이 끝났다는 연락이 왔다.

신종섭은 해옥을 바라보며 빙긋 웃었다.

"황철호 이 개새끼, 잘 가라."

그가 버튼을 누르자, 언제까지고 서 있을 것처럼 견고한 구조물 곳곳에서 주황색 화염이 솟구쳤고 이어서 굉음이 퍼져 나갔다.

지진이라도 난 것처럼 바닥과 벽, 천장이 다 흔들렸다. 진동은 한 번으로 끝나지 않았다. 두 번, 세 번…… 무려 일곱 번이나 이어졌다.

황철호는 조형섭을 쳐다보았다.

"……이제 곧 해옥은 가라앉을 겁니다."

조형섭이 침울하게 답했다.

"앞으로 남은 시간은?"

"격벽 폐쇄 시스템이 작동한다고 가정한다면…… 길어야 세 시간입니다."

해옥 전체가 바다 아래로 가라앉는다면 세 시간 후에는 이곳에 갇힌 사람들 모두가 죽는다. 최대한 빨리 위로 올라가 조형섭의 소리 진동으로 봉쇄된 출구를 뚫는다고 해도 어마어마한 양의 바닷물이 쏟아져 들어올 것이다. 그러면 세 시간도 버티지 못할 것이다.

기존의 방법으로는 탈출할 수 없다. 게다가 여기 갇힌 재소자들을 버려두고 나가는 것은 양심이 허락하지 않는다. 그들은 죄를 짓고 이곳에 수감되었지만, 그렇다고 사형을 당해도 싼 범죄자는 아니었다.

사부님을 쳐다본 황철호.

현기명은 가만히 제자를 바라보고 있을 뿐이었다.

'그래, 이 일은 내 몫이야.'

황철호는 조형섭에게로 시선을 옮겼다.

"여기 갇힌 사람들에게 어떤 능력이 있는지 다 알고 있나요?"

사부를 통하여 황철호는 조형섭이 이곳 해옥에서 어떤 역할을 맡았는지 이미 들었다.

"한 명도 빠짐없이 알고 있습니다."

"그들 중에 탈출에 도움이 될 만한 능력의 소유자는 없습니까?"

"……안타깝게도 이동 능력의 소유자는 여기 없습니다."

그 말에도 황철호는 실망하지 않았다. 아직 좌절하기엔 이르다. 좀 더 파고들어야 한다.

"혹시 외부와 연락할 수는 없을까요?"

"아, 독특한 능력의 소유자가 한 명 있습니다. 어디에 있든 전화를 걸 수 있는 사람입니다."

"그 사람이 있는 곳으로 갑시다."

"따라오십시오."

조형섭은 이유 따위는 묻지 않고 달리기 시작했다. 1초라도 아끼기 위해서였다.

설명을 들은 김도진은 동그란 안경을 밀어 올렸다. 왼쪽 안경다리는 부러져 테이프로 감은 상태였다.

　"그러니까 해옥이 지금 바다 아래로 가라앉고 있는데, 급히 누군가에게 연락을 해야 한다는 겁니까?"

　"자네 도움이 필요해. 살고 싶지 않나?"

　"당연히 살고 싶지요."

　김도진은 조형섭 뒤에 서 있는 사람들을 쳐다봤다. 신종섭이 해옥을 수장시킨 이유가 바로 저놈들 때문이었다.

　"그럼, 도와줘."

　"알겠습니다."

　김도진은 조형섭이 내민 하얀색 알약을 입에 넣고 삼켰다. 곧 약효가 발휘되었다.

　능력이 되살아나자 지구 상공에 떠 있는 인공위성이 느껴졌다.

　어떻게 이런 일이 가능한지 김도진 자신도 몰랐다. 세포가 어떻게 분열하는지 몰라도 사람의 낡은 피부가 떨어져 나가고 새로운 조직이 차오르는 것처럼, 김도진은 어디에 있든 통신시스템을 이용할 수 있었다.

　"번호가 필요합니다."

　김도진의 말에 조형섭은 몸을 돌려 황철호를 쳐다봤다. 황철호가 번호를 알려 주었다.

"연결됐습니다."

김도진이 속삭였다.

"현아!"

황철호가 김도진 쪽으로 나오며 말했다.

—……사형?

졸린 듯한 목소리는 김도진이 앞으로 내민 두 손바닥에서 흘러나왔다.

손바닥은 스피커처럼 소리를 흘려 보내고 있었다.

"그래, 나다."

—해옥에서 나오신 겁니까?

잠에서 완전히 깬 김현.

"그건 아니야. 현재 해옥은 바다 아래로 가라앉는 중이야. 소장이 폭탄을 터트렸어. 앞으로 세 시간, 아니 두 시간 반이면 나와 사부님을 포함해서 여기 있는 사람들 모두가 죽게될 거다. 우리의 목숨은 네게 달렸다."

—……농담이시죠?

"이 시간에 너한테 전화를 걸어 농담을 할까?"

황철호는 껄껄 웃었다.

—어떻게든 거기서 나오세요. 저도 방법을 찾아보겠습니다.

"너만 믿는다."

황철호가 고개를 끄덕이자 김도진은 통화를 끊었다.

"목소리를 들으니…… 애송이 같은데, 정말 그 사람이 여기 있는 사람들 모두를 구할 수 있을까요?"

"그 녀석이 못 하면 나도, 당신도 죽을 겁니다. 열심히 기도하는 게 좋을 겁니다."

돌아선 황철호는 사부 현기명을 쳐다보았다. 현기명은 천천히 고개를 끄덕였다. 그게 최선임을 그도 잘 알았던 것이다.

황철호는 조형섭 앞에 섰다.

"재소자들을 전부 한 장소로 모아야 합니다. 운이 좋다면 그들 모두 여기서 죽지는 않을 테니까요."

"알겠습니다."

조형섭은 바쁘게 움직였다.

닥터 프로메테우스에게 잠은 습관일 뿐 실제로 반드시 자야 하는 건 아니었다. 그 덕분에 김현의 전화를 즉시 받을 수 있었다. 웬만한 일에는 눈썹 한번 까딱하지 않을 그도 김현의 이야기엔 할 말을 잃었다.

그는 잠시 후 말을 할 수 있었다.

"……안진후는 현재 연락이 닿을 수 없는 곳에 있네."

왜 지하로 내려갔는지 알리고 싶지만, 안진후의 마음을 알기 때문에 참을 수밖에 없었다. 고형덕이 납치되었다는 사실을 김현이 알게 된다면 절대 가만히 있지 않을 터였다.

−최대한 빨리 해옥으로 가야 합니다.

"음, 그렇다면 현섬을 사용해야겠군."

−제가 가진 내공으로 거기까지 갈 수는 없을 겁니다. 내공이 부족할 거예요.

"현섬 스크롤을 이용하면 되지 않겠나?"

닥터 프로메테우스는 안진후가 김현을 통하여 현섬 스크롤을 구입했다는 사실을 알고 있었다. 김현에게도 현섬 스크롤이 있지 않을까 해서 물어본 것이었다.

−아, 그 생각을 못 했네요. 역시 박사님이세요.

"내가 뭘."

−박사님이 말씀하지 않으셨다면 저는 기를 쓰고 현섬을 펼쳤을 거예요. 그랬다면 해옥에 닿지도 못하고 지쳐 버렸을 겁니다.

그 말을 듣는 순간, 김현이 안진후와 어떻게 다른지 알 수 있었다.

김현은 자기 스스로 모든 것을 해내야 한다는 생각 자체가 없었다. 자기에겐 그런 능력이 없다고 여겼고, 바로 그런 이유로 다른 사람들을 자연스럽게 받아들였던 것이다.

반면 안진후는 과할 정도로 똑똑했기 때문에 혼자서 기를 쓰고 문제를 해결하려 했다.

"핸드폰을 가지고 가게. 자네의 정확한 위치를 알려 줄 수 있으니 말이야."

－알겠습니다. 출발 전에 연락드리겠습니다.

전화를 끊은 프로메테우스는 자기가 무엇을 해야 할지 곰곰이 생각한 후에 준비에 착수했다.

그 크고 우스꽝스러운 얼굴이 언제부터인가 잘생겨 보이기 시작했다. 즐거워도 실망해도 한결같은 표정이, 왠지 모르게 남자답게 느껴지기까지 했다.

앞장서서 전투할 때면 깜짝 놀랄 만큼 강인한 면모를 보여주는데, 그냥 힘이 센 게 아니라 근본적으로 강한 사람이라는 확신을 주는 무언가가 노바디에게서 흘러나오는 것 같았다.

"무슨 생각을 그렇게 해?"

옆에서 걷던 노바디가 갑자기 다가오며 물었다.

"나, 나는……."

얼굴이 빨갛게 물든 체리.

"배고픈 거지?"

"……조금요."

그 말을 들은 노바디는 간식으로 먹을 만한 것을 사러 총총 가 버렸다.

체리는 한숨을 내쉬었다.

노바디는 다 좋은데 한 가지가 부족했다. 저렇게 눈치가 없을 수 있을까.

현자 스노빈과 아로간타르, 친구들은 물론 그 둔한 이방인 바마퉁까지도 체리가 노바디를 어떻게 생각하는지 알아차렸다. 노바디만 몰랐다.

'모르는 건지, 모르는 척하는 건지…… . 어쩌면 그 세계에 애인이 있을지도 몰라. 나중에 바마퉁 님에게 슬쩍 물어봐야겠다.'

그때, 종이로 싼 간식을 들고 달려오는 노바디.

체리는 활짝 웃었다.

"우리 저쪽으로 가서 먹을까?"

노바디가 좁은 골목을 가리켰다.

골목을 쳐다본 체리는 가슴이 두근거렸다. 인적이 드문 그런 곳으로 들어가는 게 무슨 뜻인지 잘 알았다. 조금 전에도 연인으로 보이는 남녀가 손을 잡고 그런 골목으로 사라졌던 것이다.

"그, 그래요."

못 이기는 척 노바디를 따라서 골목으로 들어선 체리.

"눈 감아 봐."

"왜요?"

"감아 봐."

"……알았어요."

이런 순간이 오기를 고대했지만 막상 노바디가 대담하게

새 출발의 기회 221

나오자 체리는 마음이 콩닥콩닥 뛰었다. 눈을 감은 그녀는 숨소리가 거칠어지지 않도록 애를 썼다.

키스를 할까?

아니면 그 이상까지?

어디까지 허용해야 할까?

쉬운 여자로 보이긴 싫은데.

입술과 입술이 닿기를 기다리는데, 어깨에서 감촉이 느껴졌다. 체리는 깜짝 놀랐다. 혹시 옷을 벗기려는 걸까? 마스터가? 그럴 리는 없는데.

'남자는 다 이럴까?'

실망감을 느끼며 눈을 뜬 체리는 잠에서도 깨어났다. 바람에 나부끼는 천막의 흔들림과 그 소리를 듣자, 그 달콤한 순간도…… 당혹스러운 행동도 꿈이었음을 깨달았다.

그때, 속삭이는 소리가 들렸다.

"체리."

그제야 체리는 노바디가 자신의 어깨를 흔들고 있음을 알아채고 깜짝 놀라 몸을 일으켰다.

"깨워서 미안해."

"……아니에요, 마스터."

"현섬 스크롤 있지?"

"네."

"그것 좀 줄래?"

"지금요?"

"그래, 지금."

"알았어요."

체리는 가방을 뒤졌다. 거기 노바디가 맡긴 다양한 스크롤이 가득 담겨 있었다. 그중 공간 이동술인 현섬 스크롤만 넣어 둔 주머니를 꺼냈다.

"여기 있어요."

"고마워."

"무슨 일이 있는 거죠?"

"저쪽에서."

"위험한 일이죠?"

"조금."

그 말을 한 노바디가 천막 밖으로 나가려는데, 체리가 몸을 일으켜 뒤에서 노바디를 안았다. 영영 돌아오지 않을지도 모른다는 생각 때문이었다.

노바디는 그 자리에 얼어붙었다.

"꼭 돌아오세요."

체리가 속삭였다.

"꼭 돌아올게."

노바디가 대답했다.

체리는 천막 밖까지 노바디를 배웅했다. 노바디가 사라질 때까지 계속 지켜보았다.

천막 안으로 들어와 간이침대에 눕는데, 여기저기서 헛기침 소리가 들렸다. 체리는 담요를 머리끝까지 덮었다.

점퍼에 청바지 차림으로 아파트를 떠난 김현은 인벤토리에서 현섬 스크롤을 꺼내어 개수를 세었다. 스크롤은 모두 열 개였다. 혹시나 하는 마음으로 여유 있게 구입해 두기를 잘했다 싶었다.

서울에서 제주도까지는 넉넉잡아 500킬로미터 거리였다. 열 개의 현섬 스크롤로 제주도 남쪽에 있는 해옥까지 갈 수 있을지 김현은 확신할 수 없었다.

"해 봐야지."

김현은 닥터 프로메테우스에게 연락했다. 프로메테우스는 즉시 전화를 받았다.

"지금 출발합니다."

ㅡ현섬 스크롤로는 얼마나 이동할 수 있는지 알고 있나?

"해 봐야죠."

ㅡ어지러우면 쉬어야 하네.

"알겠습니다."

말은 그렇게 했지만, 노바디는 휴식은 전혀 고려하지 않았다. 만약 느긋하게 쉬었다가 간발의 차이로 사부님과 사형을 잃는다면 평생 후회하며 살 것이다.

노바디는 현섬 스크롤을 꺼냈다. 이 스크롤은 직접 익힌 스킬 현섬에 비해 장점이 하나 있었다. 이동하고픈 장소나 대상이 없어도 공간 이동이 가능하다는 점이었다.

'자, 가 볼까?'

노바디는 스크롤을 찢었다.

재소자들의 건강을 위해 마련된 '운동장'에 수백 명이 모여들었다. 폭발로 인한 진동, 서서히 아래로 가라앉을 때 느껴지는 기울어짐 등으로 그들의 표정에 불안이 가득 차올랐지만, 그보다 더 강렬한 감정은 적대감이었다.

그 대상은 운동장 중앙에 서 있는 황철호였다. 황철호에게 붙잡혀 이곳 해옥에 수감된 사람들의 손에는 무기가 될 만한 쇠붙이가 쥐여 있었다.

황철호는 살기 어린 시선을 피하지 않았다. 오히려 당당한 태도로 그들을 바라보았다.

"살고 싶으면 무기를 버려라."

"어떻게 당신을 믿지?"

"믿고 싶지 않으면 안 믿어도 좋아. 다만, 가라앉는 해옥에서 얌전하게 죽으면 돼."

"흥, 그 전에 너부터 뒈질걸."

다가서는 거친 사내.

조형섭이 나서서 분노한 사람들을 설득하려 했으나 역부족이었다. 물리적으로 위협하여 기를 꺾어 버릴 수는 있으나 그래 봐야 이곳에서 빠져나가는 데는 조금도 도움이 되지 않는다.

해옥의 외벽이 압력에 일그러지는 소리가 끔찍하게 들렸다. 사람들의 얼굴에 공포가 떠올랐다.

"물이야!"

누군가 외쳤다.

벽을 타고 솟구치는 바닷물. 그 양은 점점 많아졌다. 금세 발목까지 물이 올라왔다.

"누구든 아무 잘못도 없이 내게 붙잡혀 이곳에 왔다면 나를 무시해도 된다. 그게 아니라면 입 닥치고 따라와라. 죽고 싶지 않다면."

황철호의 목소리가 쩌렁쩌렁 울렸다.

그 기세가 사람들을 사로잡았다. 다들 황철호가 공정하다는 사실을 인정했던 것이다. 그에게 잡혔던 사람들조차 그 사실만은 부정할 수 없었다.

곧 선두에 선 사내, 앞으로 나와 황철호를 위협했던 그 남자가 철 막대를 버리자 다른 사람들도 손에서 놓아 버렸다.

"……그저 살기 위해서야."

싱크

"그것만으로도 충분해. 최대한 위로 올라간다. 한 명도 낙오되지 않도록 세 명씩 짝을 지어. 아무도 남겨 두지 않고 살아남는 게 우리의 목표다. 가자!"

황철호가 앞장섰다.

그 뒤로 재소자들이 따랐다.

현기명은 아무도 남지 않았음을 직접 눈으로 확인한 후에야 뒷짐을 지고 달리기 시작했다.

드디어 제주도에 도착했다.

김현은 허리를 굽히고 속에 든 것을 게워 냈다. 현기증 때문에 서 있기조차 어려웠다. 현섬 스크롤을 연속으로 사용하는 게 이토록 힘겨울 줄은 상상도 못 했다.

회복약을 억지로 마셨다. 몇 번이나 토할 뻔했지만 꾹 참았다. 그래야 하기 때문이다.

핸드폰 벨이 울렸다. 비틀거리다 겨우 받는 김현.

"……제주돕니다."

- 수고했네. 생각보다 일찍 도착했군.

"스크롤은 다 썼습니다."

- 그런가?

염려하는 목소리.

김현은 답답했지만 자세한 설명은 삼갔다.

지금은 새벽에서 아침으로 넘어가는 시간이다. 스스로 목숨을 끊음으로써 사냥터에서 벗어난다고 해도 현섬 스크롤을 구할 수는 없다. 게다가 시간도 부족하다.

"다른 소식은 없나요?"

ー해경에 신고된 내용이 있네. 해양 플랜트에서 폭발 사고가 일어났는데, 인명 피해는 없다는 신고야. 오염 가능성도 없고. 윗선이 움직였는지 해경의 출동은 없네. 아마도 날이 밝은 후에야 확인 작업이 진행되겠지.

"알겠습니다."

ー자네에게 무거운 짐을 맡겨서 미안하네.

"그런 말씀 마세요. 도와주셔서 감사합니다."

ー구조를 위한 배는 이미 섭외해 두었네. 좀 늦겠지만 사고 지역에 도착할 거야.

"박사님이 계셔서 다행이에요."

ー행운을 비네.

전화를 끊은 김현은 심호흡으로 정신을 집중했다. 4갑자가 되는 내공을 모조리 동원하면 해옥까지 단숨에 이동할 수 있을지도 모른다.

'해 보자.'

김현은 황철호와 현기명을 떠올리며 현섬을 펼쳤다.

그러나 가슴에 통증이 느껴질 뿐이었다. 현섬으로 닿을 수 있는 거리 밖에 있다는 뜻이다.

눈살을 찌푸린 김현은 인벤토리에서 사라겐의 비월을 꺼내어 공중으로 던졌다.

둥실 떠 있는 양날도끼로 도약한 김현. 사라겐의 비월은 주인의 뜻을 알아차리고는 남쪽으로 날기 시작했다.

그물을 끌어 올리던 어부는 머리 위로 날아가는 김현을 보고는 입을 쩍 벌렸다. 그러나 불과 10초 만에 고개를 갸웃거리더니 다시 작업에 열중했다.

김현은 알람을 10분 간격으로 맞춰 놓고 현섬을 펼쳤다. 그러나 두 번 연거푸 실패로 돌아갔다.

이제 제주도는 보이지 않았다. 사방이 윤곽만 어렴풋이 보이는 시꺼먼 바다였다.

멀리서 소리가 들렸다.

'헬기야.'

헬리콥터는 다가오고 있었다.

김현은 고도를 높였다. 날아오는 헬기 옆을 지나가던 김현은 조종석 뒤에 탄 남자를 볼 수 있었다. 중년의 남자는 김현을 보고 눈이 휘둥그레졌다.

알람이 울리자, 김현은 바싹 마른 입술을 침으로 축이며 현섬을 펼쳤다.

그 순간, 시야가 빛나는 터널로 바뀌었다. 현섬이 제대로 실행된 것이다.

평소보다 훨씬 터널이 길었다. 놀랍게도 터널 너머가 언뜻 보였다. 불을 밝힌 어선이 검은 바다 위에 떠 있는 장면, 동쪽 하늘이 서서히 밝아 오는 장면은 간헐적으로 눈에 들어왔다.

바다에 뿌려진 불타는 파편을 본 순간, 김현은 사라겐의 비월에 올라탄 채로 황철호 옆으로 이동했다. 균형을 잃고 굴러떨어진 김현을 현기명이 부드럽게 받아 냈다.

갑작스러운 김현의 등장에 재소자들은 깜짝 놀라 호들갑을 떨었다. 그들 중에는 김현이 어리다는 사실을 깨닫고 '애송이'라며 불평을 터트리는 자들도 있었다.

"……사부님."

"용케 여기까지 왔구나."

"괜찮으시죠?"

"물론이다."

"사형은요?"

"여기 있다."

황철호는 하얗게 질린 김현의 얼굴에서 눈을 떼지 않았다. 평생 기억할 얼굴이라고 생각했다.

"……잠깐만 기다리세요."

겨우 앉은 김현은 인벤토리에서 회복약을 꺼내어 마시기 시작했다. 한 병을 마시면 입을 막아야 했다. 토하지 않기 위해서였다. 그러나 녹색 약물은 입을 틀어막은 손가락 사이로 흘러내렸다.

"저런 녀석이 우리를 구한다고?"

"우린 다 뒈졌어."

"그래, 끝났어."

소리 내어 떠드는 사람들에게로 현기명이 바람처럼 다가가 손가락으로 급소 몇 군데를 찔렀다. 그들은 딱딱하게 굳더니 통나무처럼 쓰러졌다.

현기명의 능력을 본 사람들은 일제히 입을 다물었다.

김현은 천천히 몸을 일으켰다. 다리가 후들거렸지만 황철호가 부축해 주어 꼴사납게 넘어지진 않았다.

재소자들의 수를 그제야 알아본 김현은 웃으며 사형을 쳐다봤다.

"많네요."

"……그래."

"최대한 밀착해야 돼요. 저를 중심으로 동심원을 그리되, 앞사람의 허리를 꽉 잡아야 될 거예요."

"알았다."

황철호가 조형섭을 쳐다봤다.

조형섭은 재빨리 재소자들을 움직였다. 3분도 못 되어 수백 명의 재소자들은 동심원 형태로 자리를 잡았다. 김현이 어려 보인다는 사실보다도 가라앉는 해옥으로 이동해 들어왔다는 사실이 그들에게 희망을 준 것이다.

김현 앞에 선 현기명이 손을 어깨에 올렸다. 노관장의 손에서 흘러나온 따뜻한 기운은 김현의 몸으로 스며들었다. 천부선공이었다.

"마음껏 내 힘을 사용해라."

"네, 사부님."

김현은 눈을 감았다. 이곳에 도착하기 직전에 순간적으로 봤던 불타는 파편을 떠올린 순간, 현섬을 사용했다.

김현을 중심으로 모여 있던 수백 명은 단숨에 가라앉는 해옥을 벗어나 바다 위로 이동했다. 그들은 차가운 바닷물에 풍덩 빠졌다. 수영을 못 하는 사람들은 떠 있는 조각을 필사적으로 붙잡았다.

"야!"

"살았다!"

"진짜 살았어!"

"우린 살아났다구!"

사람들이 환호했다.

김현은 손끝 하나 움직일 힘도 없었다.

수백 명을 이동시킨다는 건 도박에 가까운 시도였다. 노관장이 힘을 보태지 않았다면 100% 실패했을 것이다. 이동했더라도 김현 자신은 생명력이 고갈되어 죽었을 것이다.

"해냈구나."

현기명이 말했다.

김현은 다행이라고 생각하며 눈을 감았다.

햇살이 바다를 비출 무렵 닥터 프로메테우스가 보낸 배 세 척이 사고 지역에 도착했다. 재소자들은 어부의 도움을 받아 배에 올랐다. 준비된 생수와 빵으로 배를 채우자 다시 한 번 해옥에서 탈출했다는 기쁨이 되살아났다.

김현은 조그만 선실로 옮겨졌다.

좁고 작은 침대에 누워 있는 김현을 내려다보는 황철호. 밀려드는 감동을 억누를 수 없었다.

저 어린 녀석이 이 많은 사람들을 다 살려 냈다! 자신은 딜레마에 빠져 스스로 해옥에 갇혔건만.

현기명이 다가왔다.

"대단한 녀석이지?"

"……이런 녀석이 또 있을까요?"

"없을 게다."

"사부님."

황철호는 노관장을 쳐다봤다. 현기명도 둘째 제자를 정면으로 바라보았다.

"마음에서 망설임이 사라졌구나."

"저 녀석을 위해 살고 싶습니다."

"유니온은? 네가 속한 현문이라는 길드는?"

"유니온도 현문도, 저를 버렸습니다. 미련은 남아 있지 않습니다."

"그렇다면 됐다."

"저는 김현이 천부선공의 계승자가 되어야 한다고 생각합니다."

현기명은 가타부타 하지 않고 물끄러미 황철호를 바라보기만 했다.

"……선을 넘었습니다만, 제 뜻을 꺾을 수는 없습니다. 사형도 저도 셋째도, 계승자가 될 자격은 없습니다."

"현이 녀석이 계승자가 되어야 하는 이유를 말해 봐라."

"저 녀석은 선공의 그릇을 갖추었기 때문입니다. 전화 한 통에 여기까지 죽음을 무릅쓰고 달려왔습니다. 사람을 구하는 일에 앞뒤 가리지 않고 뛰어들었습니다. 이보다 더 선공의 계승자에 어울리는 사람이 있겠습니까?"

"정답이다."

"……사부님?"

"네가 현이 옆에서 많이 도와야 할 게다. 첫째는 쉽게 물러서지 않을 테니까."

"감사합니다!"

"그건 그렇고, 저 녀석들은 어떻게 할 거냐? 제주도에 도착하면 흩어져 버릴 텐데, 그래도 되는 거냐?"

현기명은 죽을 뻔했다가 겨우 살아나 기쁨을 만끽하는 재소자들을 가리켰다.

"저도 생각 중이지만 뾰족한 방법은 없습니다. 저들은 죽을 뻔했습니다. 누가 저들을 가둘 수 있겠습니까?"

"저들 중 일부를 거둘 수는 없을까?"

"……."

황철호는 입을 쩍 벌렸다. 그게 무슨 뜻인지 뒤늦게 깨달았던 것이다. 역시 사부님이었다!

"내가 볼 때 섬바디 길드는 아직 허약하다. 유니온이나 다른 길드에 비한다면 말이야. 그러니 힘을 실어 줘야 하지 않겠느냐?"

"지당하신 말씀입니다."

"조형섭을 잘 활용하여라."

"알겠습니다."

황철호의 눈이 반짝거렸다.

재소자들은 선착장 근처 창고에 모였다. 닥터 프로메테우스가 준비한 옷과 음식이 거기 있었다. 죄수복을 벗고 청바지와 외투를 입게 된 그들은 자유의 기쁨에 취해 있었다.

"주목!"

황철호의 소리가 쩌렁쩌렁 창고 안을 울렸다.

사람들은 일제히 황철호를 바라보았다. 황철호 덕분에 지옥에서 겨우 탈출했음을 그들은 잘 알고 있었다.

"이곳을 벗어나면 여러분은 자유다. 어디든 갈 수 있는 여비 정도는 나눠 줄 생각이니까. 하지만 여러분은 유니온의 추적을 피하기 힘들 것이다. 나 같은 각성자가 작정하고 뒤쫓는다면 길어야 1년일 거다."

"그래서 하고 싶은 말이 뭡니까? 우리를 잡아다가 또 다른 해옥에 가둘 겁니까?"

한 사람이 외쳤다.

"아니, 그럴 생각은 없다. 다만, 너희에게 새 출발의 기회를 주고 싶을 뿐이다."

"새 출발? 지나가는 개가 웃겠습니다."

다들 깔깔 웃어 댔다.

황철호는 저들의 심정을 이해할 수 있었다. 그 자신이 믿었던 길드에 배신을 당해 해옥에 갇혔기 때문이다.

"너희가 애송이라고 비웃었던 그 아이 덕분에 너희는 물론 나도 살아났다. 난 오늘 이 시간부로 현문 길드를 탈퇴한다. 너희처럼 버림을 받았기 때문이다. 그리고 그 아이가 이끄는 섬바디 길드에 가입한다. 섬바디 길드에는 나뿐 아니라 여기 천무관의 노관장님도 계신다. 만약 너희가 섬바디 길드의 일원이 된다면, 과거는 문제 삼지 않을 것이다. 지금부터의 모습, 앞으로의 행동이 여러분의 모든 것이 될 것이다."

사람들은 조용했다. 머릿속으로 갑자기 나타난 애송이를

떠올리는 중이었다. 불가능한 일을 해내고 정신을 잃은 김현의 존재가 그들을 침묵에 빠뜨렸다.

"그 아이는 괜찮습니까?"

한 사람이 물었다.

"나도 궁금해요."

"푹 쉬면 일어날 거다. 걱정하지 않아도 돼."

황철호의 말에 안도하는 사람들이 꽤 많았다.

"우리는 흑소제를 복용하여 능력을 잃었습니다. 일상생활에는 문제가 없지만 길드에 들어갈 정도는 아님을 당신이 더 잘 알지 않습니까?"

"그 문제는 섬바디 길드가 해결하겠다."

황철호는 거침이 없었다. 문제가 있다면 푸는 방법도 있다는 게 그의 지론이었다. 시간이 걸린다고 해도 포기하지 않으면 문제는 반드시 풀린다.

사람들은 수군거리기 시작했다. 아는 사람들과 어떻게 해야 할지 의논하는 것이었다.

"앞으로 한 시간 동안 깊이 생각해라. 그 후에 이곳을 떠나든 섬바디 길드와 함께하든, 그건 너희의 자유다."

말을 마친 황철호는 조형섭을 보며 가볍게 고개를 끄덕였다. 이제부터 한 시간 동안 조형섭이 재소자들 사이를 오가며 활약할 것이다. 저들의 마음을 누구보다 잘 알기에 조형섭은 큰 도움이 될 터였다.

"수고했다."

현기명이었다.

"……잘했는지 모르겠습니다."

"그 말에도 마음이 움직이지 않는다면 애초에 인연이 없는 게지."

현기명은 제자의 어깨를 어루만졌다.

둘째 황철호는 뛰어난 자질에 꾸준한 노력까지 갖춘 인재였다. 그러나 알을 깨고 새로운 세계로 날아가는 용기가 부족했다. 현재라는 위치를 포기하는 과단성을 드디어 찾아낸 황철호는 앞으로 눈부시게 성장할 것이다.

'천무관의 전성기가 시작되겠군.'

현기명은 웃음을 멈출 수 없었다. 세계가 천무관의 진가를 알게 될 터였다.

박용준은 겨우 안도했다.

목이 말라 물 마시러 주방으로 나왔다가 마주친 닥터 프로메테우스에게서 김현이 어디 있는지, 무엇을 하는지 듣게 된 이후 갈증도 잊은 채 둥둥 떠다니는 로봇과 함께 제주도 남쪽 바다에서 벌어지는 일에 촉각을 곤두세웠던 것이다.

"……이제 괜찮은 거죠?"

"김현은 좀 쉬어야 하지만 노관장이 옆에 있으니 염려할 일은 없을 거야."

"다행이에요."

"어쩌면 김현은 오늘 페플에 들어갈 수 없을지도 모르네."

"뭐라구요?"

박용준은 다시 갈증을 느꼈다. 당장 쥐구멍을 벗어나 냉장고로 달려가고 싶었다.

"자네가 섬바디 길드를 이끌어야 한다는 뜻이지."

"전 못 해요."

"트로만과 핀토, 테르툰이 자넬 이미 따르고 있지 않나? 체리와 아로간타르도 자넬 인정하고."

박용준은 트로만, 핀토가 죽었다는 이야기를 하려다 말았다.

"알겠습니다."

김현, 아니 노바디 없이 룩소르 사냥터 중심부 접근은 불가능에 가깝다. 그러니 김현이 돌아올 때까지 섬바디 길드의 전력을 최대한 유지하는 게 자신의 임무라고 박용준은 생각했다.

잠은 달아난 지 오래.

박용준은 콕핏형 커넥터로 걸어갔다.

이간책

저 앞쪽에서 깜박거리는 불빛이 보였다.

안진후는 들고 있던 랜턴을 껐다. 천천히 한 걸음씩 레일을 따라 걸어가니 컨테이너를 몇 개 쌓아 올려 만든 구조물의 윤곽이 눈에 들어왔다.

'여기가 대기소인가?'

좀 더 가까이 가서 자세히 지켜보려던 안진후는 전깃불에 이끌려 다가오던 나방 한 마리가 갑자기 '팟' 소리를 내며 재가 되어 후드득 떨어지는 장면을 볼 수 있었다.

불과 3미터 앞에서 벌어진 일이었다.

안진후는 조그만 돌 하나를 집어 앞으로 던졌다. 그 단단한 돌은 '퍽' 소리와 함께 조각조각 나뉘며 흩어졌다.

나방 덕분에 알아차려서 망정이지, 모르고 걸어갔다면……?
상상만으로도 끔찍했다.

가방을 옆에 내려놓은 안진후는 1미터 남짓 다가가 근처를 살폈다. 얼핏 보면 낙서 같은 복잡한 마법진이 바닥과 벽에 그려져 있었다.

'마법진을 여기서 써? 마력을 어떻게 이용하는 거지? 재미있네.'

안진후는 아라베스크 무늬나 프랙털과 비슷하다는 점을 금세 알아차렸다. 조그만 단위가 다양한 패턴으로 반복되어 전체를 구성하고 있었다.

양자와 전자의 조합으로 만들어지는 원자, 원자의 결합으로 생성되는 분자. 분자들은 세계의 근본 재료이며, 세계는 그 조그만 벽돌로 이뤄진 거대한 구조물이다.

이 사실을 잘 아는 안진후는 침입자를 막기 위해 설치된 마법진의 구조에 흥분을 감출 수 없었다.

"어?"

몇 개의 문양은 눈에 익었다.

어디서 봤을까 생각하던 안진후는 책 한 권을 기억해 냈다. 김현이 뱀파이어 여신관에게서 얻은 아이템으로, 뱀파이어 특유의 마법이 기록된 낡은 책이었다. 직접 번역한 그 책을 가지고 디월드 뎁스 파이브의 세계에서 마법을 익혔었다.

꽤 오랫동안 그 책에 대해서 깡그리 잊고 살았다. 아마도 현실에서는 마법보다 해킹 같은 스킬이 훨씬 도움이 된다는 판단 때문일 것이다.

당시에 외워 버렸던 책 내용은 머릿속에 고스란히 남아 있었다.

"첫 번째 단계는 데멘티아였어. 여기 이 문양이 거기 있었어. 그렇다면 오각형의 문양은 데멘티아와 유사한 기능을 한다고 봐도 될 거야. 음, 이건 5단계 트랜스포르에서 본 거야. 물체의 형태를 바꾸는 건데, 본질은 건드리지 못해. 아, 이건 센티오야. 힘을 감지하거나 끌어내는 데 사용할 수 있어."

눈이 반짝이는 안진후.

배에서 소리가 나자 가방에서 에너지 바를 꺼내어 입에 넣고 오물거리면서도 마법진에서 눈을 떼지 않았다. 그의 머리는 마법진의 구조를 파악하기 위해 쉬지 않고 돌아가는 중이었다.

"천재야, 이걸 만든 사람은. 누군지는 몰라도."

탄성이 터져 나왔다.

"이 몸도 천재지. 이걸 만들어 낸 사람보다도 더."

씩 웃은 안진후는 스위스 군용 칼을 꺼내어 벽으로 다가갔다. 방어력이 미치지 않는 틈으로 칼을 밀어 넣어 세 부분을 지워 버린 순간, 파파팍 스파크가 튀며 마법진이 작동을 멈추었다.

시험 삼아 돌멩이를 던졌다. 돌멩이는 멀쩡하게 마법진 너머 선로에 떨어져 데굴데굴 굴렀다.

"역시."

방어 마법진을 통과한 안진후는 마법진을 다시 작동시켰다. 한번 해 보니 아주 쉬웠다. 일단 원리만 파악하면 조작이 가능한 기본 형태였던 것이다.

플랫폼과 선로 사이의 은밀한 공간에 몸을 밀착한 안진후는 가방에서 드론 한 대를 꺼냈지만 다시 넣었다. 대기소 안에서 벌어지는 일을 확인할 생각이었지만 만의 하나 드론이 걸린다면 라이언의 작전은 물거품이 되고 말 것이다.

물끄러미 마법진을 쳐다보는데, 의문 하나가 머리를 스쳤다.

페플은 분명히 가상현실이다. 페플 그룹이라는 거대 회사가 운영하는 온라인 게임 공간이 바로 페플이다. 그런데 어떻게 그 게임 속 마법진이 여기서도 작동할 수 있을까?

생각해 보면 말이 안 되는 게 한둘이 아니다.

김현은 어떻게 페플로…… 이동할 수 있을까? 그건 곧 사람이 컴퓨터 네트워크 안으로 들어갈 수 있다는 말과 같다.

'SF 영화에서나 가능한 일이야.'

안진후는 손을 들어 올렸다.

손가락마다 영롱한 빛을 뿜는 반지가 끼워져 있었다. 큐라테움, 이슈레토, 님브레 등은 페플의 아이템이지만 여기서도 그 효과를 발휘하고 있었다.

페플이 여기와 같은 세계라면…… 결코 가상현실일 리가 없다. 그렇다면 페플 그룹은 진실을 숨기고 게임인 양 사람들을 속이고 있는 것이다.

반대로 페플이 가상현실, 즉 게임 공간이라면?

'내가 꿈을 꾸고 있는 거지.'

"어떤 경우든, 답은 페플 그룹에 있어. 이번 일이 끝나면 페플 코어 개발을 담당할 뿐 아니라 소스가 보관된 페플 그룹 심층기반부로 깊이 파고들어야겠다. 페플 코어로 직접 들어가 보면 답을 알 수 있겠지."

결론을 내렸음에도 안진후는 마음이 편치 않았다.

이렇게나 기본적이면서도 중요한 질문을 왜 이토록 늦게 떠올렸을까? 아직까지 심층기반부에 숨겨져 있을 진실을 확인하지 않았다는 게 영 찝찝했다.

평소의 사고방식이라면 사소한 것도 놓치지 않고 파고들어 확인할 텐데, 왜 이 근원적인 의문은 해결하지 않고 내버려 두었을까?

'뭔가 이상해. 내가 놓치고 있는 게 있어. 그게 뭔지 모르겠단 말이야.'

그때, 예리하게 반짝이던 눈이 흐리멍덩해졌다. 일순간 초점이 흐려졌다가 다시 원래대로 돌아왔다.

눈알을 굴려 주위를 살피는 안진후. 곧 여기가 어딘지, 왜 이 깊은 지하에 와 있는지 알아차렸다.

"여기서 졸다니, 나도 참 강심장이다. 김현을 닮아 가는 건가? 그렇다면 뭐 나쁘진 않겠지만."

잊어버린 의문 대신 다른 것이 생각났다.

라이언의 충고.

몸에서 힘을 빼야 물에 뜬다.

곰곰이 생각하니, 라이언이 왜 그런 이야기를 했는지 알 것 같았다. 요즘 몸이 계속 뻣뻣했다. 조금만 자극을 받아도 벌컥 화를 낼 뻔한 게 한두 번이 아니었다. 라이언도 그걸 알고서 지적을 한 것이다.

"쳇, 나도 힘을 빼고 싶어. 어떻게 해야 하는지 모르니까 문제잖아."

안진후는 자유롭게 헤엄치듯 말하고 행동하는 김현을 떠올렸다. 조금은 부럽고, 조금은 화가 났다. 김현의 라이벌이 되고 싶지, 앞선 김현을 목표 삼아 올라가고 싶진 않았다.

쾅!

갑자기 들린 굉음.

바닥이 흔들렸고 벽과 천장에서 우수수 흙먼지가 떨어졌다. 대기소 근처에 설치된 마법진에서 조그만 번개 같은 스파크가 튀어 섬광이 번쩍거렸다.

대기소를 박차고 나온 사람들의 발소리.

안진후는 벽 쪽으로 좀 더 밀착했다.

멀어지는 인기척.

"자, 시작해 볼까."

가방에서 꺼낸 드론을 공중으로 띄웠다. 초소형 드론은 거의 소리도 없이 대기소 쪽으로 날아갔다.

안진후는 핸드폰 화면으로 드론의 촬영 영상을 살펴보았다. 놈들이 문을 열어 두는 바람에 드론은 내부로 쉽게 들어갈 수 있었다.

"저게 뭐야?"

눈을 몇 번이나 껌벅거린 안진후는 대기소를 힐끔 쳐다봤다. 그리고 핸드폰 화면으로 고개를 숙였다.

겉으로 보면 몇 평 안 될 것 같은데, 내부는 어마어마하게 넓을 뿐 아니라 프렌치 윈도 너머로 호수가 보였다. 호수 뒤에는 새하얗게 눈이 쌓인 봉우리가 솟아나 있었다.

안진후는 드론을 조종하여 발코니로 내보냈다. 그곳은 경사진 언덕에 세워진 별장이었고 아래로는 침엽수림이 호숫가까지 이어져 있었다.

'이것도 마법인가? 진짜 공간일까, 아니면 감각의 왜곡일까? 아! 지금은 이럴 때가 아니야.'

실내로 들어온 드론은 주위를 살폈다. 사람 그림자는 보이지도 않았다.

몸을 일으킨 안진후는 플랫폼으로 올라가 대기소로 다가갔다. 열려 있는 문을 젖히고 안으로 들어가자 라벤더 향이 코를 자극했다. 드론의 카메라를 통해 봤을 때보다 백배는 압도적인 창밖 풍광은…… 기가 막혔다.

드론을 감시 모드로 바꾼 안진후는 닫혀 있는 문을 열고 고형덕을 찾기 시작했다. 서재, 식료품 창고, 체력단련실, 몇 개의 침실을 뒤졌지만 어디에도 고형덕은 없었다.

드론 세 개를 더 꺼내어 공중으로 날린 안진후는 집 안 구석을 살폈다. 5분도 못 되어 드론 하나가 지하로 내려가는 비밀 문을 찾아냈다.

혼자 힘으로는 들어 올릴 수 없는 문.

"슈뢰딩거."

안진후는 불의 정령을 소환했다. 안진후와 달리 슈뢰딩거는 한 손으로도 그 문을 가볍게 열어젖혔다.

드론 한 대가 명령을 받고 어두컴컴한 지하로 내려갔다. 적외선 비전을 켜자, 안진후는 핸드폰 화면으로도 뚜렷한 윤곽을 볼 수 있었다.

좁은 통로에서 왼쪽으로 꺾자 꽤 큰 공간이 나왔다. 거기 중앙에…… 한 사람이 매달려 있었다. 위로 뻗은 두 손이 쇠사슬에 묶인 사람은 바로 고형덕이었다.

안진후는 즉시 계단을 딛고 지하로 내려갔다. 따라오는 슈뢰딩거 덕분에 랜턴을 켤 필요는 없었다. 너무 빨리 뛰다가 왼쪽으로 제대로 돌지 못해 벽에 부딪혔지만 고통은 느껴지지 않았다. 1초라도 빨리 고형덕을 구해야 한다는 마음뿐이었다.

싱크

"아저씨!"

반응이 없는 고형덕.

"쇠사슬을 끊어!"

-네. 오라버니.

안진후가 고형덕의 허리를 잡는 동안, 슈뢰딩거는 열기로 쇠사슬의 일부를 녹였다.

뚝, 쇠사슬이 끊어지자 고형덕은 안진후를 덮쳤다. 안진후는 다리에 힘을 주고 버텼다. 고형덕의 몸무게를 이기지 못하고 함께 쓰러지지 않을까 염려했지만, 생각보다 가벼워 천천히 눕힐 수 있었다.

다행히 숨은 쉬고 있었다.

"아저씨?"

안진후는 어깨를 잡고 흔들었다.

여전히 미동조차 없는 고형덕.

그때, 눈언저리에 경련이 일더니 고형덕이 천천히 눈꺼풀을 밀어 올렸다.

"……누구?"

"아저씨! 저예요, 저."

안진후는 고형덕을 꽉 안았다.

감촉이 의외였다. 단단한 근육질이라 생각했는데 여자처럼 몸이 부드러웠다. 또 한 가지 뜻밖인 것은…… 향수였다. 갓 풀잎을 베어 냈을 때처럼 싱그러운 향이 확 풍겼다.

"혼자냐? 아니면 다른 사람도 같이 온 거냐?"

고형덕이 물었다.

"혼자예요."

"프랑켄슈타인은?"

"……."

안진후는 고형덕을 뜯어보았다.

처음 들었을 때는 반가워서 전혀 몰랐지만, 다시 들으니 어쩐지 목소리가 가늘고 맑았다. 고형덕 특유의 거친 음성과는 거리가 멀었다.

게다가 프랑켄슈타인이라니. 로고스 소속의 미친 과학자 이름이 여기서 왜 튀어나올까?

안진후는 마음으로 불의 정령을 불렀다.

'슈뢰딩거.'

—네, 오라버니.

'이 사람을 태워. 고형덕이 아니야. 그리고 난 괜찮아. 불은 나를 죽이지 못해. 그리고 상처는 회복약을 마시면 돼.'

—알았어요.

슈뢰딩거가 온몸으로 뿜어낸 불이 고형덕을 덮쳤다.

안진후가 꽉 안았지만 맨손으로 잡은 미꾸라지 빠져나가듯 고형덕은 불길을 피해 달아났다. 어느새 간사해 보이는 얼굴로 바뀐 남자.

"어떻게 알았지? 꽤 신경을 썼는데."

"아저씬 그런 향수는 안 뿌려."

프랑켄슈타인에 대해서는 일언반구도 내비치지 않았다. 상대가 왜 그런 질문을 던졌는지 알아낼 때까지는 두고 볼 생각이었다.

"아하, 거기 구멍이 있었구나."

사내는 슈뢰딩거의 화염 공격을 가볍게 피하면서도 여유롭게 대답했다.

회복약을 마시는 안진후.

그 약병을 알아본 사내의 눈이 커졌다.

"고형덕은 어디 있지?"

안진후가 물었다.

"곧 알게 될 거야."

사내는 씩 웃으며 안진후를 바라보았다.

몽롱한 기분을 느낀 순간, 안진후는 고개를 돌리려 했지만 강력한 자석에 달라붙은 철 조각처럼 남자의 눈빛을 외면할 수 없었다.

조금씩 다가오는 남자.

안진후는 물러서려 했지만 몸은 꼼짝도 하지 않았다.

'슈뢰딩거, 공격해!'

이미 슈뢰딩거는 사라지고 없었다.

"잡았다."

사내의 손바닥이 가슴에 닿는 순간, 안진후는 기절했다.

눈을 뜨기도 전에 손목과 겨드랑이가 찢어질 듯 아팠다. 발아래가 허전했다. 몸이 천천히 회전하는 걸 보니, 공중에 매달려 있는 모양이었다.

실눈으로 주위에 무엇이 있는지 살피던 안진후는 초췌한 고형덕을 볼 수 있었다.

'진짜 아저씨일까? 그 녀석일 수도 있어.'

"아저씨?"

조심스럽게 불렀지만 대답은 없다.

"고형덕."

더 큰 목소리. 결과는 마찬가지.

안진후는 손목이 찢어질 듯한 고통을 감수하며 발을 위로 들어 올려 고형덕의 허벅지를 밀었다. 정육점에 걸려 있는 시뻘건 고깃덩이처럼 힘없이 왔다 갔다 하는 고형덕.

갑자기 고형덕의 얼굴이 경련을 일으켰다. 수축된 뺨은 빠르게 떨렸다.

"괜찮아요?"

고형덕의 입가로 스며 나온 핏물은 턱에 고였다가 뚝뚝 아래로 흘러내렸다. 핏방울은 바닥에 그려진 마법진에 닿자 '스스' 소리를 내는 동시에 연기를 피워 올리며 말라 버렸다.

그 소리에 이끌려 내려다본 안진후.

곧 눈이 휘둥그레졌다. 침입자를 막는 마법진은 유치원생이 끄적거린 그림처럼 느껴지는 복잡한 마법진이 바닥을 가득 채우고 있었다. 지름만 7미터나 되는 마법진 중앙에 두 사람이 매달려 있었던 것이다.

'내가 모르는 문양도 많아. 마력은 저쪽에서 따로 주입하는 거고, 힘이 중앙으로 전달되면서 무언가를 위로…… 나와 아저씨를 향해 밀어 올리는 것 같은데…… 그게 무엇인지는 알 수가 없어. 아마도 그게 아저씨를 저 지경으로 만든 것이겠지.'

흥얼거리는 소리가 들렸다.

안진후는 문을 바라보았다. 녹슨 철문 앞에 멈춰 선 검은 그림자. 곧 손잡이가 돌아가고, 삐걱 소리와 함께 문이 열렸다.

"어떻게, 회포 좀 푸셨나?"

안진후는 그 목소리를 알아차렸다. 고형덕으로 변신해서 속이려 했던 그놈이었다.

끓어오르는 분노를 겨우 억눌렀다. 저런 놈에게 화를 내봐야 아무런 소용이 없다. 어떻게든 방법을 찾아야 한다. 여기서 주저앉으면 자신은 물론 고형덕까지 함께 죽는다.

"대접이 너무 융숭해서 아저씨가 잠이 들었나 봐. 좀 깨워봐."

장난스러운 목소리에 이승현의 입가에서 미소가 사라졌다.

단검을 뽑은 이승현이 다가왔다.

"이거 예쁘지? 아직 사람 피 맛을 보지 않았는데도 이렇게 예리해. 피가 스며들면 어떻게 변할지 아주 기대가 커."

이승현은 고형덕과 안진후를 번갈아 살폈다. 가축을 도살하는 백정 같은 시선이었다.

안진후는 몸을 부르르 떨었다. 저토록 천박하고 소름 끼치는 사람을 만날 거라고는 상상도 못 했다.

그래도 힘을 내야 한다. 나는 마스터니까. 고형덕이 여기서 죽고 자신만 살아남는다면 평생 후회 속에 살게 될 것이다.

"발목 뒤쪽에 상처를 가볍게 낼 거야. 그러면 피가 아래로 뚝뚝 떨어지겠지. 내가 공들여 설치한 마법진은 아주 천천히 그 피를 흡수할 테고, 그 덕에 내 힘도 강해질 거야."

씩 웃는 이승현.

신기한 일이 벌어졌다. 더 이상 이승현의 행동이 두렵지 않았다.

살인이 목적이라면 저렇게 이야기를 늘어놓을 이유가 없다. 죽음은 위협의 수단일 뿐이다. 저 남자의 목적은 따로 있을 것이다.

"그럼, 날 죽여."

"……뭐?"

이승현은 눈살을 찌푸렸다. 벌벌 떠는 모습에 쉽게 요리할 수 있을 거라 생각했건만.

"뭘 원하지? 배후? 시더?"

시더라는 말에 이승현은 자신도 모르게 눈이 커졌다. 내면의 열망이 표정으로 드러난 것이다.

그사이 안진후는 방을 빠르게 훑었다. 가져온 가방은 한쪽에 내팽개쳐져 있었다. 블랙 길드 각성자가 드론의 가치를 얼마나 알고 있을까?

"고형덕은 아무것도 몰라. 이런 식으로 고문해 봐야 알아낼 수 있는 건 없어."

"그럼 누가 알지?"

"이 몸이시지. 고형덕은 내 지시에 따라서 움직였을 뿐이니까. 날 풀어 준다면 누가 씨를 뿌렸는지 알려 줄 수도 있어."

"흥, 먼저 말해. 그러면 풀어 줄 테니까."

"그럼, 내 가방을 가지고 와. 거기 내가 필요한 게 있어."

안진후는 풀어 줄 리 없음을 잘 알았다. 그저 진짜 부탁을 들어주게 만들기 위해 그 부탁을 먼저 한 것이다.

"……귀찮게시리."

이승현은 짜증을 내면서 구석에 처박힌 가방을 가져왔다.

"입구를 열어."

"어린놈의 새끼가 말이 반 토막이야."

"싫으면 말고."

"……알았다."

이승현이 가방의 입구를 여는 순간, 안진후가 쩌렁쩌렁 방이 울리도록 고함을 질렀다.

"어벤저스! SOS!"

가방에 있던 드론들이 일제히 튀어나와 플래시를 터트리며 사진을 찍은 후, 뿔뿔이 흩어지며 출구로 날아갔다.

놀란 이승현이 놀랄 만큼 빠르게 움직여 드론 하나를 낚아챘지만 나머지는 복도 너머로 사라져 버렸다.

"너, 이 새끼!"

단검을 들고 다가오는 이승현.

안진후는 그 순간 죽음을 직감했다. 이렇게 일찍 죽는 건 억울하지만, 드론이 저 남자의 얼굴을 찍었으니 김현이라면 대가를 치르게 할 것이다.

'그래, 진짜 마스터는 김현이야. 나도 그 녀석을 의지하는 걸 보면 말이야.'

"너 뭐졌어!"

이승현이 안진후의 허리에 단검을 찔러 넣으려는데, 어느새 방으로 들어온 사람이 이승현의 손목을 꽉 잡았다. 얼굴에 병색이 완연한 사내였다.

새까맣고 윤기 흐르는 장갑을 낀 손을 이승현은 도저히 뿌리칠 수 없었다.

"뭡니까?"

"죽이면 안 돼. 이 녀석은 페플 그룹 회장의 셋째 아들 안진후야."

"……."

눈이 휘둥그레진 이승현.

"이승현, 내가 널 살린 거다. 이 빚, 앞으로 갚아라."

이승현을 비웃듯 바라보며 어깨를 두드린 사내는 힐끔 안진후를 쳐다봤을 뿐, 즉시 복도로 나갔다.

안진후를 죽일 듯 노려본 이승현은 바닥에 침을 탁 뱉은 후 가 버렸다.

안진후는 길게 숨을 내쉬었다. 죽음의 칼날이 목에 닿았다가 겨우 물러났다. 마음이 차분해지자, 한 가지 의문이 그를 사로잡았다.

'왜 저 사람들은 아버지를 두려워할까?'

분명히 두 각성자의 얼굴에 잠시나마 떠오른 감정은 공포였다.

헬기는 아래로 흐르는 강을 지나 산악 지대로 접어들었다. 어스름 깔린 산천은 이제 막 깨어나는 중이었다. 헬기 소리에 새 떼가 공중으로 날아올랐고, 화들짝 잠이 깬 예민한 들짐승은 좀 더 안전한 곳으로 이동하기도 했다.

황철호는 초췌한 김현을 내려다보았다.

흔들리지 않도록 간이침대에 벨트로 묶여 있는 김현의 얼굴은 창백했지만 천천히 혈색이 돌아오고 있었다. 하지만 헬기 특유의 소음과 진동 때문에 가끔은 고통스러운지 뺨이 떨렸다.

'이렇게 보면 아직 어려. 기껏해야 고등학생일 텐데. 음, 내가 일찍 결혼을 했다면 이 녀석 같은 아들이 있을지도 모르겠구나. 아! 이런!'

"사부님!"

현기명이 둘째 제자의 호들갑에 고개를 돌려 쳐다보았다.

"김현 모친께서 걱정하고 있을 겁니다."

"음, 당장 연락해서 네가 데리고 있다고 적당히 둘러대거라."

"알겠습니다."

조종사에게 부탁해서 김현 집에 전화를 걸던 황철호는 사부를 보며 난색을 표했다.

"여긴 너무 시끄럽습니다. 어쩌죠?"

"기다려라."

현기명이 편히 앉은 채 아랫배에 두 손을 모으자, 눈에 보이지 않고 그저 느껴지는 힘의 그물이 헬기 내부로 뻗어 나갔다. 그물이 구체처럼 형태를 갖추어 현기명과 황철호를 덮는 순간, 거짓말처럼 소음이 사라졌다.

"……혹시 천맥입니까?"

천부선공 제4문이 바로 천맥이다.

"눈썰미가 제법 예리하구나."

"처음 봅니다."

"전화나 걸어라."

"네, 사부님."

곧 신호 음이 들렸다. 누군가 바로 전화를 받았다.

"김현 어머니 되십니까?"

―……그렇습니다만.

"저는 천무관의 황철호라고 합니다. 김현의 사형입니다."

―현이는 어디 있나요?

두려움이 배어 나오는 목소리.

"저와 함께 있습니다. 답답한지 새벽에 천무관 수련장으로 찾아왔더군요. 고민이 무엇인지는 아직 말을 하지 않네요. 제가 아침 먹이고 데리고 있다가 댁으로 보내 드리고 싶습니다. 이런저런 이야기도 하고요."

―고맙습니다. 현이를 부탁드립니다. 안 그래도 요즘 낯빛이 안 좋아서 내심 염려하고 있었습니다. 신경 써 주셔서 정말 감사드려요.

"아닙니다. 사형으로서 마땅히 해야 할 일이지요."

황철호는 전화를 끊으며 진땀을 닦았다. 거짓말은 이렇게나 어렵다. 그래도 오늘은 평소보다는 능숙한 편이다.

"능숙한 걸 보니 너도 때가 많이 묻었구나. 누가 보면 여기가 진짜 수련실처럼 느껴지겠다."

현기명이 입을 열자, 천맥은 풀렸다. 타타타타 귀를 때리는 소음이 돌아왔다.

'사부님의 능력은 가늠할 수조차 없구나. 이 소음을 완전히 막아 버리다니. 아! 그렇지!'

황철호는 노관장을 간절한 눈빛으로 바라보았다.

"뭐냐?"

"천맥의 능력이라면 소리를 막을 수 있을 뿐 아니라 진동도 줄일 수 있으리라 확신합니다."

"맞다."

노력 하나만큼은 누구에게도 뒤지지 않지만 머리 회전이 비교적 느린 둘째의 추측에 노관장은 매우 기꺼웠다.

"정신을 잃은 막내가 지금 힘겨워하고 있습니다. 사부님께서 도와주십시오."

"……알았다."

천맥은 내공 소모가 심하다는 말을 입에 올릴 수는 없다. 다른 사람도 아닌, 애제자를 위한 일이 아닌가.

현기명은 헬기가 1분이라도 빨리 서울에 도착하기를 빌며 내공을 끌어내어 천맥을 폈다.

보이지 않는 그물이 김현을 감싸자 눈에 띄게 낯빛이 좋아졌다.

"사부님! 보십시오!"

흥분한 황철호.

현기명은 막내 제자를 볼 여유조차 없었다. 갑자기 내공이 끊겨 천맥이 해제된다면 저 곰 같은 제자는 사부를 뭐라고

생각할까? 자존심 문제다. 어떻게든 버텨야 한다. 현기명은
실로 오랜만에 젖 먹던 힘까지 끌어 올렸다.

헬기는 잠시 후 서울 상공으로 진입했다.

노관장은 안도의 한숨을 내쉬었다.

안진후가 내린 명령을 받아 흩어진 드론 중 한 대만이 돌
연변이가 우글대는 지하 통로를 벗어나 지상으로 올라왔다.
주위 통신시스템에 접속한 드론은 녹음된 내용과 찍힌 사진
을 전송한 후, 배터리 방전으로 추락했다.

드론이 콘크리트 바닥에 떨어져 박살 나기 직전, 닥터 프
로메테우스는 안진후가 어디 있는지, 어떤 상황인지 그 정보
를 입수했다.

프로메테우스가 그 정보를 분석하여 결론에 이를 즈음, 헬
기는 막 페플파크 옥상 착륙장에 내려앉았다.

김현을 업은 황철호가 헬기에서 내려 바람을 가르며 걸었
고, 현기명이 뒤따랐다. 노관장은 더 이상 천맥을 펼칠 여력
조차 없었다. 입에서 단내가 날 정도였다.

닥터 프로메테우스는 집 현관문을 밀고 들어오는 황철호,
현기명을 맞이했다.

"이, 이게 뭡니까?"

황철호는 공중에 떠 있는 로봇을 보고 입을 쩍 벌리고 말았다.

현기명이 놀란 제자 대신 김현을 침대에 눕힌 후 몸 상태를 살폈다. 푹 쉬기만 하면 깨어날 수 있는 몸이었다.

아직도 얼어붙은 황철호에게 다가가 프로메테우스에 대해 간단히 설명한 것도 현기명이었다. 사부와 로봇을 번갈아 바라보는 황철호는 아직도 이해를 못 한 눈치였다.

탁.

현기명이 황철호의 뒤통수를 손바닥으로 올려쳤다.

그때까지 묵묵히 기다리던 닥터 프로메테우스가 입을 열었다.

"섬바디 인 어스의 마스터인 안진후 군이…… 블랙 길드에 붙잡혔습니다."

현기명의 얼굴엔 아무런 변화가 없었다. 그저 눈빛만 깊어졌을 뿐이다.

"납치된 고형덕을 구하려다 그렇게 되었습니다. 블랙 길드 소속이었으나 이탈하여 마스터를 돕던 각성자 라이언도 잡혔을 가능성이 높습니다."

"라이언이라구요?"

드디어 정신을 차린 황철호.

"아는 녀석이냐?"

현기명이 물었다.

"괜찮은 놈입니다."

"오늘도 쉬기는 틀린 것 같구나."

"네, 사부님."

황철호는 가슴이 부풀어 올랐다.

사부님과 함께 싸우리라곤 상상조차 해 본 일이 없었다. 옆에 있으면 이만큼 든든한 동료가 또 있을까? 어쩌면 아직까지 한 번도 보지 못한 사부님의 진짜 실력이 유감없이 발휘될지도 모른다.

프로메테우스에게 김현을 맡긴 현기명이 현관으로 향했다.

"가자."

"네."

황철호가 그 뒤를 따랐다.

고무 타는 역한 냄새가 코를 찔렀다.

라이언은 인상을 찌푸리며 정령 광혼이 뿌리는 흐릿한 빛에 팔을 비춰 보았다. 손바닥은 물론 팔꿈치 위쪽까지 검게 변해 있었다. 이미 손의 감각은 사라진 지 오래였다.

"Fuck."

탁탁탁, 멀지 않은 곳에서 들리는 요란한 발소리에 라이언의 신경이 곤두섰다. 던전에서 흘러나오는 기운에 의해 만들어진 돌연변이들이 먹잇감의 존재를 눈치채고 달려들 기회만 엿보고 있었다.

이런 날이 올 줄이야.

라이언은 왼손으로 단검을 뽑았다.

롱기누스의 창은 잃어버렸다. 녀석의 미약한 의지가 느껴지나, 주인의 손으로 돌아올 힘이 없거나 어딘가에 잡혀 있는 듯했다.

"휴우."

죽음의 기운 테네파르 인스푸모가 어깨 위로 올라오기 전에 조치를 취해야 한다는 사실은 잘 알지만, 맨정신으로 팔을 자르려니…… 한숨이 터져 나온 것이다.

게다가 롱기누스의 창을 자유자재로 다루는 오른팔이 아닌가. 이 오른팔이 사라진다면 롱기누스의 창도 그 위력이 절반 이하로 뚝 떨어질 것이다.

똑똑하기 이를 데 없는 안진후를 마스터로 쉽게 인정하기 어려웠던 이유는 단 하나, 경솔함 때문이었다. 고형덕이 잡힌 것도 따지고 보면 블랙 길드를 알지도 못한 채 함부로 달려든 안진후의 판단이 그 이유였다.

"누굴 판단할 처지가 아니었어."

블랙 길드 소속임에도 라이언은 어떤 변화가 벌어지는지 그동안 전혀 몰랐다. 길드에 어떤 각성자가 새롭게 들어왔는지, 어떤 능력을 지니고 있는지 알아 뒀다면 오늘 같은 일은 벌어지지 않았을 것이다.

어떤 각성자든 약점이 있다. 그래서 팀을 이룬다. 팀원이 약점을 메워 전체로서 어마어마하게 강해진다.

라이언은 상대를 전혀 몰랐다. 반면에 상대는 라이언을 잘 알았다. 약점까지도. 그 때문에 이렇게 팔을 잃게 된 셈이다. 그렇지 않았다면 비록 놈들이 무리 지어 공격했다고 해도 이런 식으로 당하진 않았을 텐데.

'조련사가 있을 줄은 상상도 못 했지. 그게 결정적인 패인이었어.'

재수 없게 생긴 그 새끼는 던전 주위로 몰려드는 돌연변이를 길들여 수족처럼 부렸다. 놈이 지시를 내리는 돌연변이는 수백 마리에 달했다. 블랙 길드 각성자 몇 명은 그 돌연변이 사이에 숨었다가 기습을 가했고, 라이언은 속수무책으로 당할 수밖에 없었다.

'빚이 잔뜩 생겼으니, 꼭 갚아 줘야지.'

"해 볼까."

최대한 웃으려 애를 썼지만, 자기 손으로 팔을 잘라 내는 순간까지도 웃을 수 있는 인간은 없다.

내공이 주입된 단검은 너무나 쉽게 피부를 파고들었고, 순식간에 근육을 절단했으며, 뼈마디까지 잘라 버렸다. 팔이 떨어지며 피가 뿜어져 나오자 라이언은 급소 몇 군데를 찔러서 지혈을 했다.

'황철호 그 새끼가 내 옆에 있으면 이런 일도 없었을 텐데. 멍청한 새끼.'

옷을 찢어 절단면을 칭칭 감은 라이언은 한 병 남은 회복 약을 입안에 쏟아부었다.

고통은 여전했지만 움직일 힘은 조금씩 차올랐다.

라이언은 몸을 일으켰다. 피 냄새가 놈들을 자극할 것이다. 여기 있다가는 저기 떨어져 경련을 일으키는 팔과 함께 놈들에게 먹힐 것이다.

몰려드는 피곤과 졸음.

"그 꼬맹이 마스터는 어떻게 됐으려나."

라이언은 비틀거리며 걷기 시작했다.

소파는 푹신했다.

쇠사슬에서 풀려난 안진후는 쾌적한 응접실 소파에 앉아 있었지만, 마음은 여전히 묶여 있을 고형덕에게 가 있었다. 이승현은 그런 안진후에게서 눈길을 떼지 않았다.

"라이언을 어떻게 아는 거지?"

그 질문에 안진후는 이승현을 쳐다봤다. 물론 입은 꽉 다 문 상태였다.

씩 웃는 이승현.

"기대하진 마. 라이언은 끝났으니까. 그보다, 재벌가의 도련님께서 이런 곳에는 왜 내려오셨을까? 진짜로 저 쓸모없는 형사를 구하려고 내려오셨나?"

안진후는 이승현을 정면으로 바라보았다.

아버지의 영향력이 여기까지 미칠 줄은 상상도 못 했다. 아버지가 각성자거나 혹은 복용자일 가능성, 현재로서는 매우 컸다. 그렇지 않고서야 블랙 길드 소속 각성자들이 자신을 지하 고문실에서 여기 응접실로 데려올 이유가 없을 테니까.

'그 생각은 나중에 하자. 지금은 이 팔찌를 푸는 게 먼저야.'

안진후는 손목을 감싼 금속 재질의 팔찌, 능제갑을 힐끔 내려다봤다.

"그거, 못 풀어. 나도 채워지는 순간 능력을 잃으니까."

이승현이었다. 누구나 아는 영화배우 '조성우'였던 그는 가수 '이혁민'으로 변했다. 몸은 그대로였지만 얼굴만큼은 자유자재였다.

이승현을 정면으로 쳐다보는 안진후.

이승현은 곧 안진후로 이목구비가 달라졌다.

흠칫 놀라는 안진후.

이승현은 깔깔 웃어 댔다.

안진후는 기분 나쁜 표정을 지었지만 머릿속으로는 어떻게 해야 능제갑을 풀 수 있을지 생각하는 중이었다.

얼핏 본 능제갑 안쪽에는 정교한 마법진이 새겨져 있었다.

그 구조를 분석하여 허점을 찾아낸다면 능제갑의 효과를 상쇄시킬 수도 있겠지만, 이승현이 앞에서 지켜보고 있으니 지금으로서는 불가능한 시도였다.

'음, 바쁘게 만들어야 돼.'

안진후는 자기가 아는 사실 중에서 이승현을 흥분시킬 만한 게 뭐가 있는지 생각했다.

그때, 방에 있던 두 사람이 밖으로 나왔다. 대화 소리가 어렴풋이 들렸다.

"감찰관은 대체 어디 있는 거야?"

"그걸 내가 어떻게 알아?"

"어이, 조용히 좀 해! 여긴 우리만 있는 게 아니야!"

이승현이 고함을 지르자, 두 사람은 얼굴을 찡그린 채 다시 방으로 들어갔다.

'찾았다!'

안진후는 빙긋 웃었다.

"뭐가 웃겨?"

이승현이 안진후를 노려보았다.

"그냥."

슬쩍 웃으며 여운을 남기는 안진후.

"이 새끼가."

"주용석 감찰관에 대해서 내가 좀 아는 게 있어서 말이야."

"……뭐?"

이승현은 얼굴을 자유롭게 바꿀 수 있지만, 이 순간 표정 관리에는 실패하고 말았다. 강렬한 호기심이 고스란히 노출된 것이다.

"여긴 아주 좋아. 지하 깊은 곳치고는 말이야. 그런데 당신처럼 유능한 각성자가 왜 이런 곳에 처박혀 있어? 여긴 아무것도 없잖아."

"무슨 말을 하고 싶은 거냐?"

"혹시 불곰이라는 사람 알아? 음, 이름은 최상진인데."

"……."

이승현의 눈동자가 흔들렸다. 대답하지 않았지만 처음 듣는 이름이 아닌 것은 분명했다.

안진후는 느긋하게 웃을 수 있었다.

"최상진은 복용자야. 감찰관 덕에 저기 위 지상에서 어마어마하게 큰 클럽을 운영하고 있어. 거긴 섹시한 여자들이 매일 밤 몰려들어. 정말 끝내주는 곳이야. 난 아직 성인이 아니라서 못 가 봤지만, 당신은 가 본 적 있지? 뭐? 없어? 설마. 최상진은 블랙 길드를 위해서 일하는 복용자잖아."

안진후는 깜짝 놀란 척했다.

말이 없는 이승현.

"감찰관이 어디 있는지 모른다면, 거기로 전화해 봐. 최상진이 운영하는 클럽으로. 내가 알기로는 감찰관도 거기 단골이라던데."

"헛소리."

"한 가지 더 알려 줄까?"

이승현은 갈등하고 있었다. 안진후에게서 정보를 얻어 낼 것인지, 아니면 저 입을 막을 것인지. 결국 호기심이 이겼다. 감찰관은 그가 보기에도 숨기는 게 많았던 것이다.

"일단은 말해 봐."

"감찰관은 프리벨리지 길드의 각성자와 손을 잡았어. 이름은 강영준. 천무관의 관장이야."

"……말도 안 돼."

"외부 연결이 가능한 노트북을 가져와. 그러면 두 사람이 만나는 생생한 동영상을 보여 줄 수 있으니까. 그리고, 진짜 비밀을 알려 줄게."

갑자기 목소리를 죽인 안진후.

이승현은 자신도 모르게 상체를 앞으로 기울였다. 그만큼 안진후의 이야기에 빠져들었다는 증거였다.

"날 각성시킨 게 감찰관이야."

"……."

변신 능력이 무용지물이 되자, 이승현의 원래 얼굴이 드러났다. 이렇게 못생긴 사람도 있을까 싶은 외모였다.

"개소리 지껄이지 마."

안진후를 향해 거칠게 쏘아붙인 이승현은 몸을 일으켜 동료들이 있는 방으로 걸어갔다.

싱크

응접실에 혼자 남은 안진후는 씩 웃으며 손을 들어 능제갑을 자세히 살폈다. 표면에 그려진 문양 중 40%는 아는 것이었고, 30%는 기능을 추측할 수 있었다. 문제는 나머지 30%였다.

'아하! 역시.'

안진후는 벽으로 걸어갔다. 습도와 온도를 유지하기 위해 설치된 마법진이 벽에 있었다. 미지의 문양 30% 중 10%의 역할이 밝혀졌다.

그런 식으로 안진후는 능제갑의 구현 원리를 짐작할 수 있었고, 푸는 방법 역시 찾아낼 수 있었다.

그때 방에서 큰소리가 들렸다. 이승현이 동료들과 싸우고 있는 모양이었다. 이간책은 제대로 통했다. 문제는 시간이었다.

'해 볼까.'

안진후는 소파 아래에서 찾아낸 볼펜을 들고 바닥에 마법진을 그리기 시작했다.

황철호는 입이 떡 벌어졌다.

막천무였다!

사부는 그저 춤을 추고 있을 뿐이었다. 눈마저 감고 앞으로 내디디며 손을 휘저을 뿐인데, 주위로 몰려든 마물 같은 돌연변이들이 저절로 부서지고 박살이 났다. 마치 노관장의 지휘 아래 파괴의 협주곡이 연주되고 있는 듯했다.

'방금 전 초식은…… 천무삼권이야!'

황철호는 눈이 휘둥그레졌다. 중위경근, 불욕이정 그리고 시위현동의 세 초식은 춤의 일부였다. 너무나 완벽하게 동화되어, 오랫동안 천무삼권을 수련하지 않았다면 황철호 역시 알아보지 못했을 터였다.

천무삼권뿐만이 아니었다.

몸을 가볍게 만드는 보법 운중, 무릎을 올려치는 표슬, 기의 그물을 뿜어내는 투라는 물론 손가락으로 기를 뿜어내는 청지풍까지 춤의 동작을 구성하는 요소였다.

흥분으로 가만히 있을 수가 없었다. 황철호는 멀찌감치 떨어져 사부의 춤을 흉내 내기 시작했다.

동작이 뚝뚝 끊겨졌다. 아무리 애를 써도 사부처럼 유연하게, 능숙하게, 강력하게 춤을 출 수는 없었다.

그래도 계속 춤을 추었다.

'일가를 이룰 만큼은 아니지만, 결코 약하다고 생각하지 않았는데.'

황철호는 자꾸 웃음이 나왔다. 사부에 비하면 자신은 걸음마를 이제 겨우 지난 아이에 불과했다.

갑자기 춤을 멈춘 현기명.

"넌 사부가 개고생을 하는데 가만히 지켜보고만 있는 거냐?"

"개고생이라구요?"

어이가 없는 황철호. 그러나 곧 현기명의 이마에 맺힌 굵은 땀방울을 보고는 사실임을 깨달았다.

막천무는 천무관의 무술이 응집된 춤이었다. 그만큼 펼치는 데 어마어마한 체력과 내공이 필요한 것이다.

"앞장서거라."

"알겠습니다."

황철호는 소매를 걷어붙이며 앞으로 나섰다.

김현은 아래로 가라앉고 있었다. 발버둥을 치며 허우적거렸지만 발목에 채워진 족쇄의 무게를 이길 힘이 없었다. 숨이 차올랐다. 벌어진 입으로 물이 쏟아져 들어왔고, 팔다리에 경련이 일었다.

극심한 고통.

눈꺼풀을 밀어 올린 김현은 헐떡거리는 자신의 숨소리를 들을 수 있었다.

커튼을 뚫고 들어온 햇살이 천장과 벽에 아름다운 무늬를 수놓고 있었다. 온몸으로 통증이 몰려들었지만 숨을 쉴 수 있다는 사실만으로도 다행이라는 생각이 들었다.

'악몽이었어.'

"깬 건가?"

몸을 일으키려던 김현은 신음을 내뱉었다.

"누워 있게."

곧 닥터 프로메테우스가 시야에 들어왔다. 김현은 깜짝 놀랐다. 그제야 자기가 어디 있는지 깨달았다.

"사부님은요? 사형은요?"

"둘 다 무사하시네."

사람 목소리와는 거리가 먼, 만들어진 음성을 듣는 순간, 김현은 바다 밑바닥으로 가라앉았던 해옥에서 재소자들을 데리고 탈출했던 일을 기억해 냈다.

흔들리는 햇살에 김현은 지금이 낮임을 깨달았다. 아무 말도 하지 않고 나왔으니 엄마가 걱정할 것이다.

"모친께는 자네 사형이 연락했네."

"아, 네."

김현은 그 배려가 고마웠다. 그러다가 무언가 놓쳤다는 생각에 이르렀다.

"진후는요?"

"……."

프로메테우스는 말이 없었다.

"무슨 일이 있는 거죠?"

"그 일로 현기명과 황철호가 움직이고 있네."

"말씀해 주세요."

김현은 식은땀을 흘리면서도 상체를 일으켰다. 고통으로 인상을 찡그렸지만 이야기를 들어야 한다는 의지는 오히려 더 강해졌다.

"자네가 회복된 후에 알려 주겠네."

"……그 약속 꼭 지키셔야 합니다."

그 순간, 김현은 그 자리에서 사라졌다.

'텐트'는 야간에 완벽한 보호 기능을 제공한다. 수면이나 휴식 동안 외부의 침입은 불가능에 가깝다. 그러나 날이 밝으면 이야기는 달라진다.

바마퉁은 괴조 카람의 버려진 둥지 입구에 앉아 밖을 살폈다. 빽빽한 삼나무 숲에서 햇빛은 수백 개의 가느다란 햇살로 파고들고 있었다. 추영이 입구를 막고 있지만 몬스터나 게이머가 이곳을 찾아낼 가능성은 배제할 수 없다.

둥지 안쪽에는 아로간타르와 체리, 테르툰, 스노빈이 앉아 각자의 일로 시간을 보내는 중이었다. 겐소는 바마퉁 옆에 쭈그리고 앉아 졸고 있었다.

겐소의 머리를 쓰다듬는 바마퉁.

그 모습에 스노빈이 눈쌀을 찌푸렸지만, 모른 척하라는 스승의 지시를 어길 수는 없었다. 생각할수록 말이 안 되지만, 오히려 스승답다는 생각도 들었다.

아침 일찍 페플에 접속했던 바마퉁은 안전을 위해 사냥터 깊은 곳으로의 전진을 포기했다. 노바디가 돌아올 때까지 전력을 유지하는 게 그의 목표였던 것이다.

그래서 찾아낸 곳이 늙은 삼나무의 빈 카람 둥지였다.

바마퉁은 추영으로 만든 날개를 이용하여 팀원을 30미터 높이의 둥지로 옮겼다.

물론 엘프 아로간타르는 마치 이곳이 고향인 것처럼 너무나 쉽게 삼나무를 타고 올라가 둥지 입구에 이르렀다. 마지막은 바마퉁을 그림자처럼 따라다니는 개 겐소였다.

'아!'

바마퉁은 잔뜩 긴장했다. 노바디가 목검으로 죽였던 마법사가 검붉은 날개를 펼친 채 다가오고 있었던 것이다. 근처를 맴돌았지만 곧 멀어졌다.

'휴우, 다행이야.'

닥터 프로메테우스로부터 연락을 받았다. 김현은 안전하다. 그저 휴식이 필요할 뿐이었다. 어쩌면 오늘은 페플에 접속하지 못할지도 모른다. 그러면 온종일 여기 갇혀서 시간을 보내야 할 것이다.

'시간 보내는 건 내 특기야. 정신병원에 비하면 여긴 천국

이니까.'

그때, 김현이 나타났다.

놀란 바마퉁은 앞으로 쓰러지려는 김현을 붙잡았다.

검을 뽑고 달려오는 아로간타르. 체리, 테르툰 그리고 스노빈은 즉시 전투준비에 돌입했다.

바마퉁이 손을 들었다.

"멈춰!"

아로간타르는 검을 아래로 내렸다. 그러나 검집에 넣지는 않았다.

"아는 사람입니까?"

그제야 바마퉁은 이들이 노바디를 알 뿐, 김현은 처음 본다는 사실을 깨달았다.

체리가 다가왔다. 노바디가 타크란을 유인하기 위해 사용했던 진짜 얼굴을 알아본 것이다.

"설마."

"……맞습니다."

바마퉁은 인정했다. 노바디가 여기 있더라도 사실을 부정하지 않았을 거라고 확신했다.

"마스터."

체리는 김현 앞에 앉았다.

"마스터라니?"

아로간타르가 다가왔다.

"이 사람이 노바디입니다. 이 모습은…… 그러니까 원래 모습이에요."

바마퉁이 설명했다.

눈이 커진 아로간타르.

"놀랐지?"

눈을 뜬 김현.

"……정말 대사형이에요?"

김현은 대답 대신 손바닥으로 바닥을 가볍게 쳤다. 텅, 진동이 퍼져 나갔다. 힘은 약했지만 그 방식은 타각과 같았다. 아로간타르는 거기에 담긴 의미를 즉시 알아차렸다.

검을 내려놓고 김현 앞에 무릎을 꿇고 앉는 아로간타르의 행동에 스노빈, 테르툰은 깜짝 놀랐다. 겐소는 바마퉁의 발목을 지나 김현 근처로 다가왔다.

"테르툰."

체리가 불렀다.

테르툰은 이 사람이 노바디라는 사실은 믿기 어려웠지만, 그래도 걸어와 치유술을 펼쳤다. 체리는 회복약을 꺼내어 김현이 조금씩 마시도록 도왔다.

잠시 후 몸을 일으킨 김현은 자신에게로 쏟아지는 시선을 느낄 수 있었다.

"좀 이상하겠지만, 이게 진짜 나야."

"앳된 얼굴이라서일까요, 오히려 동생처럼 느껴집니다."

싱크

아로간타르였다.

김현은 절대 나이를 밝히지 말아야겠다고 생각하며 바마퉁에게로 고개를 돌렸다.

"진후에게 일이 생겼어. 나가 봐야 해."

"……진후? 괜찮아?"

"최대한 빨리 돌아올게."

"여긴 걱정하지 마."

"고마워."

"고맙긴. 너 없으면 내가 책임을 져야 하는 건 당연하잖아."

"맞아."

김현은 돌아서서 체리를 바라보았다. 눈물을 글썽이며, 체리가 한 걸음 앞으로 나섰다. 그녀의 두 팔 사이에는 회복약이 가득 안겨 있었다.

가볍게 고개를 끄덕인 김현은 회복약을 인벤토리에 넣은 후 그 자리에서 사라졌다.

넌 브레인이야

김현은 잠자코 듣기만 했다.

힘이 들어가는 주먹.

전혀 몰랐었다. 고형덕이 블랙 길드에 납치됐다니. 안진후는 고형덕을 구하러 갔다가 잡힌 것이다. 왜 아무 말도 안 했을까?

"진후 군은 자네에게 라이벌 의식을 느낀다네."

프로메테우스였다.

"진후가 저한테요? 말도 안 됩니다."

"난 진후 군의 심정을 이해할 수 있다네."

"……박사님."

"프랑켄슈타인에게도 질투할 수밖에 없는 사람이 있었으

니 말이야. 진후 군은 자신의 판단 착오로 벌어진 문제를 스스로 해결하고 싶어 했네. 자네에겐 그다음에야 아무렇지 않은 것처럼 말하려 했을 테지."

김현은 믿기 어려웠지만, 그렇다고 무조건 아니라고 생각할 수도 없었다. 그 자신만만한 안진후가 자신에게 라이벌 의식을 느낀다? 그 때문에 실수를 숨기려 했다?

순간, 김현은 도망쳐 버린 시장을 떠올렸다. 아브롬은 빛의 도시 엘루마를 버리고 달아났다. 바로 망량 때문이지만, 따지고 보면 아브롬을 쫓아낸 건 노바디였다.

'내가 그렇게나 대단한 사람이 된 건가?'

김현은 거기서 멈췄다. 지금 중요한 건 자신에 대한 평가가 아니었다.

"어딥니까?"

김현의 눈빛을 읽은 프로메테우스는 원하는 내용을 들려주었다.

방준석은 뒤집힌 쥐의 배에 손을 올렸다.

몸통의 두께만 해도 1미터나 되는 포유류의 털이 닿자 소름이 돋아나며 팔이 떨렸지만 억지로 참았다. 마음 같아서는 변이를 일으켜 몸집이 커진 이 쥐 새끼를 박살 내고 싶지만,

그랬다가는 무기로 이용할 수 없다.

손바닥에서 흘러나온 동그랗고 검은 씨앗 '흑종'이 쥐의 배 속으로 파고들었다.

잠시 후 정신을 차린 쥐는 달아나지 않고 방준석 주위를 맴돌았다. 마치 태어나 처음 어미를 보고 각인되는 오리 같았다.

'이런 녀석이 날 엄마로 생각하다니, 이게 내 능력이라지만…… 역겨워.'

우두머리 한 마리를 굴복시키면 녀석의 동족 수십 마리, 때로는 수백 마리를 도구로 삼을 수 있다. 유니온에 소속된 각성자를 통틀어도 조련사의 재능을 가진 자는 몇 명뿐이었다.

현기증에 몸이 비틀거렸다.

오늘은 특별한 날이다.

길들이기, 즉 테이밍은 자주 하지 않는 작업이었다. 한 번하면 진이 다 빠진다. 열흘에 한 번, 혹은 한 달에 한 번 마음을 다잡고 해야 할 만큼 중요하고 섬세한 작업이라고 그는 생각했다.

오늘만 벌써 세 번째 테이밍.

과연 라이언은 명성만큼이나 강력한 각성자였다. 자부심으로 똘똘 뭉친 각성자들이 다섯이나 달려들었는데도 얻은건 오른팔 하나뿐이었다. 그것도 라이언이 스스로 잘라 낸팔이다. 기습을 가하지 않았다면 오히려 이쪽이 당했을지도 모른다.

"언제까지 기다려야 돼?"

도율화가 껌을 씹으며 물었다.

'돼지 년.'

방준석은 돌아서면서 표정을 바꾸어 활짝 웃었다. 돼지처럼 살찐 도율화가 머릿속 생각을 알았다면 자유자재로 돌아다니는 저 검은 채찍을 휘둘러 자신을 죽였을 것이다.

"끝났습니다."

"너 때문에 라이언 놓치면 뒈질 줄 알아."

"……그럴 일은 없을 겁니다."

방준석은 도율화에게 웃으며 말했지만, 속내는 달랐다. 마음 같아서는 기다리지 말고 라이언을 쫓아가지 그랬냐고 쏘아붙이고 싶었다.

"가자."

침묵을 지키던 레나가 말했다.

방준석이 길들인 쥐가 앞장섰고, 그 뒤로 수십 마리가 따랐다.

각성자들도 움직였다.

30분도 채 걸리지 않았다.

쥐들이 갑자기 빨라졌다. 각성자들 역시 속도를 높였다. 저 앞쪽에서 전투가 벌어졌는지 소음이 들렸다.

"넌 뒤로 빠져."

도율화가 채찍을 휘두르며 앞으로 뛰어 나갔다. 살짝 고개를 숙인 방준석은 그 말대로 달리는 속도를 줄였다.

도율화의 속셈은 너무나 뻔했다. 라이언의 명성은 블랙 길드를 넘어 유니온 전체에 이른다. 라이언을 죽인다면 도율화의 이름 역시 모두가 알게 될 것이다.

레나는 방준석보다 2미터 앞에서 달릴 뿐, 서두르지 않았다. 말수가 적은 그녀는 주머니에 손을 넣은 자세로 움직일 뿐이었다.

'난 돼지 년보다 저년이 더 무서워.'

세 개의 하수도가 모이는 곳, 다른 장소보다 널찍한 거기에 라이언이 벽을 등진 채 서 있었다. 도율화는 앙칼지게 웃으며 채찍을 휘둘러 댔다. 독이 묻은 채찍은 라이언을 찢어 놓기 위해 호시탐탐 기회를 노렸지만, 라이언의 방어는 놀랍도록 강력했다.

"두 사람 다 거기 있어. 방해하지 말고."

도율화였다.

말을 하느라 호흡이 흐트러진 순간, 라이언이 바람처럼 다가와 채찍 사이를 뚫고 도율화 앞에 섰다.

도율화의 눈에 처음으로 공포가 어렸다. 그제야 그녀는 라이언이 이 기회를 기다렸음을 깨달았다.

퍽.

손바닥이 도율화의 가슴 언저리를 친 순간, 그 안쪽에서 부지런히 뛰던 심장이 터졌다.

천천히 무너지는 도율화. 곧 눈에서 생기가 사라졌다.

"……고맙군. 방해하지 않아 줘서."

라이언은 웃으며 말했지만, 더 이상 참지 못하고 피를 토했다. 검은 피였다.

비틀거리며 뒤로 물러난 라이언은 벽을 등지고 섰다. 하마터면 넘어질 뻔했다. 그랬다면 다시 일어서지 못했을 것이다.

레나가 앞으로 걸어갔다. 갈색의 머리카락이 찰랑거렸다.

"왜 배신한 겁니까?"

"넌 감찰관을 믿을 수 있냐?"

"믿지 않습니다."

"마스터는?"

"그 명령에 복종할 뿐입니다."

"마스터가 너더러 죽으라고 해도?"

레나는 아무 말도 하지 않았다. 그저 라이언을 바라볼 뿐이었다.

"죽여라."

"오늘 여기서 당신이 죽는 이유는 단 하나, 길드를 배신했기 때문이 아니라 혼자이기 때문입니다. 아무리 각성자라도 혼자서는 다수를, 조직을, 길드를 이길 수 없습니다. 누구보다 당신이 그 사실을 잘 알 텐데, 오늘은 실수했습니다."

"후후."

"이 상황이 웃긴가요?"

레나의 눈썹 끝이 위로 치솟았다.

"연설할 시간에 날 죽였다면 좋았을 텐데."

"무슨 뜻이죠?"

"나는 더 이상 혼자가 아니라는 뜻이지."

"재미있네요."

레나는 단검을 뽑았다. 테네파르 인스푸모를 금속에 주입하면서 만들어져, 보통 무기보다 월등한 통증을 느끼게 하기에 '고통의 검'이라고 불렸다.

"뒤를 돌아봐."

라이언이 속삭였다.

레나는 웃으며 무시했지만, 방준석은 달랐다. 천천히 뒤를 돌아서는데, 뒷짐을 진 노인을 볼 수 있었다.

뭐라고 말을 하려는 순간, 못 보던 사내가 다가와 손가락으로 목과 어깨, 가슴을 찔러 댔다.

몸이 뻣뻣해진 방준석.

노인은 방준석 옆으로 지나가며 빙긋 웃었다.

"이, 이제 자네가 혼, 혼자가 되었군."

숨까지 헐떡이는 라이언.

레나는 씩 웃으며 단검을 들었다.

라이언의 심장에 고통의 검을 꽂으려는 순간, 발밑으로 다가온 그림자를 보았다. 화들짝 놀라며 단검을 뒤로 찔렀지만 허공이었다.

"말이 너무 많았어."

황철호는 레나의 배에 주먹을 먹였다.

라이언 옆으로 다가간 현기명은 혀를 찼다. 내버려 두면 죽음에 이를 정도로 몸 상태가 말이 아니었다.

"귀찮은 짓을 또 하게 만드는군."

현기명은 라이언의 등에 손을 대고 기를 불어 넣었다.

라이언의 몸에서 느껴지는 첫 반응은 저항이었다. 사람마다 기의 질이 다르기 때문에 자연스러운 현상이었다.

심호흡으로 준비 단계를 거친 현기명은 내공을 천부선공 제5문 오행으로 끌어 올렸다. 오행의 경지에 이르면 기의 질 자체를 바꿀 수 있다.

이제 현기명이 불어 넣는 기를 라이언은 자연스럽게 받아들였다. 곧 하얗게 질렸던 얼굴에 혈색이 돌아왔다. 호흡도 평소처럼 고르고 길었다.

손바닥을 떼고 뒤로 물러선 현기명은 비틀거렸다. 잠도 제대로 자지 않고 연거푸 천부선공의 고급 단계를 사용한 결과였다.

"사부님!"

"저 녀석이나 돌봐라."

현기명은 바닥에 앉아 축현을 펼쳤다. 피로감은 사라지지 않지만 적어도 움직일 수는 있게 해 줄 것이다.

라이언 앞에 선 황철호.

"이 꼴이 다 뭐냐?"

"……탈옥한 거냐?"

"아예 해옥을 가라앉혔다."

눈이 동그래진 라이언은 웃음을 터트렸고, 그러다가 기침까지 했다.

"농담도 하는군."

"농담 아니야."

"……."

라이언은 황철호를 잘 알았다. 농담을 할 때의 황철호와 사실을 말할 때의 황철호는 전혀 달랐다. 지금은…… 진실을 말하는 황철호였다.

"저 늙은이는 누구냐?"

퍽.

한 대 제대로 맞은 라이언은 기절할 뻔했다.

"사부님이시다."

"……아."

"널 살려 놓은 분이시기도 하고."

"……."

라이언은 그 말이 사실임을 깨달았다. 지금 몸 상태는……
평소보다는 못하지만 죽음은 저 멀리 떠나 버렸을 만큼 호전

되었다. 그렇다고 싸울 수 있는 건 아니지만.

바로 그때, 한 사람이 황철호 옆에 나타났다. 공간 이동술 현섬이었다.

"사부님! 사형!"

김현은 즉시 현기명과 황철호를 알아보았다.

"너? 몸은?"

"이제 괜찮아요. 사부님은요?"

축현을 펼친 현기명은 눈을 감은 채 집중하고 있었다.

"괜찮으시다. 갑자기 힘을 쓰셨을 뿐이야."

"아, 다행이에요."

김현은 주위를 살폈다. 통나무처럼 굳어 버린 남자와 쓰러진 여자를 발견했고, 자신을 쳐다보는 라이언의 존재도 뒤늦게 알아차렸다.

라이언에 대해서는 닥터 프로메테우스로부터 들었다. 고형덕을 통해 섬바디 길드로 들어왔다는 이야기였다. 라이언은 안진후와 함께 고형덕을 구하러 지하로 내려갔고, 그 결과 여기서 죽을 뻔했다.

라이언 앞으로 걸어간 김현.

"괜찮으세요?"

"……그런대로."

"일단, 이것 마셔요."

인벤토리에서 약병을 꺼내어 라이언에게 건네는 김현.

라이언은 깜짝 놀랐다. 그의 눈에는 김현이 허공에서 회복약을 꺼내는 것처럼 보였다.

'이 녀석이야! 안진후가 아니라, 이 녀석이었어!'

라이언이 손을 떨면서 회복약을 다 마시자, 김현이 다가와 손을 잡았다.

"좀 어지러울 거예요."

"왜?"

대답 대신 씩 웃은 김현은 현섬을 펼쳤다.

순식간에 지하 깊은 곳을 벗어나 햇빛 비치는 지상으로 올라온 라이언은 속이 뒤집어지는 줄 알았다. 현섬의 후유증으로, 몸이 약한 상태가 아니었다면 아예 느껴지지도 않았을 것이다.

"두 번 더 남았어요."

"……뭐?"

라이언은 곧 그 의미를 깨달았다.

두 번의 현섬을 통해 도착한 곳은 안진후의 집이었다.

거실 소파에 주저앉은 그는 김현을 바라보았다.

안진후처럼 아직 어리다. 그러나 안진후와는 다르다. 자연스럽지만 어딘지 모르게 광활하다는 느낌을 자아낸달까.

"여기는 안전해요."

"네가 시더지?"

"진후를 도와줘서 고마워요, 아저씨. 이젠 푹 쉬세요."

김현은 사라졌다.

　라이언은 호탕하게 웃다가 사레들려 이번에도 기침을 했다. 그러다가 공중으로 날아오는 프로메테우스를 본 순간, 딸꾹질을 시작했다.

　마법진은 거의 완성되었다.

　실제로 작동할지, 마법진의 효과로 능제갑이 풀릴지는 확신할 수 없지만 안진후는 최선을 다했고, 조금도 후회는 없었다. 한 가지 문제만 풀면 된다. 마법진이 완벽해도 거기에 마력이 주입되지 않으면 무용지물이다.

　그때, 이승현이 방 밖으로 나왔다.

　서둘러 소파에 앉는 안진후.

　"넌 귀가 얇아서 탈이야. 나가서 그 녀석이나 지켜."

　방에서 새어 나온 목소리에는 비웃음이 잔뜩 담겨 있었다.

　인상을 구긴 이승현은 자기 자리로 돌아가 털썩 주저앉더니 안진후를 노려봤다.

　"진짜 감찰관이 널 각성시킨 거냐?"

　"그게 아니라면 제가 어떻게 최상진을 알겠어요?"

　안진후는 천연덕스럽게 말하며 아래를 힐끔 쳐다봤다. 물론 눈길을 오래 주진 않았다.

습관처럼 얼굴을 바꾸는 이승현.

놀라운 일이 벌어졌다. 아직 완성되지 않은 마법진에서 조그만 스파크가 터졌다.

안진후는 그 이유를 깨달았다. 이승현의 몸에서 흘러나온 마력이 마법진으로 유입된 것이다.

'저 녀석을 마법진의 중앙으로 유인하면 돼.'

마지막 문제가 풀렸다.

마음을 결정한 안진후는 눈을 동그랗게 뜨고 이승현 뒤를 쳐다보았다.

"감찰관님!"

그 말에 놀란 이승현이 벌떡 일어나 돌아섰다.

안진후는 재빨리 몸을 숙여 마법진을 완성시켰다.

주위를 살핀 이승현은 이맛살을 찌푸리며 천천히 돌아섰다. 시치미를 잡아떼고 소파에 앉아 있는 안진후를 보자 뚜껑이 열린 이승현은 나중 일 따위는 무시하고 달려왔다.

마법진의 중앙에 이른 순간, 섬광이 터졌다.

철컥.

풀린 능제갑이 둘로 나뉘며 아래로 떨어졌다.

"슈뢰딩거."

안진후의 소환에 응한 불의 정령은 나오자마자 눈앞에 있는 이승현을 불로 덮어 버렸다.

몸에 불이 붙은 이승현을 내버려 두고 지하로 내려간 안진후. 쇠사슬에 묶여 있는 고형덕은 안진후를 봤지만 오히려 경계하는 눈빛이었다.

"아저씰 백화점에 데려가 제임스 본드처럼 만든 게 바로 저예요."

"……정말 너냐?"

"시간이 없어요."

안진후가 지시를 내렸다. 슈뢰딩거가 쇠사슬을 녹이자, 고형덕은 아래로 떨어졌다. 아래에서 준비를 했지만 그 무게에 안진후도 주저앉고 말았다.

"날 구하러 온 거구나."

눈물이 흘러내렸다. 고형덕은 어떻게든 일어나려 했지만 몸이 말을 듣지 않았다.

"미안해요."

자신의 실수가 고형덕을 죽일 뻔했다.

그때, 이승현이 고문실로 뛰어들었다.

"이 새끼, 죽여 버리겠어!"

얼굴을 바꾸고 있지만 화상으로 타 버려 피부는 너덜거렸고, 붉은 근육과 안쪽의 뼈까지 드러나 있었다.

슈뢰딩거가 불을 뿜었지만 이승현은 그 타이밍을 잘 아는지 쉽게 피해 버렸다. 그러나 화염 공격 때문에 안진후 가까이 다가오지도 못했다.

머리를 굴린 그는 목표를 바꾸었다. 교묘한 방식으로 안진후를 한쪽으로 움직이게 만든 다음, 아직 스스로 몸을 일으킬 수 없는 고형덕 옆으로 가더니 단검을 목에 댄 것이다.

'저 녀석은 전투 경험이 적어. 실제로 목숨을 걸고 싸워 본 적은 거의 없을걸.'

당황한 안진후.

이승현은 능제갑을 안진후 앞으로 던졌다.

"순순히 차라. 이 녀석이 죽는 걸 보고 싶지 않으면."

"날 죽여라!"

소리치던 고형덕은 단검 자루에 맞아 축 늘어졌다.

안진후가 가만히 있자, 단검이 고형덕의 목으로 파고들었다. 안진후는 능제갑을 찼다. 즉시 사라지는 슈뢰딩거.

"개새끼, 죽이지만 않으면 되니까."

소매를 걷어붙이고 다가오는 이승현의 두 눈엔 광기가 넘실거렸다.

뒤로 물러서던 안진후의 등이 벽에 닿았다.

두려움으로 인한 떨림은 갑자기 뚝 그쳤다.

"……왜 이제 왔어?"

눈물까지 글썽이는 안진후.

"이 새끼가 돌았나?"

천천히 고개를 돌린 이승현은 입구에 서 있는 사람을 발견했다. 깜짝 놀란 순간, 그 사람은 사라졌다.

고형덕 옆에 나타난 김현은 호흡을 살폈다.

"오호, 이 새끼들을 구하려고 또 온 거냐?"

이승현은 김현의 공간 이동술을 보고도 고등학생 같은 외모에 방심했다. 안진후처럼 전투 경험이 부족하리라고 멋대로 판단한 것이다.

고형덕과 함께 안진후 옆으로 이동한 김현.

"괜찮냐?"

"이거나 풀어."

김현은 씩 웃으며 능제갑을 힘으로 찢어 버렸다.

내부의 힘은 흡수하지만 외부의 거력엔 약한 게 능제갑의 약점이었다. 그래도 종이처럼 찢기는 어렵다.

그 힘에 이승현은 적잖이 놀랐지만, 자신의 생각을 수정하진 않았다. 아무리 능력이 있어도 실전에서 제대로 사용할 수 없다면 무용지물이다.

몸을 일으키던 안진후는 비틀거리다가 주저앉았다. 그만큼 지쳐 있었던 것이다.

"넌 가만히 있어."

"……저 사람, 강해."

"그럴까?"

씩 웃은 김현은 이승현 바로 뒤로 이동했다.

그 움직임을 예상한 이승현이 팔꿈치를 휘둘렀지만, 김현은 가볍게 피한 후 바닥을 세게 굴렀다. 타각이었다. 그 힘은 이승현을 마비시켰을 뿐 아니라 몸을 위로 띄웠다.

싱크

'이게 뭐야?'

이승현은 상대의 반격보다…… 저 냉정한 눈과 여유로운 동작에 더 놀랐다. 수백 번…… 아니, 그 이상의 실전 경험을 통해서만 나올 수 있는 노련함이었다.

연이어 폭발하는 천무삼권의 주먹들.

이승현은 반격의 기회조차 갖지 못했다. 고통이 해일처럼 밀려와 기절하기 직전, 상대가 얼마나 강한지 몸으로 깨달았다.

김현은 몸을 돌려 안진후를 쳐다봤다.

정신을 잃은 채 바닥에 떨어진 이승현은 미동조차 하지 않았다.

안진후는 할 말을 잃었다. 김현이 강하다는 사실은 알고 있었지만 현실에서도 이토록 강할 줄은 상상도 못 했다. 자기가 아무리 공격해도 요리조리 피해 버리던 이승현은 아무것도 못 하고 제압당했다.

"네가 왜 여기 있어?"

김현이 물었다.

"……."

얼굴이 빨갛게 된 안진후는 고개를 숙였다.

친구의 질문에 말문이 막혔다. 이렇게나 허약한데 누가 누굴 구한단 말인가? 김현에겐 그런 질문을 던질 자격이 있었다.

"넌 브레인이야. 난 손발이고. 이런 일이 있으면 당연히 손발이 움직여야지. 안 그래?"

"······김현, 너······."

안진후는 왈칵 눈물이 났다.

김현이 손을 내밀었다.

안진후가 그 손을 맞잡는 순간, 기이한 진동이 느껴졌다. 김현의 손을 잡고 일어선 안진후는 친구를 바라보았다. 김현 역시 친구를 쳐다보고 있었다.

'무극지체의 능력이 저절로 발휘됐어.'

김현은 깜짝 놀랐다. 이런 적은 처음이다. 바마퉁의 정령 추영도, 상추 씨앗도, 모두 김현이 집중하여 애를 쓴 후에야 잠재력을 끌어낼 수 있었다. 혹시 상추에게 벌어진 일이 안진후에게도 생길까 봐 손을 놓고 싶지만, 피부까지 달라붙은 것처럼 놓을 수가 없었다. 입도 벌릴 수 없었다.

다행히 안진후의 눈은 맑게 빛나고 있었다.

안진후는 자신이 가만히 서 있다는 사실을 아는데도, 왠지 몸이 흔들리는 느낌이었다. 어디에선가 들려오는 선율에 맞추어 팔다리가 저절로 움직인달까.

'그래, 춤이야. 춤을 추고 있는 거야. 어떻게 이럴 수 있지? 난 여기 서 있을 뿐인데. 김현도 이걸 느끼고 있을까?'

안진후는 김현 역시 이 신비한 춤을 추고 있음을 깨달았다. 머릿속이 맑아졌다. 먹구름 가득했던 하늘이 새파랗게 빛나는 것만 같았다.

춤은 끝났다.

떨어진 두 손.

안진후는 무척 아쉬웠지만 아무 말도 하지 않았다. 몇 마디 말로 소중한 것을 망치고 싶지 않았다.

"아직 힘 있지?"

김현이 다가와 안진후의 어깨에 손을 올렸다. 다른 손은 고형덕의 어깨 위에 있었다.

안진후가 눈을 감는 순간, 현섬이 발동되었다.

주용석은 죽은 아라크의 몸을 뚫고 밖으로 나왔다.

"빌어먹을."

거대 거미 아라크의 체액을 뒤집어쓴 그는 쓰고 있던 가면을 던져 버리고 인벤토리에서 새로운 가면을 꺼냈다. 가면을 바꾸고 나니 이 지독한 악취도 참을 만해졌다.

'멍청한 흡혈귀 녀석 때문에 내가 바쁘게 생겼군. 아주 먼 곳까지 오게 되는구나. 내가 없는 동안 골치 아픈 일이 생기지 않아야 할 텐데. 그래도 초장거리엔 데스 워킹밖에 없지.'

다크 워킹으로 이곳까지 왔다가는…… 피가 부족해 죽고 말 터였다.

1년 내내 밤이 이어지는 죽음의 땅 벤도프 공동묘지.

셀 수도 없이 많은 좀비가 무리를 지어 돌아다니고 온갖 종류의 마물이 출몰하는 곳이어서 죽음의 마법사들도 웬만해서는 들어오지 않는 장소가 바로 이곳 벤도프 공동묘지였다.

주용석은 약속 장소로 향했다.

무덤으로 뒤덮인 언덕의 꼭대기에는 이미 한 사람이 뒷짐을 진 채 기다리고 있었다.

"늦었군."

"……그렇습니까?"

주용석은 저 녀석을 만날 때마다 스멀스멀 피어나는 살심을 억눌러야 했다. 보기만 해도 죽이고픈 충동이 느껴졌던 것이다.

"날 여기로 불러낸 이유는?"

"오행의 잠재력이 깃든 제물이 필요합니다."

"제물?"

사내의 검은 눈이 번들거렸다.

"그렇습니다."

"자네가 내게 이런 부탁을 하다니, 놀랍군."

자네라는 호칭에 주용석의 눈썹이 솟구쳤지만, 아쉬운 건 이쪽이니 말꼬리를 잡을 수는 없었다.

"빚은 갚겠습니다."

"세 명이면 되겠나?"

"충분합니다. 내일 이 시간에 다시 오겠……."

"내일까지 기다릴 필요는 없네."

사내는 어디를 가든 자신을 따라다니는 그림자에서 노예를 불러냈다. 그림자에서 솟아난 죽음의 노예는 사내 앞에서 허리를 굽혔다.

"팔팔한 것으로 셋만 데려와."

"네, 주인님."

죽음의 노예는 그림자 아래로 사라졌다.

그 모습을 본 주용석은 자신도 모르게 침을 삼켰다. 그 존재의 정체를 알았던 것이다.

'과연 죽음의 마탑을 이끄는 마스터답군. 테네파르 인스푸모로 유형의 노예를 만들다니.'

"자네는 유니온의 일원, 나는 혈문의 문도지. 우리가 이런 식으로 서로를 돕게 될 줄은 상상도 못 했군."

마탑 칼리고크의 마스터 블라크가 말했다.

"길을 가다 보면 때로는 비슷한 방향으로 걷게 되기도 하니까요."

조심스럽게 대답하는 주용석.

"자네는 유니온보다는 혈문에 어울리겠어."

"하하, 그런가요?"

웃음으로 얼버무리면서도 주용석은 살심을 최대한 억눌렀다. 여기서 기습해 봐야 저 녀석을 죽일 가능성은 제로에 가깝다. 눈앞에 서 있는 놈은 본체가 아닐 수도 있다.

그때, 죽음의 노예가 세 명의 여자들을 데리고 그림자 밖으로 튀어나왔다.

주용석은 밧줄에 묶인 채 두려움으로 주위를 살피는 여자들을 보고 깜짝 놀랐다. 타크란이 겨우 찾아낸 제물들보다 훨씬 가치가 큰 여자들이었다.

"이 빚은 꼭 갚겠습니다."

"이자까지 쳐서 받겠네."

"……그러시죠."

주용석은 블라크가 뭘 요구할지 상상도 할 수 없었다. 그래서 조금은 두려웠다. 약간의 이익을 위해서 악마와 계약했는지도 모른다.

'이게 나의 길이니, 뭐 어쩔 수 없지.'

"엘루마까지 가려면 사체가 필요하겠지? 이건 공짜로 주지."

블라크가 뿜어낸 검은 안개 같은 테네파르 인스푸모가 휩쓸고 지나간 곳에는 이제 막 죽은 커다란 와이번의 사체가 놓여 있었다.

주용석은 또 한 번 놀랐다. 블라크의 능력은 추측 그 이상이었다.

"또 보지."

블라크는 어둠의 기운에 휩싸여 그 자리에서 사라졌다. 다크 워킹이었다.

여자들을 기절시킨 주용석은 와이번 사체를 이용하여 데스 워킹을 펼쳤다.

잠시 후, 주용석은 여자들과 함께 타크란의 은신처 석실에 놓여 있던 거대 개미 안투크의 사체를 뚫고 밖으로 나왔다. 제물들은 무사했다.

소리를 듣고 달려온 타크란이 제물들을 보고 눈을 동그랗게 떴다. 한눈에 여자들의 잠재력을 알아본 것이다.

"와아!"

"소환진 발동을 준비하도록."

주용석은 얼른 가면을 바꿔 쓰고 싶다고 생각하며 무뚝뚝하게 말했다.

"알겠습니다."

타크란은 제물을 하나씩 소환진 쪽으로 옮기기 시작했다.

다시 가면을 교체한 주용석은 벽에 기대고 숨을 골랐다. 이제 소환진 발동에는 문제가 없다.

"휴우, 마냥 쉴 수는 없지. 귀한 손님이 도착할 테니까. 마중을 나가 볼까?"

주용석은 천천히 은신처를 벗어났다.

룬트란 왕국의 절반을 가로지르는 초장거리 공간 이동이 끝나자, 피곤해진 비디타스는 불의 정령 파르노엘을 소환했다.

-부르셨나요, 위대한 존재시여.

"이 몸일 때는 그 호칭 쓰지 말랬을 텐데."

노려보는 비디타스.

-죄송합니다, 위대…… 아니, 비디타스 님.

"라티오를 펼쳐."

-알겠습니다.

불의 정령 파르노엘은 붉은 안개처럼 넓게 퍼지더니 반경 15미터 안에 있는 나무와 풀에 달라붙었다. 파르노엘이 생명체로부터 흡수한 에너지는 비디타스의 몸을 채우기 시작했다. 5서클 마법 라티오였다.

"수고했어."

-언제든 불러 주십시오, 위대…… 비디타스 님.

파르노엘은 서둘러 돌아갔다.

비디타스는 몸을 살폈다. 엘프는 가벼워서 좋지만, 바로 그 때문에 강인하지 않다. 얼굴이 마음에 들지 않았다면 엘프로 변신하지 않았을 터였다.

뒷짐을 진 채 산책 나온 것처럼 걸어가는 비디타스.

무리를 지어 사냥하는 괴조 카람이 먹잇감이라 판단하고

다가왔다가 비디타스가 풍기는 기운을 알아차린 순간 오줌을 지리며 뒤도 돌아보지 않고 달아났다.

비디타스는 비릿한 오줌 냄새가 마음에 들지 않았지만 그래도 살아 보겠다고 본능적으로 판단한 몬스터를 손볼 생각은 없었다.

거대 개미 안투크는 아예 접근도 하지 않았다. 놈들은 땅을 파고들어 가 숨어 버렸다. 비디타스를 건드렸다가는 종족 전체가 사라질지도 모른다.

판단력이 부족한 좀비에게도 실낱같은 생존 감각이 남아 있었다. 자신에게 닥칠 운명도 모른 채 다가갔다가 잿더미가 된 동족을 보자, 비틀거리며 몸을 돌려 달아났다. 그러나 비디타스는 눈에 띄는 좀비를 모조리 태웠다.

"감히."

권위를 침범하는 존재를 내버려 둘 수는 없다.

비디타스는 거대한 나무로 이루어진 빽빽한 숲 사이를 걸어 사냥터 중심부로 다가갔다. 그녀에게 두려운 존재는 여기 없다. 오히려 그녀가 룩소르 숲에 두려움을 퍼트리는 존재였다.

"오늘, 드디어 운명의 구슬이 이 손으로 돌아오는구나. 기념할 만한 날이야. 음, 이 숲을 화염으로 덮어 버릴까? 타오르는 불꽃이 오늘을 무척이나 오랫동안 기억하게 해 주겠지?"

비디타스는 이곳 생물들에게는 끔찍한 고민을 하며 숲 깊은 곳으로 산보하듯 걷고 있었다.

조운룡은 수십 미터 높이의 굵은 나뭇가지를 탁탁 밟고 내달리면서도 아래에서 눈을 떼지 않았다. 벌써 몇 시간째 그 놈을 찾고 있는데 흔적조차 발견할 수 없었다.

"이 새끼, 대체 어디 숨은 거야?"

분통이 터져 죽을 지경이었다.

놈은 자신을 철저하게 능욕했다. 보법 따위는 전혀 모르는 것처럼 어수룩하게 행동하다가 기회를 잡자마자 현섬 같은 고급 스킬을 이용해 무참하게 죽였다.

파이터즈 길드에서 웃음거리로 전락했다. 노바디를 직접 상대한 적 없는 놈들은 조운룡의 멍청함을 비웃었다. 채팅방에 들어갔다가 온갖 욕설과 비아냥거림을 들은 조운룡은 어떻게든 노바디를 잡아 죽여야 그나마 땅에 떨어진 명성을 유지할 수 있으리라 판단했다.

멀지 않은 곳에 익숙한 얼굴이 있었다. 브레크 용병대의 콜트였다. 콜트 역시 노바디를 찾는 모양이었다.

'소드오브아이스를 회수하지 못하면 브레크 용병대에서 쫓겨나겠지. 그러니 나만큼 눈에 불을 켤 수밖에.'

서로를 못 본 척하는 두 사람.

조운룡은 여기 어딘가에서 마법사 도르젠이 노바디를 찾아 헤매고 있으리라 확신했다. 누구든 먼저 노바디나 섬바디 길드를 찾으면 지난번처럼 방심하지 않고 100%의 전투력으로 죽여 버릴 것이다.

그때, 머리카락이 등을 지나 엉덩이 근처까지 찰랑거리는 엘프가 여유롭게 숲을 걷는 모습이 보였다.

'혼자잖아. 유저일 리는 없어. 섬바디 길드 소속 NPC인가? 그게 아니라면 몬스터겠지. 일단 죽이자.'

무음철혈보를 최고로 펼친 조운룡은 엘프의 등으로 소리도 없이 다가갔고, 두 주먹에 내공을 집중시켜 백혈권을 터트렸다. 척추가 조각날 만큼 압도적인 파괴력이지만, 펑! 공기를 때릴 뿐이었다.

"……뭐야?"

분명히 눈앞에 있었다. 어떻게 허깨비처럼 사라질 수 있을까?

가느다란 손가락이 거미의 다리처럼 조운룡의 머리를 가볍게 잡았다.

놀란 조운룡은 반사적으로 몸을 비틀며 주먹을 뻗었지만, 이번에도 백혈권의 기는 허공을 갈랐다. 마치 유령이라도 상대하는 느낌이었다.

"건방진 이방인이군. 음, 조운룡? 역시 이방인다운 이름이군. 중명 제국식으로 지은 건가? 파이터즈 길드? 역시 혼자서는 아무것도 할 수 없는 이방인답군."

그 말이 끝나기도 전에 새하얀 손에서 붉은 열기가 흘러나와 조운룡의 머리를 태웠다. 몸은 그대로인데 유독 머리만 까맣게 타 버려 재로 흩어졌다.

조운룡의 시체가 서서히 사라졌음에도 비디타스의 눈에 깃든 분노는 줄어들지 않았다.

"룬티움."

-부르셨습니까, 비디타스 님.

애드벌룬처럼 커다란 눈동자가 나타났다. 빛의 정령으로 물리적 힘은 전혀 없지만 정보를 알아내기엔 적격인 룬티움은, 소환되자마자 드래곤이 왜 자신을 불러냈는지 살피기 시작했다.

"파이터즈 길드."

-이 숲은 넓습니다.

"마력은 얼마든지 사용해도 좋다. 파이터즈 길드에 속한 이방인들의 위치를 모조리 알아내도록."

-알겠습니다.

룬티움은 수십 개의 눈으로 나뉘며 사방으로 흩어졌다.

무적권왕 만천은 피를 흘리며 왼쪽 무릎을 꿇었다. 도저히 믿기지 않았다. 마룬타 대륙 서열 4위에 오른 자신이 저 가냘픈 엘프에게 이토록 일방적으로 당하다니. 게다가 저 엘프는 파이터즈 길드를 쑥대밭으로 만들고도 생글생글 웃고 있었다.

'유저일까? 아니야. 저 정도 초고렙이라면 내가 모를 리가 없어. 그러면 대체 어떻게 된 거지?'

엘프가 천천히 다가왔다.

죽음의 사자가 걸어오고 있었다.

"다, 당신은 누구지?"

"여전히 오만하군. 이방인다워. 그래도 넌 내게 재미를 줬어. 오랜만에 전투의 기쁨을 느꼈거든. 그 상으로 내가 누군지 알려 주지."

비디타스가 뻗은 손이 만천의 머리를 감싸자, 무적권왕은 거대한 형상을 볼 수 있었다.

붉은 날개.

타오를 듯 열기를 머금은 눈동자.

철갑보다 강한 비늘로 감싼 몸통.

무엇이든 잘라 버릴 듯한 발톱까지.

'드, 드래곤!'

그제야 만천은 이 결과를 받아들일 수 있었다. 상대가 드래곤이라면, 그것도 완전히 성장한 레드 드래곤 헤라라면 파이터즈 길드는 물론 블루스타나 브레크 용병대라고 해도 전멸하고 말 것이다.

만천의 눈이 빛났다.

"제가 즐거움을 조금이라도 드렸다면, 또 다른 즐거움을 알려 드릴 수도 있습니다."

"그래?"

"정령술사 야송림, 용병대장 프로스는 저만큼…… 아니, 저보다 더 강한 이방인입니다."

"재미있군."

싸늘하게 웃는 비디타스.

그 태도에 만천은 몸을 움찔 떨었다.

"날 이용하여 동료들을 없애겠다? 음, 동료가 아니겠군. 경쟁자인가?"

"……."

정확한 판단에 만천은 할 말을 잃었다.

"뭐, 나쁜 제안은 아니야."

비디타스는 불의 상급 정령 칼데오를 소환했다. 칼데오는 만천을 덮쳤고, 만천은 비명도 지르지 못하고 타 버렸다.

칼데오를 돌려보내고 룬티움을 소환한 비디타스는 만천이 알려 준 이방인을 찾으라고 지시했다.

"오늘은 왠지 즐거워. 일이 잘 풀리려나."

비디타스는 휘파람을 불며 숲을 거닐었다.

도르젠은 블루스타 길드의 본대를 찾자마자 허겁지겁 마스터 앞으로 달려갔다.

"당장 이곳을 나가야 합니다."

"도르젠."

야송림은 주위 사람들을 의식했다.

시간과 돈, 인맥까지 총동원하여 마룬타 대륙 서열 5위에 올랐고 그 덕분에 블루스타까지 이끌게 되었지만, 지금 위치는 언제든 흔들릴 수 있으며 내일이라도 저 아래로 추락할수 있다. 그 점을 야송림은 잊을 수 없었다.

"파이터즈 길드가 전멸했어요!"

그 말에 야송림은 물론 주위 마법사들이 깜짝 놀랐다.

파이터즈, 블루스타 그리고 브레크 용병대.

모두 세 길드 중 하나가 명검 퀘르가 걸린 퀘스트를 완수하리라 예상했다. 그저 어느 길드가 빨리 사냥터를 돌파할지가 관심의 초점이었다.

그런데 파이터즈 길드가 전멸해? 그렇다면 무적권왕 만천은?

"만천은 죽었습니다."

"……말도 안 돼."

야송림이었다. 블루스타와 브레크 용병대가 힘을 합쳐도

파이터즈 길드를 이곳 사냥터에서 몰아낼 수는 없을 것이다.

"한 명의 엘프가 파이터즈 길드를 초토화시켰습니다."

그 말에 야송림은 웃음을 터트렸다. 마법사들도 고개를 흔들며 웃기 시작했다.

어리둥절한 도르젠.

"도르젠 님도 참 짓궂습니다. 어떻게 엘프가 파이터즈 길드를 없앱니까? 무적권왕 혼자서도 엘프 백 명은 상대할 수 있을 거예요. 그보다, 노바디는 찾으셨나요?"

그 질문에 마법사들은 또다시 웃었다. 이번엔 비난이 가득한 폭소였다.

도르젠은 고개를 흔들며 물러섰다. 돌아서 나오는데, 저 멀리서 그 악마가 천천히 걸어오고 있었다.

몸이 떨렸다.

마법사가 된 이후 저런 상대는…… 처음이었다. 도르젠은 자기들끼리 웃고 떠드는 동료들을 보다가 본대에서 빠져나가 숲으로 달아났다.

'날 무시한 대가를 치러야 해.'

가만히 있으면 투명하고 움직이면 암갈색 윤곽이 흐릿하게 보이는 목령은 나무 밑동에 숨어서 길드 블루스타의 전멸을 목격하고 있었다.

엘프는 왼손으로 마법사의 어깨를 잡고, 오른손으로 다른 쪽 팔을 뽑아 버렸다. 적어도 3서클 이상의 마법이 한꺼번에 엘프를 덮쳤다. 흙먼지가 날아오르고 섬광이 터졌지만 엘프는 멀쩡했을 뿐 아니라 오히려 빙긋 웃으며 주위의 마법사를 도륙했다.

전투가 아니었다.

일방적인 학살이었다.

정찰을 위해 사냥터 안쪽으로 보낸 목령을 통해서 그 참극을 지켜보던 파르소겐은 자신도 모르게 한숨을 내쉬었다.

"어디 아파?"

옆에 앉아 있던 바마퉁이 물었다.

파르소겐, 아니 겐소는 바마퉁을 올려다보며 일부러 몽롱한 표정을 지었다. 겐소의 머리를 쓰다듬은 바마퉁은 인벤토리에서 구운 고기를 꺼내어 내밀었다.

"배고팠구나. 이거 먹어."

저 순진한 녀석을 보노라면 자신이 대현자라는 사실도, 이 세계의 운명에 대해서도 다 잊고 한 마리 개 새끼로 살아가는 것도 나쁘지 않을 것 같다.

물론 그 어수룩한 상상은 햇살 앞 안개처럼 곧 사라져 버린다. 다시 목령에게 집중하려는 순간, 엘프가 삼나무 사이에 숨어 있는 목령을 향해 고개를 돌렸다.

겐소는 깜짝 놀라 목령에게 후퇴 명령을 내리려 했지만, 엘프가 한발 빨랐다.

엘프는 그 자리에서 사라졌다. 다음 순간, 목령 바로 앞에 나타난 엘프는 눈에 보이지 않는 유령 같은 존재의 눈을 들여다보았다.

"오호, 거기 있었어? 개로 변신한 상태에서 망량을 조종하다니, 놀라운걸."

엘프의 눈은 호기심으로 가득 차 있었다.

그제야 겐소는 상대의 정체를 알아차리고 몸을 부르르 떨었다.

"위대한 존재시여."

"……겐소?"

바마퉁이었다. 배가 고픈가 싶어서 고기를 줬는데 갑자기 말을 하다니. 그러나 겐소는 어딘가 먼 곳을 보고 있는지 바마퉁의 말에 아무런 반응도 하지 않았다.

"나를 아는가?"

엘프 비디타스는 목령의 눈을 통해 겐소를 보고 있었다.

"뵌 적이 있습니다."

겐소는 변신을 풀었다. 한 마리 개는 서서히 커지며 인간 파르소겐으로 돌아갔다.

"아, 그대였군."

비디타스는 유쾌하게 웃었다.

인간은 그 어느 종족보다 자유로워서 그만큼 흥미로웠다. 파르소겐은 인간족 중에서도 엉뚱해서 아직도 기억이 생생하다.

"무례를 범했습니다."

파르소겐은 바마퉁은 물론 체리, 아로간타르 등이 다가와 자신을 보고 있음을 알았지만 거기에 신경 쓸 여력이 없었다. 저 엘프, 아니 레드 드래곤 헤라가 조금만 기분이 상해도 자신은 물론 이곳에 있는 사람들 모두가 죽게 될 것이다.

조금 전 전멸당한 이방인 길드처럼.

"그대는 참 재미있어. 보통 인간들과는 달라. 품위도 있고, 가끔은 엉뚱하기도 하고. 요즘은 개로 변신하는 게 유행인가?"

"저만의 휴식 방법입니다."

파르소겐은 한마디 한마디 조심스러웠다.

"역시 자네야. 오랜만에 봤는데도 내게 즐거움을 주는군. 당장 이곳을 떠나게. 죽고 싶지 않다면 말이야. 오늘은 바쁘군. 또 보지."

비디타스는 손바닥으로 마력을 뿜었고, 목령은 산산조각이 나서 주위 나무들로 흡수되었다.

충격으로 신음을 흘린 파르소겐은 천천히 몸을 돌려 바마퉁 등을 바라보았다.

"재미는 끝이 났군."

딸꾹질을 하는 바마퉁.

"저분은 대현자 파르소겐 님이십니다. 제 스승님이시기도 하고요."

스노빈이었다.

아로간타르, 체리, 테르툰은 파르소겐과 스노빈을 번갈아 쳐다봤다. 그들은 대현자가 왜 개로 변해 있었는지, 왜 바마퉁을 졸졸 따라다녔는지 도저히 이해할 수 없었다. 그걸 알고도 가만히 있었던 스노빈 역시 스승만큼이나 이상한 인물이었다.

그때, 나타난 노바디.

"마스터!"

체리가 먼저 알아보고 달려갔다.

체리를 가볍게 안은 노바디는 파르소겐을 보고 무언가 일이 생겼음을 알아차렸다. 대현자가 변신을 풀 만한 이유가 무엇일까 생각했지만 짐작조차 어려웠다.

파르소겐은 노바디에게 설명했지만 다른 사람들도 귀를 기울였다.

노바디는 신음을 흘렸다. 드래곤이 사냥터에 나타나다니.

"자네가 명검 퀘르를 내걸고 이방인들을 모은 이유와 관련이 있을 듯싶은데."

파르소겐은 예리했다.

"그럴 수도 있겠네요."

"드래곤은 경고를 했네, 당장 이 숲을 떠나라고. 부활의 능력을 가졌다고 드래곤을 무시하지 말게. 드래곤이 마음을 먹는다면 불사의 능력을 저주로 만들 수도 있으니 말일세."

노바디의 눈을 정면으로 들여다보는 파르소겐.

노바디는 파르소겐과 스노빈, 그 옆에 서 있는 체리, 아로간타르, 테르툰을 둘러보았다. 이들이 힘을 합쳐도 드래곤의 손짓조차 막아 낼 수 없을 것이다. 무엇보다 이들의 눈은 공포에 짓눌려 있었다.

드래곤, 이 세계에서는 신과 같은 존재다.

저럴 만도 했다.

저들을 데리고 사냥터 중심부로, 소환진이 있는 곳으로 갈 수는 없다.

그 순간, 둥지의 바닥과 벽, 천장에서 튀어나온 망량들이 스노빈, 체리, 아로간타르 그리고 테르툰을 덮쳤다.

스노빈은 점령당하지 않으려고 버둥거렸지만 나머지는 속수무책으로 당했고, 스스로 둥지 아래 지상으로 몸을 던졌다.

"……스승님?"

"나중에 보자꾸나."

제자를 보며 빙긋 웃는 파르소겐.

망량에게 먹힌 스노빈 역시 아래로 추락했다.

"자네가 처리하기엔 조금 곤란할 것 같아서 내가 손을 썼네. 기분 나쁘진 않겠지?"

"대현자님께서도 떠나셨으면 합니다만."

"소환진, 가능하면 이계까지 내 눈으로 보고 싶네."

"알겠습니다."

노바디는 바마퉁을 쳐다봤다.

아직도 일이 어떻게 돌아가는지 모르는 바마퉁이지만 한 가지는 분명히 알고 있었다.

"내가 가서 같이 있을게."

인벤토리에서 회복약, 해독제 등을 모두 꺼내어 노바디에게 건넨 다음, 바마퉁은 스스로 뛰어내렸다. 당황한 길드 멤버들을 위해 일시적인 죽음을 택한 것이다.

"좋은 놈이야."

"앞으로도 도와주십시오."

"난 자네보다 저놈에게 더 관심이 많아."

"감사합니다."

"갈까?"

"네."

노바디는 둥지 밖으로 몸을 날렸다. 뒤를 힐끔 보니, 파르 소겐은 대현자답게 흐릿한 망량의 등에 탄 채 날아오고 있었다.

안진후는 베란다에 서서 빛나는 도시를 내려다보았다.

햇빛을 반사하는 빌딩들, 그 사이의 도로로 달리는 무수한 자동차들, 저마다의 일로 바삐 걸어 다니는 사람들까지…… 도시는 그 자체로 살아 있었다.

김현이 했던 말, 그중에서도 단어 하나가 머릿속에서 맴돈다.

브레인.

침대에 누워 있는 고형덕. 몸보다는 마음이 다쳐 아직 정신을 찾지 못하고 있다. 모두 자신의 오판 때문에 벌어진 일이었다.

"브레인은 무슨."

자신만의 연구 공간 '쥐구멍'으로 돌아간 안진후는 그동안 모아 놓은 자료를 띄웠다. 벽면을 가득 채운 디스플레이 와이드월에는 무수한 데이터가 나타났다.

그동안 있었던 일, 데이터를 기초로 한 결정 과정 등이 생생하게 떠올랐다. 해킹으로 찾아낸 정보를 별 의심 없이 믿었다. 그 정보가 전부라고 착각했다. 그 때문에 고형덕은 너무나 쉽게 잡혔다.

이제 와서 보니 어디에 문제가 있었는지 명확해진다. 해킹이라는 능력, 해커라는 자존심이 일을 엉망으로 만들었다.

김현에게 없는 그 능력을 절대시했던 것이다.

김현을 이기고 싶었다.

김현의 얼굴에 떠오르는 당혹감을 꼭 보고 싶었다.

그런데, 김현은 아니었다. 이승현을 묵사발로 만든 김현은 승자의 기쁨을 만끽하는 대신 친구를 진심으로 염려했다. 자신을 손발이라고 한 표현도 친구의 마음을 배려한 것이었다.

'나는 이겨 보려고 기를 썼는데, 그 녀석은 그저 날 친구로 생각할 뿐이었어. 경쟁 상대도 안 된다는 건가? 아니야. 내가 이상한 거야. 누구든…… 심지어 아버지나 형들도 내겐 경쟁자였으니까.'

뒤로 물러나 벽에 붙여 놓은 조그만 의자에 앉았다. 몸에서 힘이 빠져나가 죽은 오징어처럼 축 늘어진 느낌.

누군가를 이기려는 마음이 없이 무엇을 할 수 있을까?

답은 가까이 있었다.

노바디.

처음 노바디를 만났을 때가 기억났다.

노바디는 가상현실을 진짜 세계처럼 대하는 이상한 유저였다. 어쩌다 보니 노바디의 분위기에 휘말려 페플에서의 안진후, 벨란데르 역시 NPC를 진짜 사람처럼 생각했다. 한 번의 거짓말로 원정대가 꾸려졌다.

"그땐 참 재미있었는데."

안진후는 자기가 한 말에 흠칫 놀랐다.

재미있었다고?

"맞아, 정말 재미있었어. 거기서 나는 진짜 벨란데르였으니까."

그 순간, 안진후는 왜 김현이 저 멀리 앞서가는지 알 것 같았다.

김현에게 페플은 진짜 세계였다. 노바디로서 100% 최선을 다했고, 100% 매 순간을 즐겼으며, 100% 고통스러워했다. 비록 이방인이라서 되살아난다고 해도 그 행동은 현지인, 즉 NPC와 다를 바 없었다.

언제부터인지 김현은 이곳 현실에서도 100% 살아가기 시작했다.

4년이나 스스로 자신을 가두었던 방에서 벗어나 천무관의 노관장 현기명의 제자가 됐으며, 여기서도 현섬을 자유롭게 펼칠 수 있을 뿐 아니라 이번에는 해옥이라는 특별한 감옥에서 수백 명의 재소자들을 구해 냈다.

그에 비하면 자신은 이 편안한 방에서 체스나 장기를 두듯 세계를 살폈다. 직접 뛰어들 필요는 없었다. 먼 곳에서 간편하게 정보를 빼내면 되니까.

고형덕이 사로잡혀 구해 내야 할 상황이 아니었다면, 여전히 여기 쥐구멍에서 명령을 내리는 데 만족했을 것이다.

진짜 세계를 제대로 살아가는 사람.

게임하듯 장난스럽게 행동하는 사람.

차이가 날 수밖에 없다.

시간이 흐를수록 격차는 더 벌어질 것이다.

이제야, 답을 찾았다.

몸을 일으킨 안진후는 그 조그만 소파를 힘껍게 들어 올려 와이드월을 향해 던졌다.

퍽.

거대한 디스플레이는 이리저리 금이 간 후, 꺼졌다.

차원 인터페이스

몬스터 한 마리 만나지 않고 삼나무 숲을 통과했다. 드래곤의 위엄 덕분이었다.

노바디는 앞을 바라보았다.

이제, 밀림처럼 나무와 덩굴로 빽빽할 뿐 아니라 무릎까지 차오르는 자욱한 안개 곳곳에 습지와 연못이 숨어 있는 룩소르 사냥터의 중심부가 눈앞에 펼쳐졌다. 이끼 덮인 나무에서는 뚝뚝 물방울이 빗물처럼 떨어지고 있었다.

"자네, 혈문에 대해서 들어 본 적 있나?"

이용하던 망량을 삼나무 숲으로 돌려보내고 근처에서 새로운 망량을 끄집어내던 대현자가 물었다.

노바디는 파르소겐을 쳐다봤다.

이 똑똑한 현자는 어디까지 알고 있을까? 사부 셀레스카르가 혈문의 일원이라면 놀랄까? 아니면 예상한 듯 고개를 끄덕일까?

"역시 아는군."

파르소겐은 엄지를 물어뜯었다. 거기서 흘러나온 피로 망량과 계약을 맺기 위해서였다.

은색으로 일렁이는 망량은 얼핏 보면 하마와 비슷했다. 핏방울이 망량의 몸으로 퍼져 나가자 섬광이 터졌다. 계약이 성립된 것이다.

낯선 곳, 처음 보는 망량과도 능숙하게 계약을 맺는 건 파르소겐의 능력이었다.

서서히 대현자의 몸처럼 변한 망량은 파르소겐의 몸을 덮었다. 햇살을 받자, 파르소겐은 은빛의 투명한 갑옷을 입은 것처럼 반짝거렸다.

"콘센치오 3단계에 속하는 빙의갑이라네. 그보다, 자네가 어디에서 혈문에 대해 들어 봤는지 무척 궁금하군."

"왜 궁금하신지 알려 주시면 저도 말씀드리죠."

"오늘이 내 삶의 마지막 날일지도 모르니, 이 궁금증을 지금 아니면 풀기 어렵겠군. 좋아. 사람들이 사라졌다는 이야기는 자네도 알 거야. 젤란드의 사부나 내 동생같이 유능한 사람들이 한꺼번에 실종됐는데, 난 그게 혈문과 관련이 깊다고 생각한다네."

싱크

동생을 찾는 형의 심정.

노바디는 대현자가 그 이야기를 들을 자격이 있다고 생각했다.

그렇다고 여기 서서 담소를 나누고 싶은 생각은 없었다.

"가면서 말씀드리겠습니다."

"그러지."

두 사람은 밀림으로 파고들었다.

"혈문은…… 특별한 사람들이 모여서 만든 조직입니다."

"특별한 사람?"

"혹시 비슷한 내용의 꿈을 반복하여 꾸지 않습니까?"

"……."

파르소겐은 깜짝 놀라 하마터면 덩치는 작지만 등이 붉은 독 개구리를 밟을 뻔했다.

"그 꿈에서 유리 벽으로 된 높은 건물과 말 없이 달리는 마차를 보셨다면, 대현자님 역시 특별한 사람입니다. 최소한 그런 사람으로 변하는 중이라고 보시면 됩니다."

"꿈에서 본 그 세계, 자네 세계인가?"

"네."

노바디는 속도를 높였다. 늪지대가 앞을 막자 타잔처럼 나무로 올라탔고, 축 늘어진 덩굴을 이용했다.

파르소겐은 또 다른 망량을 불러내어 이번에는 날개를 만들어 나비처럼 날아왔다.

"특별한 사람들이 모여서 만든 조직. 거기까진 이해했네. 어떤 모임이든 나름대로의 목적이 있기 마련이지. 혈문의 목적은 무엇인가?"

"제가 살아온 세계에도 혈문과 비슷한 조직이 있습니다. 혈문은 그 조직으로부터 이 세계를 보호하기 위해 만들어졌습니다. 제가 듣기론 그렇습니다."

"이름은?"

"유니온입니다."

"셀레스카르 님도 혈문이신가?"

"……."

노바디는 입을 다물었다.

천천히 고개를 끄덕이는 파르소겐. 저 반응만으로도 충분했다.

그때, 무성하게 우거진 수풀을 뚫고 무언가가 빠르게 다가왔다.

노바디는 즉시 반응하여 옆으로 피했지만, 망량을 이용하여 날고 있던 파르소겐은 날개 한쪽이 찢어지며 아래로 추락했다.

파르소겐을 공격하려는 상대의 앞을 노바디가 가로막았다.

눈이 붉은 몬스터.

'광전사인가?'

노바디는 시간을 절약하기 위해 바로 타각을 펼쳤다.

풀잎을 휘날리며 뻗어 나가는 타각의 진동을 몬스터는 가볍게 피해 버렸다. 오히려 바람처럼 다가와 휘두른 긴 손톱에 입고 있던 노바디의 옷이 싹둑 잘렸다.

노바디가 물러난 틈을 이용해 파르소겐을 향해 움직인 몬스터.

추락으로 계약을 맺었던 망량이 흩어지는 바람에 또 다른 망량을 불러내어 계약을 맺는 중이던 파르소겐은 화들짝 놀라며 뒤로 물러섰다.

몬스터는 파르소겐의 머리 위로 넘어가 파르소겐의 뒷덜미를 움켜쥐었다. 입이 벌어지자 새하얀 송곳니가 드러났다.

파르소겐의 목을 물어뜯으려던 몬스터는 잠시 머뭇거렸다.

그사이 돌진한 노바디.

몬스터는 위험을 느끼고 파르소겐을 놓아주며 뒤로 물러섰다. 그러나 곧 따라잡기 힘든 속도와 예리한 발톱으로 노바디를 압박했다.

타각처럼 동작이 큰 공격은 통하지 않았다. 근접전도 어려웠다. 워낙 빨라서 따라잡기가 힘들었다. 파이터즈 길드의 조운룡과는 달리 방향 자체를 종잡을 수 없었다. 그 때문에 결각보도 도움이 되지 않았다.

"저 녀석은…… 뱀파이어야!"

겨우 망량을 끌어내 계약에 성공한 파르소겐이 소리쳤다.

뱀파이어라는 말을 듣는 순간, 노바디는 직접 봤던 두 뱀파이어를 떠올렸다. 드워프의 도시에서 자신이 죽였던 뱀파이어 여신관 칼리페, 그리고 예살란 같은 여자들을 납치하여 여기 어딘가에 숨어 있을 타크란.

'아!'

눈이 붉고 살이 빠져 광대뼈가 도드라진 점을 제외한다면…… 이 뱀파이어는…… 예살란과 닮았다.

'아니, 예살란이야!'

노바디는 타각으로 땅을 굴렀다.

쾅!

풀잎들이 날아올랐다.

뒤로 물러선 뱀파이어는 주위를 맴돌다 노바디의 등으로 접근했다. 단숨에 어깨를 밟아 노바디를 앞으로 쓰러뜨린 뱀파이어는 송곳니를 보이며 목을 물어뜯으려 했지만, 이번에도 주저했다.

그러나 갈증이 이겼다. 뱀파이어는 노바디의 목을 물고 피를 마셨다. 서서히 사라지는 광기. 대신 차가운 이성이 깨어났다.

뱀파이어는 화들짝 놀라며 뒤로 물러섰다. 손에 묻은 핏자국을 보자 비명을 질렀다.

"나, 난…… 아니야! 내, 내가 한 게 아니야. 난 참으려고 했어. 진짜야. 진짜라고."

"예살란."

오랜만에 듣는 이름.

고개를 돌린 예살란의 눈이 커졌다. 분명히 자기가 목을 물어뜯어 죽였는데.

"그건 내 분신이었습니다."

타각으로 예살란의 시각을 교란하면서 분신을 만들었던 것이다.

"부, 분신?"

"나는 당신을 구하러 왔습니다."

울먹이는 예살란. 반갑고 고마우면서도 저 사람이 미웠다. 조금만 더 빨리 왔다면…… 이 지경이 되지는 않았을 텐데.

"타크란이 당신을 이렇게 만들었습니까?"

천천히 고개를 끄덕이는 예살란.

"당신을 원래대로 돌려놓겠습니다."

"뱀파이어가 된 인간을 돌려놓을 방법은 없네."

파르소겐이 옆에서 속삭였다.

노바디는 조금도 흔들림이 없었다. 파르소겐의 말을 들었음에도 여전히 예살란을 바라보고 있었다.

"……정말이에요?"

"난, 약속했습니다."

"약속이라고요?"

"당신을 아끼는 사람들이 제게 부탁했습니다. 꼭 구해 달라구요. 그러니, 당장은 어려워도 당신이 제자리로 돌아갈 수 있는 방법을 찾겠습니다."

예살란은 상대를 뜯어보았다.

엄청나게 강했다. 타크란과 맞붙더라도 이길 만한 실력자였다. 게다가 왠지 모르게 마음을 끄는 면이 있었다. 이런 사람을 믿지 못한다면, 대체 누굴 믿을 수 있을까?

"……이름이 뭐죠?"

"노바디."

"당신을 믿겠어요."

"타크란이 있는 곳, 제게 안내해 줄 수 있나요?"

"따라오세요."

예살란은 달리기 시작했다.

노바디, 파르소겐이 뒤따랐다.

파르소겐은 노바디를 가늘어진 눈으로 힐끔거렸다. 그로서는 알려진 방법도 없는데 약속부터 해 버리는 그 행동을 이해할 수 없었다.

편안한 조명, 푹신한 소파, 통유리 너머로 보이는 도시의 전경 등 대기실은 웬만한 기업 사장실보다 넓고 안락했다.

안진후는 입이 바짝 탔다. 자신의 의지로 아버지를 만나러 온 것은 처음이었다.

비서가 다가와 커피를 내려놓았다.

"필요한 게 있으면 언제든 말씀하세요."

연예인 뺨칠 만큼 예쁘고 몸매도 좋을 뿐 아니라 기품 있는 분위기까지 자아내는 비서는 빙긋 웃었다.

"……괜찮아요."

안진후는 커피를 한 모금 마셨다. 입안은 촉촉해졌지만 마음의 갈증은 더 심해진 느낌.

안주머니에 꽂아 둔 만년필이 느껴졌다.

그 만년필은 아버지가 준 선물로, 디월드 뎁스 파이브의 세계에서 처음 마법을 배울 때 이용했던 물건이다. 페플에 접속하는 대신 자신만의 공간인 쥐구멍에서 해킹에 집중할 때는 그 만년필에 눈길조차 주지 않았다.

사실, 핑계를 댈 수는 있다. 뱀파이어 마법을 익혔기 때문에 조금만 사용해도 금세 현기증이 느껴질 뿐 아니라 흡혈 욕구가 솟아난다. 한때 영문을 모르고 고기를 먹어 치웠고, 생으로도 먹었다. 그래서 공들여 익힌 마법 대신 해킹을 택했다.

'김현이라면 어땠을까? 그 녀석은 포기하지 않고 어떻게든 방법을 찾아냈을 거야.'

여비서가 들어왔다.

"회장님이 기다리고 계십니다."

몸을 일으킨 안진후는 심호흡을 한 후, 대기실을 빠져나가 회장 집무실로 향했다.

집무실은 굉장히 넓었다.

입구 근처는 일본 정원 스타일로 꾸며져 있었다. 바닥에 깔려 있는 흰모래는 마치 새하얀 바다처럼 보였다. 정갈한 파도는 입구에서 회장의 책상으로 몰려가는 듯했다. 곳곳에 서 있는 나무는 작지만 바다에 우뚝 선 녹색의 섬처럼 묘한 분위기를 풍기고 있었다.

비서는 밖으로 나갔다.

안진후는 그 모래 바다 위로 나 있는 징검다리를 디디며 회장 안종화가 있는 곳으로 걸었다.

"왔느냐?"

오랜만에 본 아버지는…… 왠지 다른 사람 같았다. 그 누구보다 강인한 남자라 생각했건만, 지금 보니 전성기가 끝나 버린 스포츠 선수 같은 느낌이었다.

안진후는 안종화 앞에 서서 고개를 숙였다.

일부러 천천히, 여유롭게 행동했다. 그래야 바보짓을 하지 않을 것 같았다.

"무슨 일이냐?"

"부탁이 있습니다."

벌써 입술이 바짝 말라 위쪽과 아래가 붙어 버릴 것만 같았다.

"말해 봐라."

"페플 소스를 보고 싶습니다."

"이유는?"

"페플이 무엇인지 알고 싶어서요."

안진후는 눈앞의 사내가 보통 사람이 아님을 잘 알았다. 아무리 잘나가는 기업가라고 해도 블랙 길드의 각성자들을 두렵게 만들 수는 없다.

"재미있구나."

그 말을 들은 안진후는 슈뢰딩거를 소환했다.

불의 정령은 안진후 바로 뒤에 나타났다. 매혹적인 슈뢰딩거는 뒤쪽에 펼쳐진 새하얀 모래를 보자 충동적으로 불을 뿜었다. 모래의 일부는 녹아서 반짝거렸다.

슈뢰딩거를 바라보던 안종화가 갑자기 웃음을 터트렸다.

"하하하하하."

예상외의 반응에 눈살을 찌푸린 안진후는 슈뢰딩거를 돌려보냈다.

"따라오너라."

안종화는 벽으로 걸어갔다.

고개를 갸웃거리며 뒤따라간 안진후는 회장이 아무것도 없는 벽에 손을 대자 문이 생기며 열리는 광경에 깜짝 놀랐다. 숨겨진 엘리베이터였다.

안진후는 회장을 쳐다볼 뿐이었다.

"소스를 보고 싶다면서?"

"······알겠습니다."

안종화 옆에 탄 안진후.

엘리베이터는 끝도 없이 내려갔다. 그동안 안진후는 입을 열지 않으려 애를 썼다. 머릿속이 혼란스러울 때는 입을 다무는 게 상책이다.

"많이 컸구나."

"네?"

"다 왔다."

문이 열리자, 안종화는 성큼성큼 걸었다. 서둘러 따라가는 안진후는 종종거렸다.

어디로 가는지 묻고 싶지만, 물어 봐야 아버지 입에서는 대답이 나오지 않을 것이다. 어쩌면 비웃는 눈빛이 대답처럼 돌아올지도 모른다.

좁은 복도였는데, 곧 시야가 확 트였다. 어마어마하게 넓고 깊은 공간이 아래쪽으로 펼쳐져 있고 그 중앙에 탑처럼 생긴 것이 우뚝 서 있었다.

"페플 코어다."

안종화가 그 탑을 가리켰다.

"아!"

페플 코어는 전 세계에 퍼져 있는 페플 시스템을 관리하는······ 페플 그룹의 중심이었다. 현존하는 컴퓨팅 기술이 망라되었을 뿐 아니라 연구 단계의 기술까지 동원된 페플 코어

싱크

는, 해커에겐 어떻게든 뚫고 싶은 방벽이기도 했다.

'숱하게 도전했지만 나 역시 소스가 보관되어 있는 페플 코어 내부로 들어가 본 적은 없어. 아무도 없을 거야.'

그때, 안진후는 눈을 비볐다. 이상한 것이 눈에 보였던 것이다.

높이가 수십 미터나 되는 거대한 탑 외부를 굵은 덩굴 같은 나무뿌리가 감싸고 있었다. 마치 저 페플 코어가 화분이라도 되는 것처럼 기괴한 나무는 아래로 자라고 있는 듯했다.

"……왜 코어에 저런 뿌리들이 붙어 있어요?"

"보이는구나."

"당연히 보……이는 게 아니네요."

안진후는 그 순간 많은 것을 깨달았다.

페플 코어 시스템 주위에서 일하는 수백 명의 연구원, 개발자 들에게는 저 나무뿌리가 보이지 않았다.

"넌 여기 처음 오는 게 아니다."

"……"

입을 벌린 안진후.

옛날 기억이 떠올랐다.

아버지는 어린 자신을 이곳으로 데려왔다. 두 명의 형도 함께 왔었다. 하지만 누구도 저 코어에 나무뿌리가 덕지덕지 붙어 있다는 말은 하지 않았다.

'그때는 보이지 않았던 거야. 왜지? 아! 진실을 덮어 버리

는 세계의 의지 때문이었어.'

"언젠가 이런 날이 오기를 고대했다. 난 너보다는 첫째나 둘째가 더 빨리 나를 찾아와 그 질문을 던질 거라고 기대했다. 오묘한 지식일수록 다양한 경험이 필요하니 말이다. 그러나 내 예상을 깨고 네가 처음으로 날 찾아왔구나."

안종화의 얼굴은 기쁨으로 빛나고 있었다.

"페플은 무엇입니까?"

그 질문을 던진 안진후는…… 최근에도 이와 비슷한 의문을 품었다가 잊었다는 사실을 깨달았다. 고형덕을 구하러 내려갔다가도 비슷한 생각을 했었다.

한두 번이 아니었다. 매번 페플 자체에 대해 고민했지만 곧 망각하고 말았다.

왜 갑자기 이 질문을 기억 속에 유지할 수 있을까? 왜 갑자기 달라졌을까?

'그 악수 때문이야. 그때, 김현으로부터 내게로 무언가가 들어왔어.'

"차원 인터페이스다."

안종화가 대답했다.

인터페이스는 IT 용어로 보통 사물과 사물 사이의 연결을 위해 만들어진 매개체나 절차를 뜻한다. 안진후는 그 대답만으로 페플에 대해 감을 잡을 수 있었다.

페플을 통해 접속하는 세계 자체는 실제로 존재한다. 다른 차원의 세상인 것이다.

또한 지구상의 사람들이 즐기는 페플은 가상현실이다. 게이머들의 행동은 실제 페플 세계에 영향을 주지만, 그들 자신은 가상현실이라 믿기 때문이다.

"어떻게 그럴 수 있죠?"

"그건 나도 모른다. 적어도 이 지구상엔 아는 사람이 없다고 확신한다."

"아버지가 만드셨잖아요."

"나를 통해 만들어진 거다. 내가 만들었다면 다시 만들 수도 있어야 하는데, 그렇지 않아. 솔직히 난 페플이 만들어진 과정을…… 기억할 수 없단다."

안진후는 그 말을 한 아버지를 다시 뜯어보았다. 지금처럼 겸손한 아버지는 본 적이 없다. 그렇기에 그 말을 의심할 수 없었다.

페플은 만들어진 게 아니다.

페플은 생겨났다.

복잡한 진화의 경로를 통해 인간이 생겨난 것처럼.

'어쩌면 신과 같은 존재에 의해 만들어졌는지도 모르지. 신이 있다면, 진실을 덮어 버리는 그 의지도 설명할 수 있을 테니까.'

누가 이런 이야기를 믿을까? 미쳤다고 생각하지 않으면 다행이다.

김현에게도 당장은 말할 수 없는 이야기였다. 개념보다는 직관에 강한 김현은 어쩌면 차원 인터페이스라는 말에 눈만 멀뚱거릴지도 모른다.

"진후야."

"……네."

"넌 지금 이 순간부터 내 후계자다. 프리벨리지 제로의 권한은 네게 완전히 주어질 것이다."

"……."

안진후는 아무 말도 못 했다. 그저 이 말을 두 명의 형이 듣는다면 길길이 날뛸 거라는 사실만 생각났다.

"이 진실을 알지 못하면 내 뒤를 이을 수 없다. 사실, 최소한 10년은 지나야 너희 셋 중 하나가 내가 원하는 만큼 성장하리라 예상했었다. 내가 지금 얼마나 기쁜지 넌 모를 거다."

아버지는 하회탈처럼 웃고 있었다.

그 표정이 신기하면서도 어색한 안진후.

갑자기 표정을 굳힌 아버지가 입을 열었다.

"세계경제는 앞으로 추락할 것이다. 성장 동력은 멈춘 지 오래야. 다들 제 살 깎아먹기로 버티는 중이지. 우리에겐 신세계가 필요하다. 페플은 우리에게 새로운 기회, 어쩌면 인류의 역사가 달라지는 계기가 될 것이다."

"페플을 식민지로 삼겠다는 뜻인가요?"

"서로 다른 문명이 만나면 어떤 일이 벌어지는지 너도 잘 알겠지."

"……네."

안진후는 인디언을 떠올렸다. 한때는 들판의 주인이었지만 지금은 보호구역에서나 그 문화의 명맥이 유지되고 있었다.

"정복하지 않으면 정복당한다."

힘주어 말하는 아버지.

안진후는 아니라고, 그래서는 안 된다고 말하려다 참았다. 아버지의 논리, 고집은 결코 꺾이지 않을 것이다.

갑자기 현기증이 몰려왔다. 적두는 더 이상 없다. 고기를 꽤 먹는데도 갈증은 조금씩 커지고 있었다.

"후계자가 된 기념으로 주는 선물이다."

아버지는 호두처럼 생긴 씨앗을 내밀었다.

"뭐예요?"

씨앗을 받아 든 안진후.

"이그드라실의 씨앗이다."

"이그드라실? 북유럽신화에 나오는 나무잖아요."

"맞다. 아홉 개의 세계를 연결하는 나무가 바로 이그드라 실이다. 이 씨앗은 바로 저 페플 코어를 에워싼 기괴한 나무에서 나온 거다. 네게 꽤 도움이 될 게다."

안진후는 씨앗을 왼쪽 손바닥에 올려놓고 자세히 살폈다. 딱히 특별함은 찾기 어려웠는데, 갑자기 씨앗이 흐물흐물 늘어지더니 손바닥 안으로 파고들었다.

전혀 아프지 않았지만, 이 씨앗이 파고들도록 내버려 둘 수 없어서 잡아떼려는데 아버지가 손목을 꽉 잡았다.

"가만히 있어라."

1분도 못 되어 씨앗은 손바닥 안으로 흡수되었다. 손바닥엔 그 어떤 흔적도 남지 않았다.

"벽에 그 손을 올려 봐라."

"……네."

안진후는 씨앗이 파고든 왼손을 벽에 댔다. 그 순간, 손바닥에서 꿈틀꿈틀 가느다란 뿌리가 자라나 벽으로 퍼져 나갔다. 대략 30센티미터 길이의 뿌리는 벽 안으로 통과하는 전깃줄에서 에너지를 흡수하기 시작했다.

안진후는 깜짝 놀랐다. 짜릿한 기운이 몸 내부로 콸콸 쏟아졌다. 더 이상 갈증은 느껴지지 않았다. 충분히 물을 마셔 상쾌한 느낌마저 들었다.

"아버지."

"네게 기대가 크다. 그 점을 잊지 마라. 그보다, 길드를 만들었다면서?"

"……네."

놀란 마음을 내색하지 않으려 애를 쓴 안진후는 아버지가 어디까지 알고 있는지 무척 궁금했다.

"아주 잘했다. 난 때가 되면 널 프리벨리지 길드로 데려갈 생각이었지만, 자신만의 길을 개척하는 게 훨씬 낫다. 천무관 노관장, 황철호, 라이언 등이 너와 함께 있으니, 섬바디 길드는 곧 유니온의 인정을 받게 될 것이다."

아버지는 이미 기정사실처럼 말했다. 안진후는 아버지가 그렇게 되도록 힘쓰리라는 사실을 곧 알아차렸다.

"거기서 멈춰선 안 돼. 더 위로 올라가야지. 난 네가 유니온의 꼭대기에 서기를 바란다. 유니온을 완전히 장악해야 앞으로의 병탄 계획도 쉽게 실행할 수 있을 거다."

이글거리는 아버지의 눈빛.

안진후는 눈앞의 아버지가 낯설게 느껴졌다.

속내를 드러내기보다는 타인의 말에 귀를 기울이는 사람이었다. 입보다는 귀에 지혜가 있다고 믿는 사람이기도 했다.

"너를 위해서, 나를 위해서, 이 세계를 위해서 유니온의 그랜드 마스터가 되어 주겠느냐?"

아버지는 핏발 선 눈으로 물었다.

그때, 안진후는 반투명한 퀘스트 창을 볼 수 있었다.

유니온의 그랜드 마스터

유니온의 그랜드 마스터는 이 세계의 수호자입니다. 유니온에 소속된 각성자들을 동원하여 던전의 위험을 막아 내고 이 세계를 지키는 것이 그랜드 마스터의 의무입니다.

서로 다른 세계가 연결되는 날, 바로 싱크 데이가 다가오고 있습니다. 유니온의 그랜드 마스터가 되어 싱크 데이를 준비하십시오.

보상 : 퍼플 코어 안으로 들어갈 수 있는 액세스 코드

'여긴 현실이야. 그런데도 퀘스트가 주어지는구나. 난 아버지가 원하는 대로 살아갈 생각은 없어. 그래도 유니온의 그랜드 마스터 자리까지는 올라가야 돼. 힘이 있어야 하니까.'

"알겠습니다."

"역시 내 아들이다."

아버지는 셋째를 꽉 안았다.

포옹을 푼 안진후는 아버지를 바라보았다.

섬바디 길드에 대해 자세히 알고 있으니 블랙 길드의 음모에 대해서도 아버지는 잘 알 것이다.

도와 달라고 말한다면 아버지는 어떤 반응을 보일까? 저 기뻐하는 표정은 즉시 사라질 것이다. 아버지라기보다 냉정한 회장으로서 입을 열 것이다.

'그 정도는 알아서 하라고 말씀하시겠지. 처음부터 도움을 바라고 찾아온 건 아니었어. 난 내가 살아가는 이 세계를 확실히 알고 싶었을 뿐이야.'

안진후는 오늘은 이 정도로 만족하기로 마음먹었다.

녹슨 철창을 움켜쥔 가느다란 손가락.

손바닥이 찢어져 피가 배어 나왔다. 어떻게든 버티려는 샤리엘의 눈은 공포로 짓눌려 있었고, 체념의 빛이 서서히 차올랐다.

다른 여자들은 이미 소환진의 제물 자리로 끌려가 묶여 있었다.

"포기해."

샤리엘의 발목을 쥐고 당기는 타크란.

샤리엘은 창살을 놓쳤다.

타크란에게 잡힌 채 끌려가며, 샤리엘은 비명을 질러 댔다. 버둥거려도 봤지만 소용이 없었다.

죽음이 코앞까지 다가왔다고 확신한 순간, 똥오줌을 지리고 말았다.

"또냐?"

타크란은 손등으로 코를 막았다.

별로 도움이 되진 않았다. 인간보다 수백 배 이상으로 발달한 후각 덕분에 콧구멍 속으로 똥을 밀어 넣은 것처럼 냄새가 강렬했던 것이다. 중요한 제물이 아니라면 당장 죽여 버렸을 텐데.

샤리엘이 마지막이었다.

제물은 각자의 자리에 배치되었다. 소환진은 언제든 작동이 가능해졌다.

귀면 사내가 은신처로 들어왔다.

"준비는?"

"끝났습니다."

"이 냄새는?"

"그게, 제물들이……."

"치워."

"꼭 그래야 할까요? 소환진이 발동되면……."

"깨끗이 청소해."

"……알겠습니다."

타크란은 주위를 힐끔 둘러본 후 밖으로 나가는 귀면 사내를 노려봤지만 곧 바닥에 물을 뿌렸다. 원하는 것을 얻어 내기 전까지는 저 녀석의 요구를 들어줄 수밖에 없다.

대충 청소를 끝낸 타크란은 벽을 깎아서 만든 돌의자에 앉았다. 여동생의 원수를 갚고 각성 과정까지 제대로 거친 후에는 무엇을 할까? 뱀파이어가 된 충격을 이기지 못하고 달아나 버린 그 여자를 찾을까?

예살란은 특별한 뱀파이어였다. 인간이었다가 뱀파이어가 된 경우, 보통 그처럼 빨리 새로운 육체에 적응하여 움직일 수는 없다.

'잠재력 덕분일지도 모르겠어. 잘만 가르치면 어마어마하게 강해질 텐데.'

입구 쪽에서 들린 발소리에 몸을 일으킨 타크란은 엘프를 발견했다. 정상적인 엘프라면 룩소르 사냥터에 발을 붙이지 않는다. 이방인이 이곳이 어디인지도 모르고 운 좋게 들어온 것이다.

'아니, 운이 나쁜 거야.'

다크울프를 소환한 타크란은 엘프를 향해 달려갔다.

타크란과 거대한 늑대를 보고도 겁을 먹기는커녕 오히려 피식 웃는 엘프.

'이 새끼가!'

세 마리의 늑대와 뱀파이어는 죽일 듯 공격했지만, 엘프는 뒷짐을 진 채 슬쩍슬쩍 피했다.

멀리 달아나지도 않았다. 코앞에 있는데도 허깨비처럼 잡을 수가 없었다.

"아!"

귀면 사내였다. 바람처럼 달려온 그는 엘프가 아니라 타크란의 얼굴에 주먹을 먹였다.

벽으로 날아가 처박힌 타크란. 그 충격으로 늑대들은 강제로 귀환당했다.

귀면 사내는 타크란을 사납게 짓밟았지만 대부분 급소는 피했다.

"멈춰."

엘프 비디타스가 말했다.

"무례를 범했습니다, 위대한 존재시여."

고개를 숙이는 귀면 사내 주용석.

타크란은 저 오만한 남자가 누군가에게 고개를 숙인다는 사실이 믿기지 않았다. 더 놀라운 건 '위대한 존재'라는 호칭이었다.

'설마?'

타크란은 엘프를 바라보다가 주용석에게 얻어맞아 고개를 숙였다.

"저거 죽여도 될까?"

엘프가 손가락으로 타크란을 가리켰다.

"……소환진 발동에 필요합니다."

주용석이 답했다.

"그렇다면야."

"즉시 소환진을 발동하겠습니다."

주용석은 타크란을 노려봤다.

그제야 정신을 차린 타크란은 소환진 중앙으로 달려갔다.

까만 밧줄 같은 것이 중앙에서 뿜어져 나와 사방으로 퍼져 나갔다. 그 검은 밧줄은 제물의 몸으로 파고들었다. 고통으로 비명을 지르는 여자들.

체물의 피부를 뚫고 나온 건 하얀 빛이었다. 그 빛은 소환진으로 스며들었다. 소환진 전체가 밝아지자, 곧 진동이 시작되었다.

벽과 천장이 흔들렸다. 우수수 흙먼지가 떨어졌다.

그 순간, 소환진이 뿜어낸 빛이 중앙에 게이트를 만들어 냈다. 이계로 갈 수 있는 문이 생성된 것이다.

싱크

위로 올라와 집무실 밖으로 나간 안진후는 비서들의 달라진 태도를 몸으로 느낄 수 있었다.

"회장님께서 드리라고 하셨습니다."

새까만 신용카드 하나 그리고 열쇠 두 개. 열쇠 중 하나는 자동차 키였다.

안진후는 속으로 웃었다.

'아버진 내게 운전면허가 없다는 걸 아실 텐데.'

명함에는 '페플 신사업부문 사장 안진후'라고 쓰여 있었다.

페플 그룹에 신사업부문이라는 파트는 없다. 십중팔구 오늘 만들어졌을 것이다.

아버지의 뜻은 명백했다. 새로운 조직을 스스로 일구어 기존 파트처럼 키우라는 것이다.

좋은 아이디어가 떠올랐다. 배편으로 제주도를 떠나 인천으로 오고 있는 해옥의 재소자들을 어떻게 활용해야 할지 판단이 선 것이다.

세부적인 계획은 다듬어야겠지만 신사업과 섬바디 길드를 적절히 결합하면, 새로운 스타일의 돌풍이 불지도 모른다.

"오랜만에 뵙습니다, 사장님."

굵직한 목소리.

몸을 돌린 안진후는 활짝 웃었다. 페플파크에 화재가 일어났을 때 한동안 붙어 다녔던 경호원 강무석이었다.

"형!"

"……사장님, 그렇게 부르시면 안 됩니다. 미스터 강이나 강 대리라고 부르십시오."

"싫어."

"신사업부문 사장으로 일하시려면 공식적인 자리에 익숙해져야 합니다. 저는 지금부터 사장님의 경호원이자 운전기사로 일을 하겠습니다. 제 임무는 사장님의 공식적인 업무를 도와 드리는 것이기 때문에, 예전……과 달……리 사장님의 댁에 상주하지는 않습니다."

호되게 당한 기억이 있는지 강무석은 자신도 모르게 얼굴을 찡그렸다.

"알았어."

아버지의 뜻을 알기에 안진후는 고개를 끄덕였지만 언제 장난기가 되살아날지는 그 자신도 몰랐다.

강무석이 모는 승용차 뒷좌석에 편안히 기댄 안진후는 빨리 김현을 만나고 싶었다. 이 이야기를 다 들으면 어떤 반응을 보일지 궁금했다.

그때, 차 시동이 갑자기 꺼졌다.

급정거하는 강무석.

앞차와는 아슬아슬하게 부딪치지 않았지만, 뒤쪽에서 달

려오던 차는 안진후의 자동차를 들이받았다. 그런 식으로 추돌 사고가 이어졌다.

차에서 내린 안진후는 도로를 달리던 자동차들이 일제히 멈췄다는 사실을 깨달았다.

자동차 위에 올라가니 도로 저 끝까지 차들이 서 있었다.

흔들리는 땅.

안진후는 하마터면 넘어질 뻔했다. 꽤 많은 사람들이 비틀거리다가 주저앉았다.

"사장님, 지진 같습니다."

강무석이었다.

안진후는 즉시 핸드폰을 꺼냈다.

숲 전체가 흔들렸다. 잎이 우수수 떨어졌고, 숨어 있던 동물들은 공포에 짓눌린 신음을 남기며 더 안전한 곳을 찾아 흩어졌다.

앞서 달리던 예살란이 멈췄다. 노바디, 파르소겐도 속도를 줄였다.

고개를 돌려 노바디를 쳐다보는 예살란의 눈빛이 흔들렸다.

그 순간, 노바디는 무슨 일이 벌어졌는지 알아차렸다.

"소환진이 작동되었군."

파르소겐이었다.

세 사람은 이전보다 배는 빠른 속도로 달리기 시작했다.

다음 권으로 이어집니다

200평 초대형 24시 만화방

📖 수원시청점

로데오거리　●농협

CGV

24시 만화방
3F

⑧ 수원시청역
8번출구

●홍콩반점

TEL : 031-226-3771
수원시 팔달구 인계동 1041-11 3층 24시 만화방

수면실
(침대식)

사우나석

2인석

샤워실

세탁기

신간100%

📖 의정부점

의정부역 ④
⑤

흥선지하도

◀서울방향

진성약국

던킨도넛츠

24시 만화방
3F

TEL : 031-856-3971
경기도 의정부시 의정부동 197-13 3층

📖 안양점

●안양역

육교

◀관악역

명학역▶

농협

24시 만화방
2F
안양일번가

TEL : 031-466-3771
경기도 안양시 안양동 674-163 공룡고기건물 2층

📖 주안점

주안
남부역

◀제물포

민병철
어학원

간석동▶

24시 만화방 6F

TEL : 032-426-2871
인천광역시 주안남부역 지하상가 4번 출구 GS25시 건물 6층

📖 안산점

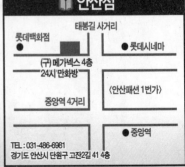

롯데백화점

태봉길 사거리

●롯데시네마

(구) 메가넥스 4층
24시 만화방

〈안산패션 1번가〉

중앙역 4거리

●중앙역

TEL : 031-486-6981
경기도 안산시 단원구 고잔2길 41 4층

김도훈 퓨전 장편소설

헌터신화

HUNTER'S LEGEND

헬조선 취업난 속 최고의 인기 직업 몬스터 헌터!
무공과 각성자의 돌로 초인이 된 그들이 온다!

세계 곳곳에 갑자기 등장한 던전!
그곳에서 쏟아져 나온 몬스터들!
하지만 걱정 마라 인류에겐 그들을 막아 줄
몬스터 헌터가 있다!

돈도 백도 없는데 무공 자질까지 바닥
결국 맨몸으로 열심히 살던 이환
우연히 전생의 기억을 깨닫고
무공을 얻은 그는 타 문파의 비동을 살피다
공개되지 않은 비밀 던전에 빠지는데……

한 손엔 무공 다른 손엔 각성 능력!
던전의 비밀을 풀고 최고의 위치에 올라라!

HUNTER'S
LEGEND